エリート警視正の溺愛包囲網

～クールな彼の激情に甘く囚われそうです～

プロローグ

猛暑の名残がすっかり消え去り、風がひんやりと冷たくなった十月の夜。

「怖いか？」

深澤咲良《ふかざわさくら》は、自身を組み敷く男性の瞳をじっと見つめた。

怖いか、という問いかけに対する答えに悩んだのは、わずかな時間。

正直に言えば、まったく怖くないとは思えない。咲良にとって、これから先のことは未知の世界。

漫画やネットから得た知識はあっても、それはあくまで目で見ただけのこと。

改めて自分が当事者になり、そこに足を踏み入れることになると考えると、小さな恐怖心や不安はあった。

けれど、目の前にいる彼——堂本桜輔《どうもとおうすけ》のことを怖いとは思わない。彼はいつだって、咲良を思いやってくれている。優しく気遣い、宝物を扱うように大切に接してくれる。

それを知っているからこそ、これから自分の身に触れるのが桜輔であるということは咲良にとって〝怖いこと〟ではなかった。

そう思い至り、首をゆるゆると横に振る。すると、彼の双眸《そうぼう》が柔和な弧を描いた。

桜輔の瞳はいつも優しい。見た目は武骨そうだが、内面は生真面目。無愛想で取っ付きにくそうな雰囲気を纏《まと》っているのに、咲良に向けられる視線は穏やかなものばかりだ。

一八〇センチ台後半で筋肉質な体躯《たいく》の彼は、小柄な咲良よりも三〇センチほど身長が高いが、組み敷かれている今も咲良に体重をかけないように気遣ってくれているのがわかる。

「咲良が怖がることはしない」

「うん」

桜輔の視線が、咲良の二重瞼《まぶた》の瞳を真っ直ぐ見つめる。

華奢な身体に似合わないたわわな胸の下まで伸びた髪を、優しく梳《す》いてくる。それから、骨ばった手が滑らかな頬に触れ、ぷっくりとした唇をそっと撫でた。

「精一杯優しくするから、咲良は何も考えなくていい。リラックスして、全部俺に委ねて」

咲良が困り顔になり、微笑を零《こぼ》す。

「難しいです……」

「それもそうか」

「だって……桜輔さんと一緒にいるだけでもまだドキドキするのに、今は桜輔さんのベッドで……ドキドキしすぎてリラックスなんてできないよ……」

眉を下げたままの咲良に、今度は彼も困ったように眉を顰《ひそ》める。

「そういう可愛いことを言わないでくれ」

「え？」

「これでも、必死に理性を保ってるところなんだ」

咲良の頬がかあっと朱に染まる。

その表情を見た桜輔が喉仏《のどぼとけ》を上下させ、何かを堪《こら》えるように息を吐いた。

「……ダメだな。話せば話すほど、手加減できなくなりそうだ」

何もかもが初めての咲良には、その言葉にどう返せばいいのかわからない。

彼は、咲良の心情を見透かすように苦笑を漏らした。

「じゃあ、とりあえず俺だけに集中して」

それならもうとっくにしている、と言いそうになって、咲良は口を閉じる。

これ以上何か言えば、また羞恥に見舞われてしまいそうだったから。

ふと、咲良の顔に影がかかる。桜輔の顔が近づいてくる予感に、咲良は瞼《まぶた》をそっと閉じた。

触れるだけの柔らかなキス。次いで、甘やかすように唇が食《は》まれる。

結んだ唇を解《ほど》き、また結んでは離れて……。ゆったりとした口づけが、静かに繰り返される。

春の陽だまりのように穏やかで優しい幸せに包まれて、自然と彼に身を任せ始めていく。いつの間にか、恐怖心も不安も溶けていた。

ゴツゴツと骨ばった手が、ニットの中にそっと入ってくる。陶器のごとく白い肌に触れられても、咲良はその温もりにすべてを委ねるように受け入れた。

心も、身体も、桜輔と重ね合いたい。

素直な気持ちのままに腕を伸ばしたとき、風の音がどこか遠くで聞こえた。

第一章　はじまりの訪れ

一　春の終わりの憂鬱

日中の気温は夏を思わせる日だった、五月某日。

ネイリストとしてネイルサロンで働く咲良は、六階建てのビルの四階に店舗を構える『Mahalo《マハロ》』を後にし、自転車で帰路に就いた。

ダークブラウンの髪が風になびく。仕事中にはだいたい一つに纏《まと》めているせいで、天然パーマに加えて結んでいた跡がついているが、自転車に乗っているおかげで誰にも気づかれないだろう。

一五五センチのやや小柄な身体で夜風を受けながら、そろそろ上着はいらないかもしれない……と考える。

クリーム色の七分袖のシフォンブラウスと膝下丈のシフォンスカートは、どちらも薄手の生地ではあるが、体感温度はちょうどいい。昼休憩でランチを摂りに出たときは暑いくらいだった。

（でも、まだ寒い日もあるかな？）

その悩みは、途中で立ち寄ったスーパーの室温が低かったことであっさり解決し、もうしばらく上着は持っていこうと決めた。

アプリでチェックしていた広告を参考にカゴに食材を入れていき、お気に入りのフルーツヨーグルトも放り込む。会計を済ませると再び自転車に乗り、周囲を気にしながらもペダルを漕いだ。

五分もせずして見えた三階建てのアパートの自転車置き場に、ブラウンとホワイトのバイカラーの自転車を止めた。

エントランスのドアに鍵を差し込んで開錠し、背後を確かめるように振り返る。誰もいないことを確認して片開きのドアを開け、足早に二階へと続く階段を上がっていった。

人生で二度目の引っ越しをするとき、最重視したのは治安と防犯性だった。オートロックであることや一階ではないことも重要で、空いていた部屋のうち咲良が選んだのは二〇七号室である。

寝室が八帖。１ＤＫの自分だけの小さな城。

玄関もベランダもキッチンも狭すぎるが、トイレとバスルームがセパレートタイプなのは嬉しかった。収納スペースが少ないが、できる限り物を増やさないように意識が働くため、それはそれで良かったのかもしれない。

咲良はサッとシャワーを浴びると、キッチンに立った。

今夜のメニューは焼きそばだ。昨日観た動画で紹介されていた海鮮塩焼きそばに心を惹かれ、今日は絶対に同じレシピで作ると決めていた。

ベッドの前のローテーブルに完成した焼きそばと麦茶を淹れたグラスを置き、タブレットを起動する。『アニマルハプニング集』の文字が目に留まり、テーブルの片隅でそれを流しながら「いただきます」と呟いて箸を取った。

咲良は、二年制の専門学校でネイルについて学び、現在は『JNEC《ジェネック》』の一級、そしてジェルネイルには必須の『JNA技能検定試験』で上級の資格を取得している。

通常、サロンでネイリストとして採用されるには、二級ネイリストの資格で充分だ。しかし、あえてそれぞれの試験で一級と上級まで目指したのは、いずれ独立したいと考えているためである。今は、都内に四店舗を構えるマハロでネイリストとして働きながら技術を磨き、開業資金をコツコツ貯めている。目標金額にはまだ及ばないが、夢のためだと思うと努力もつらくはない。

食後はすぐに片付けを済ませ、ネイルのデザインを考える。

ネットやSNSで写真を探すだけの日もあれば、自分で撮った写真を見返してインスピレーションを得ることもある。

写真は、自然豊かな公園や美術館、イルミネーションが開催されている施設や、カフェで食べたスイーツなど、様々なものを撮影している。

意外なものが参考になることも多く、自然と趣味と実益を兼ねるようになった。

イメージをイラストに描くかネイルチップにデザインするかはその日によるが、ネイルのデザインを考えるのはほとんど日課と言ってもいい。この時間が楽しみの一つでもあった。

（あ、明日の準備もしておかなくちゃ）

ふと時計を確認した咲良は、イラストをキリのいいところまで描いてから手を止め、チェストから収納ボックスを出した。

中心から両開きのファスナーを開けると、三十六本のマニキュアが並んでいる。蓋の裏側のビニールポケットには、筆やシールといった道具を入れており、咲良にとって大事なものだ。

明日は、月に一度のボランティアの日。

特別養護老人ホーム『ひだまり』に赴き、利用者たちにネイルやハンドマッサージを施す。

こういうボランティアがあると知った二年ほど前から始めたことで、シフトに合わせて月に一度ひだまりに訪問している。

そのボランティアの日が、今月は木曜日の明日なのだ。

シフト制で働くネイリストという職業柄、訪問日は固定できないが、先方はできる限り咲良の希望を通してくれるため、ボランティアを続けてこられた。

咲良はマニキュアや道具に不備がないか確認しながら、明日を待ち遠しく思っていた。


ひだまりは、三階建ての施設である。

一階は事務所とデイサービスに使用され、二階はショートステイの利用者、三階は入居者専用となっており、ボランティアは三階の入居者を対象としている。

咲良が施術するのは希望者だけだが、毎回ほぼ全員が希望する。そうなるとデイサービスやショートステイの利用者まで捌《さば》き切れず、結果的に入居者のみを対象にすることになっているのだ。

「今日はどんな色にしますか？」

「そうねぇ……この間は桜色だったから、藤色みたいな紫なんかどうかしら？　梅雨にはまだ早いけど、紫陽花《あじさい》のような色はある？」

咲良の問いに、順番を待っていた堂本《どうもと》セツがウキウキしたように笑った。瞳を輝かせる姿はまるで少女のようで、ネイルチェンジを楽しみにしてくれていたことが伝わってくる。

「ありますよ。これは少し濃い色で、こっちは淡い色なんですけど……紫陽花《あじさい》ならこれかな」

「あら素敵。これがいいわ」

二本のマニキュアを出して見せると、セツが淡いパープルのビンを手に取り、目を細めた。

セツの手を消毒し、前回塗ったマニキュアを落としてから油分などの汚れを拭き取っていく。

人間の爪は年齢を重ねると薄くなったり弱くなったりするため、負担をかけないように手早く前処理を施し、ベースコートを塗っていった。

咲良は、『福祉ネイリスト』の認定も受けている。

ＪＮＥＣやＪＮＡ技能検定試験同様、福祉ネイリストも国家資格ではない。ただ、ボランティアをするにあたってもっと高齢者や福祉に対する知識を深めたいと思い、この認定は数日で受けられると知ったことで、すぐに受講した。

結果的に、認定試験を受けて良かったと思う。介護に対しても少しだけ学ぶことができたし、介護者にネイルを施すときの注意点なども勉強できた。

たとえば、昨今の主流であるジェルではなくマニキュアを使用するのは、急変や急病で治療や入院が必要になった際に早急に適切な治療を受けられるようにするためである——というのも、福祉ネイリストの講座で習ったことである。

病院で脈拍などを測るとき、ジェルネイルをしていると正確な数値が計測できないが、ジェルは簡単に落とせるものではない。マニキュアなら除光液で除去できるが、一般的なジェルは機械で削らなければいけないのだ。

それも、機械である程度削ってからジェル専用のリムーバーを浸したコットンで爪をしばらく包み、ジェルが柔らかくなったところで再び機械を使用して綺麗に取り除いていく……という手間がかかる工程が必要である。また、爪への負担も大きい。

ジェルネイルというのは爪の表面に傷をつけることでジェルを密着させるため、爪を薄く綺麗に削り、甘皮や油分といった汚れを取り除かなければいけない。

実際のところ、よほど手の込んだアートでもしない限り、ジェルネイルはアートよりも除去や前処理の方に時間がかかる。さらには、ネイルアートをするにあたり、ベースコート・カラー・トップコート用のジェルを乗せるたびにLEDライトで硬化させなくてはいけない。

健康的な人間であっても、人によってはLEDライトを熱く感じることもあり、肌が弱くなったり爪が薄くなったりしている高齢者には火傷などのリスクが高まる。医療的な観点はもちろん、身体的な負担を考えてもあまり向いていないのだ。

こういうことをきちんと勉強できたからこそ、ネイリストとしてだけではなく、福祉ネイリストとして提供できることも考えるようになった。

「セツさん、もし良かったら紫陽花《あじさい》のイラストを描きましょうか？」

「そんなことできるの？」

「簡単なものでよければできますよ。あ、こういうシールもあるんですけど」

ネイルボックスからウォーターネイルシールを出し、使い方を説明する。

「これは水に浮かべたらイラスト部分が剥《は》がれるようになってて、それを爪に置くんです。色々な種類があるんですが、紫陽花《あじさい》もありますよ」

「今はそんなに便利なものがあるのねぇ」

感心するセツに、咲良が百円均一で購入できることを告げると、優しげな目が真ん丸になった。

「こんなに素敵なものが百円なの？　すごいわ」

少女のように楽しそうなセツに、咲良はふふっと笑う。

ボランティアという形式上、あまり高額なものは購入できない。

ひだまりは良心的で、材料費は施設側で持ってくれるが、だからといって咲良が仕事で使用するような道具を揃えることは難しい。そこで百円均一というわけだ。

マニキュアは肌に優しい原料のものを選んでいるため、安価なもので揃えることはできなかったが、シールや筆といった道具は百円均一のものでも充分まかなえる。

今はクオリティの高い製品が店頭に多く並んでおり、経費節約という観点でも百円均一は宝箱のような場所だった。

「本当にすごいですよね。ここでボランティアをさせていただくようになってから、こういうものを探すのが楽しみになりました」

「私も新しいものを知れて嬉しいわ。せっかくだから、このシールを使ってもらえる？」

「はい。とびきり可愛くしますね」

シールを貼り、最後にトップコートを塗ってネイルドライヤーでしっかりと乾燥させる。

薬指には、パールの入ったオフホワイトをベースにして紫色の紫陽花《あじさい》のシールを。それ以外の指には淡いパープルをベースにして、人差し指のみ紫陽花《あじさい》の花びらのシールを貼った。

「今日も素敵！　咲良ちゃんのおかげで爪がとっても可愛くなったし、この歳になってもおしゃれが楽しめるなんて幸せだわ」

満面の笑みを咲かせたセツに、咲良は充足感を抱く。

ネイリストとしての咲良が一番好きなのは、たぶんこの瞬間だ。

客や利用者たちは、新しいネイルに彩られた自身の爪を見ると必ず笑顔になる。

子どものように無邪気だったり、うっとりとしたように目を細めたり、頬を綻《ほころ》ばせたり……。喜び方は人それぞれだが、誰もが明るい表情を見せてくれる。それがとても嬉しかった。

「明後日は孫が面会に来てくれるから、見せびらかすわね。あの子は無愛想だし、女心なんてちっともわかってくれないんだけど」

不満げに言いながらも、セツの表情からは孫の来訪を心待ちにしている様子が窺えた。

施術中、利用者たちは色々なことを話してくれる。世間話に始まり、自分の趣味や生い立ち、家族のこと。

セツが話すのは家族のことが多く、特に孫の話題が群を抜いている。

自身には息子と娘がおり、息子には二人の男の子が、娘には男女一人ずつの子どもがいて、息子夫婦とその長男だけは定期的に面会に来てくれるのだとか。

そして、息子夫婦の長男というのが、三十四歳で警察官だと聞いている。

咲良は会ったことがないが、セツの話から自慢の孫だというのは伝わってきていた。

「警察官なんてお堅い仕事だからか、元来の真面目さに磨きがかかっちゃって。我が孫ながらいい男だと思うんだけど、ちっとも女っ気がなくて心配になっちゃうわ。咲良ちゃんみたいな素敵な子がお嫁に来てくれたら、私も安心できるんだけど」

聞き慣れた冗談を言うセツに、咲良がクスクスと笑う。

(警察官かぁ。セツさんのお孫さんなら、もしかしたらあのとき親身になってくれたのかな……)

ふとそんな風に思い、咲良の唇からため息が零《こぼ》れた。

「咲良ちゃん、何だか浮かない顔してるわ。何か困り事？　私で良ければ話してね」

セツは、咲良のことをとても可愛がってくれている。

まるで孫の来訪を喜ぶ祖母のように接してくれるため、入居者の中では一番親しい。ちょっとした仕事の悩みなどを聞いてもらうこともあるくらいには、咲良もセツに心を寄せていた。

「困り事っていうほどじゃないんですけど……」

「でも、何かあったんでしょう？」

向けられた真っ直ぐな双眸《そうぼう》の優しさに、咲良がおずおずと口を開く。

「最近……待ち伏せされることがあって……」

「待ち伏せ？」

「はい……。少し前に知り合った方なんですけど……」

ぽつりぽつりと話し出した咲良は、悩みと疲労を吐くように深く嘆息した。

事の発端は、一か月ほど前。

同僚たちと花見をしようということになり、職場から程近い場所にある大きな公園に四人で繰り出した。そこへサラリーマンらしき五人組の男性から声をかけられ、咲良以外が快諾したことによって、意図せずに合コンのようなものが始まったのだ。

その中の一人の男性がどうやら咲良を気に入ったらしく、連絡先の交換を求められたが、咲良は丁重に断って一人先に帰路に就いた。

ところが、彼――川辺《かわべ》は咲良の同僚を通して職場を知ったらしく、咲良の与《あずか》り知らぬところで自宅の最寄り駅まで突き止められていた。

もっとも、同僚は駅名までは教えていないそうだが、『深澤さんの家は職場から一駅だから自転車通勤してる』というようなことを話したのだとか。三週間ほど前から咲良の生活圏内で川辺の姿を見かけるようになったのは、そのせいだろう。

彼は何をしてくるわけでもなく、あくまで偶然を装って声をかけてきただけ。回数にすれば片手ほどのことだが、咲良に警戒心を抱かせるには充分だった。

自意識過剰だと言われても、咲良にはそうなってしまう理由がある。

咲良は、以前まで電車通勤をしていた。

職場から三駅先。そこから徒歩十分。マハロへの就職と同時に始めた一人暮らしは、想像よりもずっと快適で気楽で楽しかったが、それも束の間のことだった。

半月が過ぎた頃、通勤電車内で痴漢に遭うようになったのだ。

ぱっちりとした二重瞼《まぶた》に、ぷっくりした唇。清楚で可愛い系だと言われる顔立ちは、昔から変わらない。近所では『可愛い』と評判の少女だったらしい。

だからなのか、咲良は幼い頃からいわゆる〝狙われやすい子〟だった。

公園で母親が目を離したほんの一瞬の隙《すき》に知らない男性に手を引かれそうになったり、ショッピングモールでニヤニヤと笑う大人から話しかけられたり……ということは何度もあり、母親はいつも気を張っていたという。

中学生くらいになると、部活や塾の帰りに知らない男性に声をかけられることが増え、時には家まで付き纏《まと》われそうになったこともある。友人と一緒のときや両親が送迎してくれるときは良かったが、一人で帰宅する日には恐怖心と戦いながら全力疾走した。

そんな日々が嫌で、高校も専門学校も自転車通学ができる距離にある学校を選んだ。

しかし、就職後は電車通勤を避けられず、痴漢被害に遭うことが増えたのだ。

電車通勤といっても三駅のため、電車を利用している時間はものの十分弱。幼い頃の経験もあり、最初から目立たないように地味な服装を心掛けたり女性専用車両に乗ったりと、咲良なりにできる限りの自衛はしていた。

それなのに、どういうわけか加害者に目をつけられてしまう。女性車両に乗れなかった日はそう多くないのに、三か月も経たずに脚や臀部《でんぶ》を触られるといった被害に十回以上遭った。

痴漢被害に遭えば声を上げればいいと言う者もいるが、現実には恐怖心と不快感で身体が硬直し、いつも身じろぎするだけで精一杯だった。

そして、結局は耐え切れなくなり、自転車通勤ができる今の家に引っ越したのだ。

「警察には相談した？」

「いえ……何かされたわけじゃないですし……。それに、警察に話したところで……」

そこまで言って、ハッと口を噤《つぐ》んだ。

セツの孫は警察官である。セツにとって自慢の可愛い孫と同じ職業に就く人のことを、この場で悪く言いたくはない。

けれど、咲良は警察が何もしてくれないことを知っている。

中学時代、知らない男性に家まで突き止められそうになったとき、母親に連れられて近くの交番に相談に行ったことがあるからだ。

その際に警察官に言われたのは、『パトロールを強化します』ということだけ。なんでも、実害がない限りは警察ができることはほとんどないのだとか。

咲良のように『自宅を突き止められそうになった』程度では動けないらしい。それを聞いて怒った母親の顔と自身に芽生えた絶望感は、鮮明に覚えている。

以来、意図的に男性を避けるようになり、二十七歳になった今ではそれが癖になっていた。

「でも、何かあってからだと遅いでしょう。早く相談した方がいいと思うわ」

セツの言葉はもっともだが、咲良はそれが意味のないことだと知っているため、苦笑いでごまかすことしかできない。

「セツさんもネイル終わったの？」

そこへ介護職員の藤野寛《ふじのひろし》が現れ、セツの爪を覗き込むようにした。

「そうなの。可愛くなったでしょ？」

「本当だね。セツさんがいつも以上に美人に見えるなぁ」

「まあ、藤野さんったら。褒めたって何も出ないわよ」

「僕の下心、バレてたかぁ」

漫才のようなやり取りに、咲良は思わず小さく笑ってしまう。彼の登場によって先ほどの話が終わったことにホッとし、二人の会話を聞きながらマニキュアや道具を片付けていった。

「咲良ちゃん、事務長が『次のボランティアの日を相談したいから帰る前に来てほしい』って」

「わかりました」

男性が苦手な咲良だが、藤野とは出会ったときから比較的普通に話せた。

彼の穏やかな話し方や男性にしては華奢な外見は、いい意味で警戒心を抱かせない。細い目にかけられた丸縁の眼鏡が真面目そうな性格に似合っていて、猫毛っぽい黒髪からも柔らかな雰囲気が漂っている。

父親と四歳下の弟、親戚以外の男性では唯一、彼が緊張せずに話せる相手かもしれない。

「じゃあ、今日はこれで失礼します。来月もよろしくお願いします」

「うん。またよろしくね」

「咲良ちゃん、気をつけてね」

藤野に続けられたセツの言葉には、挨拶以上の『気をつけて』が込められていた。

咲良はその気遣いを受け取るようににっこりと微笑んでお礼を告げ、「またセツさんにお会いできるのを楽しみにしてますね」と返した。

二　不意打ちの笑顔

六月に入ると、初夏とは思えない暑い日が続くようになった。

咲良が出勤する八時過ぎには日差しが強いことも多く、日中は三十度を超える日ばかり。寒さ対策だった上着は、今は日除けのための夏用のカーディガンに変わった。

「今月の新作は、夏っぽいものが増えたね」

「はい。まだ梅雨のデザインも人気ですが、夏のデザインを選ばれる方が増えてきましたよ」

マハロでは持ち込みデザインにも対応しているが、定額制の三種類のコースが一番人気である。

五月の新作デザインは梅雨を連想させる傘や紫陽花《あじさい》のアートが並んでいたが、今月からは貝殻やサンゴのような海のデザインが加わった。希望すれば過去のデザインを選べるところもマハロのリピーターに好評だが、多くの客は新作のデザインを選ぶ。

咲良の今のネイルは、淡いパープル系のシェルを並べたり手描きの紫陽花《あじさい》を施したりと、梅雨を意識したデザインにしている。

「新作も可愛いけど、深澤さんのネイルもいいな。今から紫陽花《あじさい》のデザインって遅いかな？」

三十代前半の女性客は、もう三年以上も咲良を指名してくれている。そのため、こんな風に気さくに相談されることも多い。

「そんなことないですよ。まだ梅雨入りもしてませんし、一か月後くらいなら紫陽花《あじさい》も咲いてるでしょうからいいと思います」

「じゃあ、今日は深澤さんと同じデザインにしてもらっていい？」

「はい。ただ、私のネイルは紫陽花《あじさい》の部分が手描きなので、追加料金が発生しますが……」

「全然オッケー！　そのネイル、すっごく可愛いし」

「承知しました。カラーはどうされますか？」

その後も相談を受けながらカラーを決めていき、二時間ほどかけて施術を行った。

「お疲れ様。ねぇ、今日この間のお花見のメンバーで飲みに行くんだけど、深澤さんもどう？」

終業後、バックヤードで帰り支度をしていると、同僚の三浦《みうら》が話しかけてきた。咲良は「お疲れ様」と返してから、首をゆるっと横に振った。

「ごめんね。明日はボランティアの日だから、早く帰って準備とかしたいんだ」

「えっ？　土曜なのにボランティアに行くの？」

「うん。特に予定もなかったからいいかなって。土日はどうせどこに行っても混んでるしね」

「そうだけど……ボランティアなんかで潰すのはもったいないよ。っていうか、よくボランティアなんてするよね」

三浦に悪気がないことは重々承知している。

裏表がなく素直なだけで、別に咲良の活動をバカにしているわけではないのだ。彼女とは同期入社で同い年のため、他の同僚よりも距離が近いのもあるだろう。

「それに、ボランティアって老人ホームでしょ？　若い子相手ならまだ練習にもなるけど、マニキュアでお年寄りにネイルしたってねぇ……」

「確かにジェルの技術は磨けないけど、マニキュアを使うのも楽しいし、いい勉強になるよ。何より、喜んでもらえると嬉しいから」

「深澤さんって、ボランティア精神がすごいよね。私は真似できないなぁ」

感心したようでいて呆れた素振りもあったが、咲良は苦笑いでごまかす。

「別にボランティア精神とかじゃないんだけどね。……じゃあ、飲み会楽しんでね。誘ってくれてありがとう」

手を振る三浦に笑顔を返し、一足先にサロンを後にした。

（ボランティア精神かぁ……。本当にそういうのじゃないんだけどな）

自転車を漕ぎながら、自然と苦笑が漏れてしまう。

彼女以外の同僚からも、何度か『ボランティアなんてよくやるよね』と言われたことがある。周囲からすれば、咲良の行動は理解に苦しむのかもしれない。

ただ、咲良自身にはそんなつもりはないため、ああいう風に言われるたびに微妙な気持ちになってしまう。生温《なまぬる》い風を受けながら息を小さく吐くと、自宅の最寄り駅が見えてきた。

先週も今週も帰宅時に駅前で川辺に声をかけられたため、自然と身構えてしまう。

大柄な男性を前にすると萎縮してしまって、『急いでるので……』と答えて逃げるのが精一杯だった。そのときのことを思い出して身体が強張《こわば》り、慌てて深呼吸をした。

駅を横目で確かめながら、大通りを渡って路地に入っていく。小さな商店街を抜けて住宅街に入ると、人がまばらになっていった。

赤信号で停まり、ようやくわずかな安堵感が芽生えて深呼吸をする。念のために振り返ったが、川辺らしき人物の姿は見当たらなかった。

そういえば、咲良のことを彼に話したのは、三浦だった。

あの日に出会った男性といい感じになったと話していた彼女に、悪気がなかったのはわかる。ただ、誰が咲良の通勤手段を話したのかと尋ねたときの本人の態度からはあまり深刻に受け止めていない様子で、何ともやり場のない気持ちに包まれた。

通勤ルートを変えようかと悩んだが、駅前を通る道が一番明るくて人通りがある。

中学時代の一件で夜道が苦手になって以来、とにかく少しでも人通りが多く、明るい道を選ぶようになった。川辺の行動を思えば違う道を使いたいが、今より不安が増えそうで結局は通勤ルートを変えることは諦めたのだ。

(でも、また会うようなら道を変えた方がいいよね……。何かあってからじゃ遅いし……)

アパートに着いてホッとしたのも束の間、背後から足音が近づいてきて全身がびくりと跳ねた。恐る恐る振り返ると、同じアパートに住む男性が自転車置き場を通り過ぎていった。

挨拶をするような関係ではないが、顔見知りではある。会釈を交わし、男性に続いてエントランスのドアを抜けた。

足早に部屋にたどりつくと急いで鍵を閉め、息を大きく吐く。

（いつまでこんな風に怖がらなきゃいけないんだろう……）

トラウマといえば大袈裟に聞こえるが、咲良にとってはそれも同然である。必要以上に警戒し、恐怖心を抱く毎日は、疲労と不安に苛まれてばかりだった。

家族や高校時代からの親友である皆原《みなはら》一紗《かずさ》はいつも親身になってくれるが、できるだけ心配をかけたくない。そんな思いもあって、まだ川辺のことは誰にも相談できていなかった。


翌日、咲良は一か月ぶりにひだまりを訪れた。

職員も入居者もいつも通り歓迎ムードで、昨夜から沈んでいた心が浮上する。

男性にはハンドマッサージとネイルケアを、女性にはネイルをしていく。施術中にはみんなこぞって楽しい話題を提供してくれ、自分が話し相手になれることも嬉しかった。

もともと、咲良はおばあちゃん子だった。

亡くなった父方の祖母は、咲良をいたく可愛がり、そして心配してくれていた。咲良にとって心の拠り所で、信頼できる存在だった。

けれど、その祖母は大腸がんを患い、咲良が就職する前に亡くなった。

『咲良が就職したら、お客さんとしてお店に行くからね』

何度もネイルの練習台になってくれた祖母の口癖だった願いは、永遠に叶うことがないままに。

そんな事情もあって、ひだまりで過ごすひとときが余計に大切に思えるのかもしれない。

「あれ？　そういえば、セツさんはお部屋ですか？　次はセツさんの順番なんですけど」

咲良が今いるのは、食事を摂ったりレクリエーションをしたりするリビングの一角なのだが、普段はみんなの中心にいるはずのセツの姿が見当たらない。

すると、側にいた藤野が「今、お孫さんが来てるんだ」と答えた。

「ほら、セツさんの自慢のお孫さんだよ。咲良ちゃんが来る前に二人で部屋に行っちゃったんだ。すぐに呼んでくるから、ちょっと待ってて」

彼が声をかけにいって程なく、背後から「咲良ちゃん！」と明るい声が飛んできた。

「セツさん、こんにちは」

振り返った咲良の視界に真っ先に入ってきたのは、セツの車椅子を押す男性の姿だった。

車椅子が小さく見えるほど、がっしりとした身体つき。広い肩幅はもとより、肩も二の腕も鍛え上げられていることが一目でわかる。

少し切れ長の双眸《そうぼう》に宿る眼光は鋭く、真っ直ぐに見据えられている。意志の強そうな凛々しい眉に、真一文字に結ばれた薄い唇。

鼻梁《びりょう》は歪みがないほどに美しく通り、輪郭まで無駄なく引き締まっている。ビジネスショート風に整えられた黒髪は、すっきりとしていて艶がある。

車椅子を押すために少し屈んでいるが、身長も咲良と三十センチは違うだろう。

セツが『いい男』と自慢するだけあって、精悍さと美麗さを兼ね備えた男性だった。

「咲良ちゃん、紹介するわね。孫の桜輔よ。ほら、いつも話してるでしょ」

「は、はい……。はじめまして、深澤咲良です。セツさんにはいつもお世話になっています」

「はじめまして。堂本桜輔です。こちらこそ、祖母がいつもお世話になっています」

会釈をした桜輔は、身構えていた咲良を真っ直ぐ見て瞳をわずかに緩めた。

不意に柔和になった表情に、咲良は思わず息を呑みそうになってしまう。微かな笑顔だったのに、そこにはわかりにくい優しさが滲んでいた気がした。

「もう、桜輔ったら。もっと愛想良くしなさいな」

「ちゃんと笑っただろ」

「あなたの笑顔はわかりにくいのよ」

セツと彼の会話は、祖母と孫の微笑ましいやり取りだった。

咲良はそう思う一方で、自身の鼓動が落ち着きを失《な》くしてしまったことに気づく。居心地がいいはずのひだまりのリビングなのに、何だか身の置き場がない。

心がむずむずして、どんな風にしていればいいのかわからない。目の前の二人に向けた視線は、まるで居場所を求めるように泳いでしまう。

「咲良ちゃん、今日は私の部屋でしてもらってもいいかしら？　桜輔にも見てもらいたいの」

「えっ？　えっと……それは、職員さんの許可をいただかないと……」

きちんとした決まりではないが、施術は基本的にリビングで行っている。各部屋で行う場合には、職員の許可を取るようになっていた。

すると、すぐ側にいた女性職員が「構わないですよ」と快諾した。咲良は戸惑いを抱えつつも、喜ぶセツと桜輔とともに移動した。

「今日はどんな風にしますか？」

小さなテーブルを挟んで咲良とセツが向かい合うと、彼はセツの隣に置いた椅子に座った。介護ベッドが置かれた八帖ほどの部屋に大人三人が集うと、密集する感じがある。男性が苦手な咲良にとっては苦痛になるかと不安になったが、芽生えてきたのは緊張感だけだった。

「そうねぇ……桜輔、何色がいいと思う？」

「俺がそんなことわかるわけがないだろ」

「もう、つまらない男ねぇ。女性が『どれがいい？』って訊いたら答えてあげるものなのよ」

「俺じゃなくて、彼女に訊けばいいだろ。プロなんだから」

桜輔にじっと見つめられ、咲良は咄嗟に目を逸らす。

「咲良ちゃん、どれがおすすめかしら？　六月に入ったし、涼しげなものがいいかな」

「そうですね。今日はブルー系を選ばれる方が多かったですよ」

「あら、そしたらみんなと同じになっちゃうわね」

「じゃあ、グラデーションにしてみませんか？」

咲良の提案にセツの目が輝き、今日は青空のようなブルー系のグラデーションネイルにすることになった。すぐにケアをして、ネイルアートに取りかかる。

丁寧にアートを施していく間、彼は珍しいものでも目にしたときのようにまじまじと見ていた。

慣れた工程なのに、黙ってじっと見られていると緊張感が大きくなる。そのせいか必要以上に息を止めてしまい、施術が終わる頃には疲労感に包まれていた。

「今日もとっても素敵！　ほら、桜輔、見てちょうだい！」

「ずっと見てたよ」

「やだ、もう。可愛くない返事ねぇ。もっと褒めてほしいわ」

「綺麗だけど、すごいのは彼女じゃないか。ばあちゃんはずっと喋ってただけだろ」

「まあ……。あなたは相変わらず女心がわからないのね」

少し拗ねたようなセツに、桜輔が困ったように眉を下げる。

武骨で何事にも動じなそうな外見とは裏腹に、どうやらセツには弱いらしい。それがおかしくて、咲良はついクスッと笑ってしまった。

すると、セツが咲良を見て優しく微笑んだ。

「ねぇ、咲良ちゃん。この間話してたこと、桜輔に相談してみない？」

「えっ？」

「初対面の男の人に相談するなんて抵抗があるかもしれないけど、少しは力になれると思うの」

「そんな……。個人的なことですし、ご迷惑をおかけするわけには……」

「遠慮しないで。桜輔はこの通り愛想のない子よ。でもね、警察官としては頼りになるはずだわ。警察官だった私の夫によく似てるから」

他意のない笑顔を向けられると、セツの厚意を無碍《むげ》にはできない。

「お力になれるかはわかりませんが、私で良ければお伺いします。祖母がお世話になってますし、遠慮はしないでください」

どうするべきかと戸惑う咲良に、桜輔が真剣な眼差しを向けてくる。

咲良は、誇らしげに笑みを浮かべるセツを見て、もしかしたらセツはあえて今日彼を呼んだのかもしれない……と思った。


ひだまりから咲良の家までは、自転車で八分ほど。徒歩なら二十分というところだ。

慣れた道だが、初対面の男性と二人で歩くには少々気が重かった。桜輔は咲良の自転車を押してくれており、咲良は彼から一歩下がるようにしていた。

「……申し訳ない」

しばらく続いていた沈黙を先に破ったのは、桜輔だった。

「やはり、初対面の人間には話しにくいですよね。祖母から『話を聞いてあげてほしい』と言われてたんですが、もしかして祖母のお節介か早とちりでしたか？」

振り返った彼に、慌てて首を横に振る。

「そ、そんなこと……。セツさんにはいつもとても親身になっていただいてて……私、セツさんにはつい色々と話してしまうんです」

「それなら良かった。あなたのことは祖母からよく聞いてました。爪を綺麗にしてくれるボランティアさんが、とても優しくていい方だと」

咲良の中に喜びが芽生える。途端に心を占めていた緊張を忘れ、自然と頬を綻《ほころ》ばせていた。

「セツさんにそんな風に言っていただけてるなんて嬉しいです。実は、私もセツさんからよくお孫さん……あなたのことをお聞きしてました」

そこまで話した咲良は、桜輔の双眸《そうぼう》がささやかな弧を描いていることに気づく。ともすれば、見落としてしまいそうなほどの小さな変化だったが、彼は確かに微笑んでいた。

「無愛想で融通が利かない孫だとでも話してるんでしょう」

「いえ、そんなことは……。いい男だって自慢されてますよ」

桜輔が面食らったように苦笑を零《こぼ》す。それから、居心地が悪そうに顔を背けた。

「それはつまらないことを……。申し訳ない」

「そんなことありません。あなたのお話をされるセツさんはいつも嬉しそうで、面会に来られる日が待ち遠しいんだって伝わってきます。そんなセツさんを見てると、私も笑顔になれるんです」

「……どうりでばあちゃんが気に入るはずだ」

「え？」

「いや、気にしないでください」

彼が言い切ってしまい、また会話が途切れる。いつも通りの帰路を案内する以外に言葉を交わさない間に、咲良の家の最寄り駅が見えてきた。

桜輔の歩幅は、体格に似合わない。咲良はそう思った直後に、彼が自分に合わせてくれているのだと気づき、その気遣いに笑みを零《こぼ》した。

「それで……困り事というのは、いわゆるストーカー被害ということですか？」

「……それもセツさんからお聞きになったんですか？」

「重ね重ね申し訳ない。祖母から『相談に乗ってあげてほしい人がいる』と言われたとき、祖母が知る範囲の事情は聞かせてもらいました」

「そうですか……」

「警察には相談してないと聞きましたが」

咲良は口を開きかけて、悩んだように閉じた。警察に相談しても何もしてくれないことはもう知っている、とは警察官である桜輔を前にして言いにくかった。

「相談するほどじゃないというか……最初は職場の近くにいて、そのあと何度かうちの最寄り駅で会うくらいなので。毎回偶然を装われてますし、それこそ『たまたまだ』と言われればそれまでですし……。それに、こういうことは初めてじゃ……」

視線を伏せる咲良に、彼はすべてを察したようだった。

「そういうことなら、警察に行くのも二の足を踏むでしょう。一人で抱え込むのも無理はない」

共感されたことはもちろん、一人で悩んでいることまで見透かされて驚いた。

「あの……どうして一人で抱え込んでるって……」

「祖母の話では誰にも相談してる様子がないとのことでしたし、今のあなたの反応で何となく。職業柄、そういう勘は働く方なんです」

足を止めた桜輔につられて立ち止まる。真っ直ぐに目が合い、彼の真摯な瞳に捕らわれた。

「でも、不安でしょう。怖い思いをされたこともあるのでは？」

「っ……はい……」

か細い声が、重なった二人の影の上に落ちた。

自分の不安を受け止めてもらったせいか、咲良の視界が滲んでいく。それを堪《こら》えるように唇を噛みしめた。

普段なら初対面の男性には必要以上に警戒心を抱くのに、桜輔に対してはそういったものが芽生えない。

セツの孫で、警察官。それは、咲良に安心感を与える理由ではあったが、咲良は心の片隅でそれだけではない気がしていた。

もっとも、そう感じる理由はわからなかったけれど……

通行人の邪魔になることに気づき、再び歩き出して商店街に入ったとき。

「咲良ちゃん？」

背後から飛んできた声に、咲良が身体を強張《こわば》らせた。

先を歩く桜輔が振り返ったのと同時に、震えそうな肩に大きな手が乗る。

「ッ……！」

全身を跳ねさせた直後に振り向くと、ニコニコと笑う川辺が立っていた。

「偶然だね！　今日も仕事だったの？」

「い、え……今日、は……」

声が震える咲良の様子から、桜輔が何かを察したらしい。彼はすぐさま自転車を止め、咲良を庇うように立った。

「咲良、こちらの方は？　ご友人？」

「咲良ちゃん、この人は？」

二人から同時に質問を受けて戸惑うと、桜輔がすかさず口を開いた。

「堂本と申します。咲良とは親戚で、これから二人で出掛けるんです」

咲良は目を見開きそうになったが、桜輔に寄越された視線を受け、慌てて川辺に頷《うなず》く。川辺を見る桜輔は笑顔だったが、その目はちっとも笑っていなかった。

「そうなんです……。えっと、だから……」

「へぇ、そっかぁ。邪魔しちゃってごめんね」

すると、川辺はあっさりと踵《きびす》を返し、駅の方へと歩き出した。あまりにもすんなりと引き下がられて、咲良は安堵するよりも困惑してしまう。

桜輔は、川辺の後ろ姿が見えなくなったあと、咲良に隣を歩くように告げて家まで案内させた。

「あの……送っていただき、ありがとうございました。それに、さっきのことも……」

「気にしないでください。それより、あの男ですね？」

「はい……」

「すんなり引いたところを見ると、今のところ危害を加える気はないと思いますが……。念のためにしばらくは警戒し続けた方がいいいな」

咲良の表情が曇っていく。芽生え始めていた安心感は消え、すぐに不安へと戻っていった。

「申し訳ない。脅すつもりはないんだ。現状、できることがなくて心苦しいですが、近くの交番にパトロールを強化するように進言しておきます」

「ありがとう、ございます……」

咲良が笑わなければ、桜輔に気を使わせてしまう。そう思うのに、上手く笑みを繕えない。

「この近くにゆっくりできそうな店か公園はありますか?」

「え?」

「少し休んでから家に入るといい。それまで一緒にいますから」

咲良は慌てて首を横に振ったが、彼は「どうせならコーヒーでも飲める方がいいか」と独り言ちた。

結局、その言葉に甘えるように、駅前のコーヒーショップに戻った。

桜輔は、コーヒーとカフェオレを購入すると、ただ側にいてくれた。

小さなテーブルを挟んでいるのは先ほどと同じなのに、あのときに感じていた緊張感はなく、少しずつ心が落ち着いていく。彼が静かに咲良を見守るようにしながらも、ときおり他愛のない話を振ってくれたおかげかもしれない。

そうして一時間ほど一緒に過ごして咲良の不安が溶けた頃、桜輔は再びアパートの前まで送ってくれた。繰り返しお礼を言う咲良に、彼は首を横に振った。

「それより、落ち着いたようで良かったです」

向けられたのは、柔和な笑顔。

今日一番の優しい表情を前に、不意打ちを受けた咲良の鼓動が大きく高鳴った。

三　初めての感情

暦《こよみ》は七月に入り、夏特有の蒸し暑い夜が続いていた。

帰宅後にシャワーを浴びて一息ついていると、咲良のスマホに着信が入った。

ディスプレイに表示された着信画面には、【堂本桜輔】という名前。咲良は深呼吸をしてから通話ボタンをタップし、スマホを耳に当てた。

「もしもし……？」

上ずりそうだった声は、小さな咳払いでごまかす。

『こんばんは、堂本です』

直後に咲良の鼓膜をくすぐったのは、低く落ち着いた声音だった。

「あ、はい。えっと、こんばんは」

反して、咲良の心は急にソワソワしてしまう。

『今、お時間は大丈夫ですか？』

落ち着かない中、桜輔に問いかけられ、「はい」と返した。

『その後、何か変わったことはありませんか？　あの男のことはもちろん、それ以外でもお困り事などは？』

桜輔に送ってもらったあの日、彼と連絡先を交換した。以来、二日に一度ほどの頻度で電話をくれ、こうして咲良の様子を気にかけてくれている。

「はい。特に何もありません。今日も無事に帰宅できました」

『そうですか。何もないようでしたら良かったです』

あの日以降、川辺の姿は見かけなくなった。彼が職場の周辺や最寄りの駅前に姿を見せることはなく、咲良はこの半月ほどは平穏な日々を送っている。

もちろん、完全に安心できているわけではない。それでも、こうして連絡をくれる桜輔のおかげで少しずつ恐怖心が薄らぎ、日に日に心が凪《な》いでいくようだった。

親しくもない咲良に対して、ここまで気遣ってくれることをありがたいと思う。反面、セツから多忙だと聞いていた彼の手を煩《わずら》わせている気がして申し訳なさも募っていた。

桜輔にとっては仕事の一環かもしれないが、咲良が知っている警察官の対応とは随分と違っていて、少々戸惑っている部分もある。嬉しさや心強さも大きいものの、このまま甘えていてもいいのかという困惑もあった。

「あの……堂本さん」

『はい』

「頻繁にお電話をいただけるのはすごくありがたいんですが、あれ以降は何もありませんし、多分もう大丈夫だと思います。ですから、こんなに頻繁にご連絡をいただかなくても……」

控えめに自身の素直な気持ちを告げれば、電話口の彼が纏《まと》う空気がふっと和らいだ。

『祖母が本当にお世話になってますから、これくらい何でもありません。何より、警察官として放っておけない』

ありがたい。嬉しい。心強い。そんな気持ちとは裏腹に、本当にいいのだろうか……と思う。いくらセツの紹介とはいえ、こうして助けられてばかりでは申し訳なさがどんどん膨らんでいく。

元来、人を頼るのが苦手な咲良は、厚意を素直に受け取ることに慣れていないのもある。

「でしたら、何かお礼をさせていただけませんか？」

『お礼？　いや、これはあくまで職務の一環ですから』

「でも、先日助けていただいたときはプライベートでした。それに、セツさんのご紹介でなければ、堂本さんにここまでしていただくことにはならなかったはずですし……」

『本当に気にしないでください』

「あと、カフェオレだってご馳走していただきましたから」

自分の気持ちが収まらない。少なくとも、川辺から守ってくれたあの日の桜輔は、プライベートの時間を割いてくれていたのだ。そして、おそらく今もそうなのだろう。

『わかりました。では、食事でも行きませんか』

「えっ？」

『もちろん、無理にとは言いませんが……』

悩んだのは、わずかな時間だった。咲良は緊張感を抱えつつも、「はい」と頷《うなず》く。

「ぜひ、何かご馳走させてください」

『いや、それは……まあ今はいいか。じゃあ、ご都合がいい日はありますか』

彼は一人で完結させるように呟き、そう口にした。


桜輔と会うことになったのは、それから三日後の咲良の休みの日のことだった。

朝からよく晴れた真夏日で、夜になっても気温はあまり下がっていない。蒸すような暑さの中、まだ日が沈み切っていない道を歩いて駅に向かった。

火曜日の十九時前。七月の今は日が長く、この時間でもそれなりに明るい。

夜道ではないこと、これから桜輔に会えること。彼と食事をするということへの緊張感が大きすぎて、小さな不安はすぐに埋もれていった。

慣れた道にパンプスの音を鳴らしていると、視線を感じて振り返った。しかし、咲良の視界の中には通行人の姿しかない。

気のせいだと思い再び歩き出したが、なぜか誰かに見られている気がしてならない。不思議なもので、一度気になるとどうにも身構えてしまう。

咲良は急ぎ足で商店街を駆け抜け、人通りのある大通りを渡って駅に着いた。

ふう、と息を大きく吐いてしまう。無意識に身体が強張《こわば》っていたのか、必死に歩いてきたせいか、額がじんわりと汗ばんでいた。

すぐ目の前のパティスリーで焼き菓子と紅茶のセットを購入し、ラッピングをしてもらっている間にハンカチで汗を拭い、手櫛《てぐし》で前髪を整える。

桜輔は車で来ると言い、家までの送迎も申し出てくれた。けれど、咲良は申し訳なさから『駅前で用事があるので』と告げて、駅で待ち合わせるように頼んだのだ。

彼のことだから帰りは送ってくれるかもしれないが、今日は咲良がお礼をしたいと申し出ているため、そこはきちんと断ろうと思っている。

商品を受け取って外に出たあとで、ハーフアップにした髪が崩れていないかと気にしていると、すぐ側に停まった車から桜輔が降りてきた。

「こんばんは。お待たせしてすみません」

つい十分ほど前までは誰かの視線を気にしていたが、彼の顔を見たおかげかもう不安はない。むしろ、どこかホッとした。

「いいえ、私も今着いたところです。お仕事、お疲れ様でした」

「ありがとうございます。車で店まで行こうと思うんですが、電車の方がいいですか？」

親しくない男性の車だが、桜輔のことは怖くない。苦手な電車よりも彼の側の方がよほど安全に思えて、咲良は「大丈夫です。よろしくお願いします」と微笑んだ。

桜輔は助手席のドアを開けてくれ、咲良は緊張しつつシートに腰掛ける。すると、運転席に回った彼との距離が近いことに、どうにも身の置き場がないような感覚を抱いた。

（運転席と助手席の距離って、こんなに近かったっけ……？）

「じゃあ、店に向かいます」

「はい。よろしくお願いします」

咲良が咄嗟に平静を装って丁寧に頭を下げれば、桜輔が口元をわずかに緩めた。微かなその変化は、きっと瞬きをしていれば見過ごしていただろう。

緊張感でいっぱいになりそうだった咲良だが、彼のわかりにくい変化に気づけたことが嬉しくて、ほんの少しだけ肩の力が抜けた。

店は桜輔が選び、予約までしてくれていた。これではお礼にならない気もしたが、『こちらで手配しておきます』と言われてお願いしたのだ。

スペイン料理をメインにしたバルの店内は、壁にスペインの街と思《おぼ》しき写真が何枚も飾られ、テーブルごとに壁で仕切られており半個室になっている。

個室なら気まずさが勝るかもしれないが、咲良の中に抵抗感はなかった。それに、このタイプのテーブルなら人目をあまり気にせずにいられる上、ゆっくり話せるだろう。

「素敵なお店ですね。よく来られるんですか？」

「同期と一度来ただけですが、料理がうまかったので。あ、スペイン料理は大丈夫ですか？」

「はい。パエリアとか生ハムが好きです」

「じゃあ、それは頼みましょう」

桜輔は外見こそ取っ付きにくそうだが、話してみると意外と会話が途切れない。表情の変化はわかりづらいものの、怒っているわけではなく無愛想なだけだと思えば気にならなかった。

そもそも、先日は咲良が落ち着くまで一緒にいてくれ、頻繁に電話までくれている。そういったところに始まり、今日は車の乗降時にドアを開けてくれたり、咲良の好みを尋ねつつメニューを選んでくれたりと、気遣いができて優しい人だとよくわかる。

(セッさんの話だと独身だってことだけど、恋人とかいないのかな?)

ふとそんなことを考えてハッとする。

もし彼に恋人がいれば、こうして会っているのは良くないことではないだろうか。そんな思いが過《よぎ》り、慌てて口を開いた。

「あの……堂本さんって恋人とかいらっしゃいますか?」

注文を終えるなり尋ねた咲良に、桜輔が意表を突かれたように瞠目《どうもく》する。

「い、いや……そういう人はいませんが……。どうしてですか?」

戸惑いを浮かべる彼の表情に、咲良はホッと息をついた。

「良かったです。もしそういう方がいらっしゃれば、こうしてお会いするべきじゃなかったと心配してしまったので……」

きょとんとした桜輔が、ため息交じりに眉を顰《ひそ》める。咲良は自分が失言したのかと不安を覚えたが、一瞬気まずくなった空気はすぐに溶けた。

「お待たせいたしました。ドリンクと生ハムです」

タイミング良く来てくれた店員に感謝しつつも、数十秒前の桜輔の様子が気になる。そんな咲良を余所に、彼は「食べましょう」と短く告げた。

咲良はノンアルコールのサングリアに、桜輔はウーロン茶に口をつける。途端、先ほどまでに反して沈黙に包まれた。

お礼を、と言ったのは咲良だ。しかし、咲良は男性と二人きりで食事をしたことなんてない。恋人どころか好きな人もできないまま、二十七年。そんな咲良から、気の利いた言葉が出てくるはずがない。

彼も気まずいのか、生ハムを二枚食べたきり、手も口も動かしていなかった。

(えぇっと、何か話題を……。川辺さんのことと電話のお礼は車で言ったから、それ以外で……。ひだまりの利用者さんなら男性でも普通に話せるのに……)

グルグルと考えていたとき、自分たちの共通の話題を見つけた。

「セツさんって、素敵な方ですよね。明るくてお話が上手で、ときには冗談も言ってくれて……セツさんと話すと、いつも元気をもらえるんです」

桜輔の瞳が和らぎ、咲良は自身の選択が間違っていなかったことに安堵する。

「マニキュアを選ぶときはすごく楽しそうにしてくださって、ネイルが完成すると満面の笑みを見せてくださるんです。私、いつもそれがすごく嬉しくて」

夢中でセツを褒めていると、彼の双眸《そうぼう》がどんどん柔らかくなっていく。一見するとやっぱりわかりにくいが、よく見れば先ほどまでと全然違っていた。

「そうですか。ですが、祖母は一時期、あまり元気がなかったんです。でも、いつからかあなたの話をするようになって、元の明るい祖母になっていきました。祖母がまた笑顔を見せてくれるようになったのは、深澤さんのおかげだと思います」

「え？」

「祖母の足が悪くなったのは、祖父が亡くなった直後のことでした。車椅子での生活を余儀なくされたことで、祖母は以前より自分で探していたひだまりに入ると言い、一人で今後の身の振り方を決めてしまいました」

ためらいを覗かせながらも、桜輔の口調はしっかりとしたものだった。ただ、そこには後悔が滲んでいるようにも感じる。

「祖母は、誰にも迷惑をかけたくなかったんでしょうね。もともと自分のことは自分でしたいというタイプの人間ですし、人に頼るのもあまり得意ではない人ですから、家族に介護をさせるよりも施設に行く方がいいと思ったんでしょう」

「そう、だったんですね……」

「ひだまりには本当は祖父と入居するつもりで、二人で見学にも行ってたそうです。でも、結果的にこうなってしまいました。『みなさんが良くしてくれるから心配しないで』と言いながらも、以前のような笑顔は見せなくなって……」

セツの話しぶりを思い返せば、夫婦仲はとても良かったのだろうと想像できる。老後を夫と二人で過ごすつもりで見学に行った施設に一人で入るのは、いったいどれだけ心細かっただろうか。

「俺も家族もできる限り施設に通いましたが、祖母の元気がないのは明らかでした」

セツの気持ちを考えれば、咲良の鼻の奥がツンと痛んだ。

「でも、ある日面会に行ったら、祖母が昔と同じような笑顔を見せてくれたんです。そのときに真っ先に爪を見せてくれて、『ボランティアさんにしてもらった』と。祖母はあなたの話をたくさんしてくれました」

桜輔が咲良を真っ直ぐ見つめる。その双眸《そうぼう》は、とても優しかった。

「嬉しかった。また笑ってくれるようになったことも、祖母に笑うきっかけを与えてもらえたことも。だから、あなたに会えたらお礼を言いたいと思ってたんです」

咲良が目を見張れば、彼が目尻を下げる。笑顔というには足りない表情なのに、嬉しそうなのが伝わってくる。

その瞬間、咲良の鼓動が大きく高鳴った。

ドキドキと脈打つ心音のせいか、胸の奥がきゅうっと締めつけられる。けれど、決して嫌な感覚ではない。

甘さを孕んだ苦しさなのに、心に広がっていくのは喜びだけ。

セツを笑顔にする手助けができていたのなら嬉しい。桜輔にそんな風に言ってもらえたことも、とても嬉しい。

だから、芽生えた喜びはそのせい。ただ、胸の奥を締めつけるような甘切ない感覚が生まれた理由がわからない。

「祖母をまた笑顔にしてくれて、ありがとうございました。あなたとの時間は、きっと祖母にとってかけがえのないものだと思います」

たかが、ボランティアだ。同僚には理解されず、ボランティアをしていると話せば半笑いを返されたことも少なくはない。

偽善だと言われたことはないが、それらしい言葉を向けられたこともある。あの花見で咲良がボランティアでひだまりに行っていると同僚の誰かが話したとき、男性陣の中には理解できないと言わんばかりに笑っている者もいた。

「ボランティアと聞いてますし、ずっと続けることは難しいとも思いますが、ひだまりに通っていただける間は祖母の話し相手をしていただければ嬉しいです」

けれど、桜輔は違う。

セツのことを差し引いても、咲良を気遣った上で咲良のやってきたことをきちんと認めてくれている。そんな気がした瞬間、咲良の胸の奥からグッと熱が込み上げてきた。

(何これ……。胸が苦しくて、熱を持ったみたいで……でも嫌じゃない)

初めて抱く感覚に、困惑してしまう。それなのに、嫌ではないという気持ちだけは明確に存在している。

無愛想だと聞いていた桜輔が、こんなにも話してくれることも嬉しかった。

「……と、話してばかりですね。いい加減に食べましょうか」

ちょうど運ばれてきたパエリアとアヒージョからは、魚介類やニンニクとオリーブオイルの香りが漂い、空腹の胃を刺激してくる。

ところが、好物を前にした咲良はというと、ちっとも食が進まない。お腹は確かに空いているのに、胸がいっぱいで食欲がどこかにいってしまったようだった。

「口に合いませんでしたか?」

「い、いいえ! すごくおいしいです!」

咲良の様子を窺う彼に、慌てて笑みを返す。そのままスプーンを口に運び、「おいしいです」ともう一度言った。

(いけない……。気を遣わせたよね……)

それからはどんな話をしたのかはよく覚えていない。あまり口数が多くないと思っていた桜輔が色々と話してくれていたが、咲良は食べるのと相槌《あいづち》を打つだけで精一杯だったからである。

緊張のせいか、お酒を飲んでいないのに頬が熱い。胸がいっぱいなのに無理して食べたからか、余計に胃のあたりが苦しくなってきた。

平静を装っているつもりだが、何か粗相をしていないだろうか。

そんなことばかり考えていた咲良を余所に、彼はいつの間にか会計を済ませ、当たり前のように家まで送ってくれた。

＊＊＊

七月も終わる頃。

咲良は、一紗が働く美容室、『Duo《デュオ》』を訪れた。

「今日はどうする?」

「髪は毛先を整える程度にしてほしいんだけど、カラーはまだ決めてなくて」

「夏だし明るくする？」

「うーん……そうだなぁ」

タブレット端末で見せられたのは、彼女のようにブリーチをしているであろう明るい髪色ばかりだ。流行りのインナーカラーもあるが、どれもピンと来ない。

(堂本さんって、どんな髪色が好きなのかな？　真面目そうな人だから、あんまり明るい色は好きじゃない気がするなぁ……)

ついそんなことを考えた自分に驚き、咲良の中に戸惑いが芽生えた。

二人で食事に行ったのは、もう十日ほど前のこと。

結局はアパートの前まで送ってもらったため、お茶でも出した方がいいのかと思って勇気を出してみると、あっさりと断られた。

『いくら警察官でも家にまで上がられるのは抵抗があるでしょうし、そもそもそういったお気遣いは不要です』

口調こそ冷たく感じたが、それが咲良を思いやってのことだというのは伝わってきた。

ただ、本心では抵抗感はなかった。もちろん、狭い家で男性と二人きりになれば緊張はするだろうと予想はできたが、彼に限っては怖いとは思わない。

自分でも不思議ではあるものの、それだけは確信していた。だから、断られたときにはほんの少しだけ残念な気持ちにもなったのだ。

（結局、お礼にならなかったな……。堂本さん、迷惑だって思ったりしたかな……）

「咲良？　聞いてる？」

桜輔のことを考えていると一紗に顔を覗き込まれ、咲良はハッとした。

「疲れてる？　仕事が忙しいの？」

「そういうわけじゃないんだけど……」

話せば長くなるが、彼女とはこのあと食事に行くことになっている。

咲良と一紗は親友でもあるが、互いに客でもある。いつか独立するという同じ夢を持ち、応援も兼ねて指名し合っているのだ。

高校時代からの付き合いのため、それぞれの好みは把握している。ネイリストと美容師としても信頼し合っており、客として店に訪れた日は夕食を共にするのが恒例だ。

「あとで聞いてくれる？」

「オッケー。じゃあ、とりあえずカラーを決めようか」

彼女の笑顔に心強さを感じ、咲良はタブレットを見ながら髪色を決めた。


すっかり日が暮れた頃、咲良と一紗はデュオから程近い居酒屋に来ていた。

ドリンクと料理を注文し、まずは喉を潤してお腹を落ち着かせる。

結局、髪はいつも通り暗めのブラウンに染めた。長さもほとんど変わらないため、一見すると変化がないように思える。

しかし、ヘッドスパで頭がすっきりし、トリートメントのおかげで艶も出た。彼女が丁寧にブローをしてくれたため、いつもは纏《まと》まりづらいふわふわの髪質も今は落ち着いている。

「もっと明るくしちゃっても良かったと思うけどなー」

「金髪にしたときのこと、覚えてるでしょ？　私には似合わなかったから明るい色はもういいよ」

「いや、あれは痴漢対策だっただけね！　今ならもっと似合うようにするって」

就職後、電車での痴漢被害に悩む咲良の髪を明るく染めることを提案したのは、一紗だ。

それまでは目立たないように地味な格好をしていたが、効果がなかった。そこで『逆にすればいいんじゃない？』と言った彼女のアドバイスで金髪にしたのだ。

結果的にあまり意味はなく、何よりも金髪が似合わなかったことにより、その作戦は一度きりで終わってしまったのだけれど……

「そういえば、何か話があるんだよね？　まさか、また変な男に狙われてるとかじゃ……」

「それはもう解決したんだけど」

「えっ？　ちょっと待って！　解決したってことは何かあったの？」

思わず口が滑った咲良に、一紗が「聞いてないんだけど！」と眉を寄せる。

「そういうときは真っ先に相談しろって言ってるじゃん！」

「ご、ごめんね……。確信がないわけじゃなかったんだけど、相談するほどひどい被害ってわけでもなくて……」

「違うでしょ！　何かあってからじゃ遅いから、いつも相談してって言ってるのに。咲良のことだから、どうせ私に話せば心配させるとか思ったんでしょ？」

図星を突かれて小さくなった咲良は、彼女に一部始終を話すしかなかった。川辺のことはもちろん、どんな風に解決したのか……ということまで。

「何その人！　めちゃくちゃ親切すぎない？　おばあさんが咲良にお世話になってるからって、普通そこまでしないでしょ」

「きっと、すごく責任感が強くて真面目な人なんだと思う。セツさん……その、堂本さんのおばあさんも、そんな感じのことを話してたし」

「でもねぇ……下心がないとは限らないよ？　警察官だってただの男だろうし」

「堂本さんはそんな人じゃないよ！　助けてくれたときも食事に行ったときもすごく紳士的だったし、私が『うちでお茶でも』って言っても私を思いやって丁寧に断ってくれたし」

「え？　咲良が男を家に誘ったの？」

「誘ったって……。そういうのじゃないからね？　ただ、お礼って意味で……。それに、堂本さんは結局すぐに帰ったし」

あの日、桜輔は洋菓子セットは受け取ってくれたが、咲良ができたお礼はそれだけだ。食事代は出させてもらえず、家まで送ってもらったため、むしろさらに恩ができてしまった。

何のために食事に行ったのか……

彼はあれ以降も電話をくれていて、咲良はどうやって恩返しをすればいいのかわからなかった。

「いやいや、咲良が自分からそんなこと言うなんて今までならありえなかったじゃん！　何で？

その人、めちゃくちゃ優しいとか男っぽくないとか？」

食いつく一紗を窘《たしな》めるように、咲良は首を大きく横に振る。

「優しいのは間違いないけど、すごく男性っぽいよ。職業柄なんだろうけど、鍛えてるのが一目でわかるくらい体格がいいし、身長も高いし」

「……でも、その人は平気なんだ？」

「助けてくれたのもあるし、セツさんのお孫さんで警察官だからだと思うんだけど……堂本さんのことは初対面のときから怖くなくて、苦手意識もなかったかな」

「なるほどねぇ」

ビールをグビッと飲み干した彼女が、にんまりと口元を緩める。その目は明らかに何か言いたげで、咲良はりんごサワーのグラスに口をつけて続きを待った。

「ひょっとして、恋……かもよ？」

突拍子もない言葉に、喉を通るところだった液体が引っかかる。むせた咲良が慌てておしぼりを口に当てると、一紗はなおも楽しそうに笑っていた。

「なっ……そんなわけ……っ」

「どうかな～？　親友の目から見れば、ないとは言い切れないと思うなぁ」

咲良の頭の中に、〝恋〟という文字が浮かんでは消えていく。

絶対に違うと言いたいのに、なぜか上手く言葉が出てこなかった。

四　急接近

八月中旬の日曜日。

咲良は、ひだまりを訪れた。

マハロには年末年始以外の店休日がなく、お盆期間も営業している。しかし、一店舗につきネイリストが二十名ほど配属されているため、シフト制ではあるものの休暇はきちんと取れる。

お盆シーズンは客足が減ることもあり、スタッフは半数しか出勤しない。咲良も二日間の夏季休暇とシフトを合わせ、今日からの四日間は休みだった。

初日の今日は、ひだまりを訪れた。

前回の土曜日に続いて、今回のボランティアの日が日曜日になったのは、ひだまりの事務員とスケジュールの話し合いで決まったこと。あくまで偶然だった。

けれど、咲良の心の片隅には桜輔に会えるかもしれない……という気持ちもあった。

食事に行ったとき、彼の非番は土日だと聞いた。警察官だからシフト制なのかと思っていたが、そうではない部署もあるのだとか。

警察組織に関する知識はなく、個人的なことを詮索するのも気が引けて詳しくは訊けなかったものの、土日が休みなら今日ひだまりに来る可能性だってある。

「こんにちは」

「あっ、咲良ちゃん！　こんにちは」

咲良の挨拶に藤野が笑みを返し、周囲にいた入居者たちも笑顔になる。リビングが一気に明るい雰囲気に包まれ、みんなが我先にと咲良に話しかけた。

「ほらほら、みなさん。まずは咲良ちゃんに休憩させてあげないと。今日も暑い中、ここまで来てくれたんだよ。お話はネイルやマッサージのときにね」

入居者たちの勢いに圧倒されかけた咲良に、藤野がすかさず助け船を出す。咲良は彼にお礼を込めて会釈をし、ひとまず荷物を置かせてもらった。

「あれ？　セツさんはお部屋ですか？」

「うん。今日もお孫さんが来られてるんだ」

咲良の鼓動が小さく跳ね、脳裏には桜輔の顔が浮かぶ。

しかし、セツには彼以外にも孫がいるはず――

ぬか喜びが怖くて冷静でいようと努めたとき、「咲良ちゃん！」と嬉々とした声が響いた。

「待ってたのよ～。今日も話したいことがたくさんあるの」

満面の笑みのセツの後ろには、車椅子を押す桜輔がいる。目が合った瞬間、咲良は胸の奥が高鳴ったことを自覚したが、それをごまかすように咄嗟に頭を下げた。

「咲良ちゃんの人気は衰えないね～。でも、みなさん、咲良ちゃんは一人しかいないからね。取り合いたい気持ちはわかるけど、順番だよ」

藤野の言葉に、入居者たちが楽しそうに笑う。和気藹々《わきあいあい》とした雰囲気に反し、咲良は自分の心臓が落ち着きを失《な》くしていくのを感じていた。

（一紗があんなこと言うから……！）

この気持ちは、恋なんかではないはず。一紗に指摘されてから何度もそう思うようにしてきたが、いざ桜輔と会うと拍動は高鳴るばかり。

彼の顔をまともに見ることができず、つい視線を逸らしてしまう。まるで彼女の言葉を肯定している気がして、咲良は首をブンブンと横に振った。

「咲良ちゃん？　どうかした？」

不思議そうな顔をする藤野に、「何でもないです」と微笑する。変に思われないようにしたいのに、ネイルボックスを広げる手が彷徨《さまよ》いそうだった。

セツの順番が来たのは、それから三時間近くが経った頃。

最初こそリビングにいたセツだったが、少し疲れた様子だったため部屋で待ってもらうことになり、そのままなりゆきで咲良がセツのもとに行くことになった。

ドアをノックすると、聞こえてきたのは桜輔の「どうぞ」という返事。咲良は一瞬ためらったが、そっとスライド式のドアを開けた。

「失礼します。セツさん、咲良です」

セツはベッドで眠っており、傍らにいる彼は椅子に腰かけて読書をしていたようだ。

「すみません、すぐに起こします」

「え？　でも……」

「起こすように言われてるんです。声をかけなかったら、あとで俺が怒られますから」

戸惑う咲良に、桜輔が穏やかな眼差しを向ける。今日初めて真っ直ぐ目が合ったことに鼓動が大きく弾んだ咲良を余所に、彼が「ばあちゃん」と優しく声をかけた。

「咲良さんが来たよ」

名前で呼ばれたことに、心臓がドキリと音を立てる。咲良に向けられたわけではなくても、桜輔の声音で自分の名前が紡がれることが何だかくすぐったい。

川辺の前で呼び捨てされたのは演技だったが、今はそうじゃないとわかっている。そのせいか、桜輔との距離が近づいたようにも思えた。

(……って、何考えてるの！　堂本さんは、セツさんに私のことを話すために名前で呼んだだけだろうし……こんな風に思うなんておかしいよ)

自分自身に言い聞かせた咲良がセツを見ると、ちょうど目を開けたところだった。

「……ん、もう順番？」

「ああ。一時間半くらい寝てたけど、まだ眠るなら今日はやめておくか？」

「嫌よ。月に一度の機会なんですもの」

「無理するなよ。やっと風邪が治ったんだから」

「平気よ。今日もすごく楽しみにしてたんだもの」

どうやら、セツは夏風邪を引いていたらしい。病み上がりなら体力が落ちているだろう。

「セツさん、今日はベッドで施術しましょうか」

「そんな……悪いわ。車椅子に移るから、ちょっと待ってちょうだい」

「無理しないでください。ベッドを起こせば、そのテーブルでできますから」

部屋の隅に置かれているベッドサイドテーブルを指差し、咲良が「そうしましょう」と笑う。

「じゃあ、お言葉に甘えさせてもらうわね。ごめんなさいね」

「謝らないでください。今日も爪を可愛くしましょうね！」

咲良の満面の笑みに、セツが頬を綻《ほころ》ばせる。桜輔は安堵したように表情を和らげ、テーブルを設置するのを手伝ってくれた。

「咲良ちゃんの中指の爪、キラキラしてて素敵ね。そういうのもできるの？」

「あっ、これはマグネットネイルというもので、マニキュアではできないんです。独特の手法が必要なので、ジェルネイルでしかできなくて……。すみません」

「残念だわ……。でも、咲良ちゃんはいつも可愛くしてくれるから、こうしてマニキュアを塗ってもらえるだけで充分よ。この青色も海みたいでとても綺麗だし、毎日眺めてたの」

微笑むセツの言葉は、心からのものだとわかる。

一か月前にセツの爪に塗った、海をイメージしたコバルトブルーのマニキュアはあちこち剥《は》げているが、それでも嬉しそうに笑う姿を見ると、やっぱりこのボランティアをしていて良かったと思う。

「まずは落としていきますね」

「ええ。まだ少し色が残ってるからもったいないけど、今日もよろしくね」

咲良は大きく頷《うなず》き、除光液でマニキュアを落としていく。

年齢を重ねるごとに爪が伸びる速度は遅くなるため、セツの爪はそこまで長くなっていない。伸びた分だけ丁寧に切り、やすりをかけて甘皮の処理も終えた。

「どんな色がいいですか？　今日も一番人気だったのは青系でしたよ」

「そうねぇ……前回と前々回は青だったし、今回は違う色がいいんだけど、桜輔はどう思う？」

「ばあちゃんの好きな色を選ばせてもらえばいいだろ」

「あなたに訊いてるのよ」

「俺に訊かれてもわからないって、前にも言ったじゃないか」

「やっぱり女心がわからない子ね。じゃあ、咲良ちゃんにお任せしようかしら。私、咲良ちゃんのセンスがすごく好きなの。その爪も自分でしたんでしょ？　いつも素敵だなって思ってるのよ」

咲良は気恥ずかしいような気持ちを抱き、けれどそれ以上に喜びに包まれた。

今日の咲良の爪は、ビタミンカラーを使用している。親指と薬指に手描きのひまわりの花を数個配置し、人差し指と小指にはパステルホワイトにシェルとストーン、中指はオレンジ系のマグネットネイルという、夏らしいデザインだ。

咲良が考えたもので、客からも『同じデザインにしてほしい』と要望を受けることが多々あった。

「桜輔もそう思うでしょ？　ひまわりが素敵で、見てると明るい気持ちになれるわ」

「ああ、そうだな」

「っ……。ありがとうございます」

頷《うなず》いた桜輔に、咲良は動揺してしまう。何とかお礼は言えたが、社交辞令だとしても褒められたという事実が咲良の心を揺すぶった。

咲良は必死に平静を装い、頭の中でデザインを想像する。数種類のマニキュアを出し、まずはパールの入ったオフホワイトを塗った。

「そういえば、この子はお役に立てた？」

「あ、はいっ……！　堂本さ……桜輔さんのおかげで、無事に解決しました」

「そう、良かったわ。ちゃんとお役に立てたのね」

「どうだろうな」

「頼りない言い方ねぇ」

「あの場でできることはしたし、近くの交番にはパトロールの強化も申請してる。ただ、それでも絶対に大丈夫とは言えないんだ」

「だったら、これからも咲良ちゃんの力になってあげて」

「いえ、そんな……。もう充分助けていただきましたから」

「いいのよ。咲良ちゃんには私がお世話になってるんだもの。今どき、こんな老人相手にボランティアをしてくれる子なんて、そうそういないわ。私は何もしてあげられないけど、孫の桜輔が警察官なのもきっと巡り合わせだと思うの」

困惑する咲良を前にしても、桜輔の表情は変わらない。迷惑そうにしている様子はないが、いい大人ならそう思っていても繕えるだろう。

不安になった咲良に反し、セツはいつものように饒舌だった。

「桜輔から聞いてるかもしれないけど、今は内勤だからあまり都民と関わらないみたいで……。もちろんそれも大切な仕事だけど、桜輔には初心を忘れずにいてほしいの。ドラマに出てくる偉そうな警察官みたいになられたら嫌だもの」

セツいわく、桜輔は『本庁』と呼ばれる『警視庁』で内勤に就き、警視正という肩書きを持っている国家公務員なのだとか。つまり、いわゆるキャリア官僚にあたるのだろう。

咲良が知っている警察官といえば、交番にいる『お巡りさん』や刑事ドラマで観る『刑事』くらいだが、おそらくすごい人なんだ……ということだけは察した。

「何より、この子には昔から『困ってる人の力になりなさい』って言い聞かせてきたの。だからね、咲良ちゃんも遠慮せずに桜輔を頼ってちょうだい」

ためらったが、ここは素直にお礼を言っておこうと考える。

咲良がそうすれば、セツが瞳を緩めた。桜輔はセツに同意するがごとく、小さく頷《うなず》いていた。

「こんな感じでどうですか？」

施術を終えてセツに自分の爪を確認してもらうと、その顔がぱあっと輝いた。

「とても素敵だし可愛いわ！　ずっと見てたけど、これって手描きよね？」

「はい。セツさんには色々とお世話になったので、そのお礼に……。って、私はこんなことしかできないので、何だか申し訳ないんですけど……」

「そんなことないわよ。爪にひまわりが咲いたみたいですごく嬉しいもの。それに、咲良ちゃんとお揃いみたいね。これまでで一番気に入ったわ」

薬指には、手描きのひまわり。他の指はオフホワイトのマニキュアを塗り、先の方にラメを乗せただけだが、セツの爪はすっかり夏らしくなった。

爪が小さいため、ひまわりの絵は一つずつしか描けなかったが、ビタミンカラーが明るい気分にさせてくれるに違いない。

「桜輔、どうかしら？」

「ああ、綺麗だな。ばあちゃん家の庭に咲いてたひまわりを思い出す」

懐かしげに目を細めた桜輔に、セツが「そうね」と頷《うなず》く。二人の思い出を少しだけ知ることができ、咲良は心がほんのりと温かくなった気がした。

そろそろ夕食の時間になるため三人でリビングに移動すると、咲良は入居者たちに囲まれた。みんなに帰ることを告げ、最後にセツのところに行く。

セツは寂しげに笑い、それからすぐに思い立ったように口を開いた。

「咲良ちゃん、桜輔みたいな人はどう思う？」

「え？」

小首を傾げた咲良と眉を顰《ひそ》めた桜輔に構わず、セツが「ほら、前に恋人はいないって言ってたでしょ？」と期待の眼差しを向けてくる。

「あなたがお嫁に来てくれたら嬉しいし、すごく安心だわ。どうかしら？」

「そ、そんな……」

「ばあちゃん、そんなこと言ったら咲良さんが困るだろ」

「あなたみたいな堅物で真面目すぎる子には、咲良ちゃんみたいな優しい子がいいのよ」

窘《たしな》める彼を気にも留めないセツに、咲良は困惑してしまう。本気にしたわけではないが、だからといってどう言えばいいのかわからない。

「セツさん。咲良ちゃんと話したいだろうけど、事務長が待ってるからまた今度にしてあげて」

またしても、藤野に助けられて安堵する。咲良はみんなに挨拶をしてから一階に下りたが、次のスケジュールはすぐに決まり、施設を出て駐輪場に向かった。

するとそこにいたのは桜輔だった。

「……どうして？」

「祖母に『送ってあげなさい』と言われて追い出されました」

「す、すみません……！　堂本さんは、セツさんの面会に来られてたのに……！」

「いえ、構いません。それに、俺も祖母と同じことを考えてましたから」

目を丸くした咲良を余所に、彼は「自転車は俺が」と言いハンドルを持った。かくして、咲良はまた送ってもらうことになった。

もう十八時だというのに、空に残る夕日から降り注ぐ熱が身体を熱くする。けれど、それが果たして夕日のせいだけなのかというと、咲良にはよくわからなかった。

沈黙が少しだけ気まずいのは、先ほどのセツの言葉のせいだろうか。冗談だとわかっているし、そもそもああいうことを口にされたのは初めてではない。

ただ、今日は桜輔も一緒にいたときに言われたからか、妙に意識してしまう。

「この間はすみませんでした」

「え？　えっと……」

「自分のことを話しすぎてしまったな、と。俺が色々と話したせいであなたを困らせたのではないかと思って、あとで反省しました」

振り向いた彼が、何だか気まずそうに見える。咲良は慌てて首を横に振った。

「そんなことありません。堂本さんがセツさんのことを大切に思ってるのが伝わってきましたし、私が少しでもお役に立てたんだってわかって嬉しかったです！」

思わず語尾に力が入り、身体が前のめるような気持ちになる。

「みなさんに喜んでもらえてるとわかってますし、スタッフさんから入居者さんのご家族が感謝してくださってるとお聞きすることもあります。でも、あんな風にしっかりとお話を聞かせていただけたのは初めてだったので、すごく嬉しかったし感動しました」

咲良があまりに一生懸命話しているせいか、桜輔は意表を突かれたような顔をしている。ただ、その表情には安堵も滲んでいる気がした。

「ありがとうございます」

柔和な眼差しを向けられて、胸の奥が高鳴る。

お礼を言うのは助けてもらった自分の方だと思うのに、なぜか上手く言葉が出てこない。真っ直ぐに見られていると落ち着かなくて、つい視線を逸らしてしまった。

一瞬和んだはずの空気が、またぎくしゃくし始める。

（どうしよう……。何だか緊張して……）

もっと普通に接したいと思う咲良とは裏腹に、その後はほとんど会話を交わさないまま過ごすことになった。

＊　＊　＊

ひだまりのボランティアから、約一週間。

咲良は、駅のホームで深いため息をついた。昨日と今日は朝から土砂降りの雨で、仕方なく電車通勤を選択したが、女性専用車両に乗ってもやっぱり気が重くなる。

しかし、浮かない気分の理由はそれだけではなかった。

桜輔に送ってもらったあの日、ろくに話せなかった。彼のことを少しでも知りたかったのに、どうしてか言葉が出てこなかったのだ。

咲良は男性が苦手で、異性が相手だとあまり積極的に会話はできない。けれど、それとは別に一紗の言葉をどうにも変に意識してしまう。

桜輔のことを知りたいと感じている時点で彼女の予想があながち間違いではない気がしてきて、日に日に悩みは深くなっていった。

一駅分の距離を息を止めるような気持ちで過ごし、最寄り駅の改札口を抜けてようやくホッとする。ただ、家まで徒歩だと思うと、小さな恐怖心は消せなかった。

（大丈夫、大丈夫。最近は何もないし、パトロールを強化してくれてるはずだし）

雨足が弱まった夜空の下、おまじないのように心の中で何度も呟く。傘を差していると背後が見にくくなるせいか、柄を持つ手に力がこもった。

信号を渡ったところでスマホが震え、反射的に肩が強張《こわば》った。けれど、届いたメッセージの差出人が桜輔だとわかると、急にホッとして自然と足が止まった。

【こんばんは。最近は何か困ったことはありませんか？】

業務連絡のような内容だったが、そこに彼の気遣いを感じられて微笑が零《こぼ》れる。スマホを片手に【大丈夫です】と打とうとしたとき、背後から視線を感じて振り返った。

「……っ」

刹那、自身の視界に飛び込んできた姿に驚き、咲良の目が大きく見開く。

横断歩道の向こう側にいるのは、川辺だった。信号待ちの人たちの中で先頭に立ち、こちらを見ている。

もしかしたら、咲良の存在に気づいているのかもしれない。恐怖に侵された思考でもそんな考えが過《よぎ》り、咲良は咄嗟に傘で顔を隠すようにして背を向けた。

（な、何で……？　えっ……どうすればいいの……。この先は人通りが減っていくし、駅に戻る方がいい？　でも、そうしたら話しかけられるよね……？）

ただ話しかけられるだけで終わればいいが、それで済むとは限らない。

桜輔が親戚のふりをしてくれたあとから川辺は姿を見せなくなっていたし、もう諦めたのだと思っていた。けれど、そんなことはなかったのかもしれない。

何にせよ、今はここで立ち止まっているわけにはいかない。

震えそうな足を踏み出し、商店街に入っていく。そこを抜けたところで持っていたスマホの画面が視界に入り、桜輔の顔が脳裏に過《よぎ》った。

悩んだのは数秒のこと。恐怖心が勝り、遠慮する余裕なんてなかった。

足早に駆けながら発信ボタンをタップし、スマホを耳に当てる。

『はい、堂本です』

二コールも待たずに、落ち着いた声が聞こえてきた。

『咲良さん？　どうかされましたか？』

自分の名前が彼の声で紡がれたことに、ほんの少しだけ安心感を覚える。咲良は必死に心を落ち着け、どうにか唇を動かした。

「あ……あの人、が……」

ところが、言葉が上手く出てこない。言いたいことは頭の中に浮かんでいるのに、まるで喉が絞まるようで、伝えようとしても声にならなかった。

『あの人？　この間の男ですか？』

しかし、桜輔は瞬時に状況を把握してくれた。

『まずは落ち着いてください。今は外ですね？　どのあたりにいますか？』

電話口の音から判断したらしい彼の声は、焦りを見せないままだ。咲良も、それにつられるように平常心を取り戻し始めた。

「っ……駅から、家に……。信号を渡ったら、道路の向こうにいるのが見えて……それで、今……商店街、を抜けたところで……」

たどたどしく現在地を教えながらも、ひたすらに家を目指す。

『家に向かってるということですね。だが、相手に家がバレるのはまずい。帰り道にコンビニがあったでしょう？　そこまで行けますか？』

「は、はい……」

『俺もすぐに向かいます。このまま電話を切らずにいてください』

不安と恐怖で足が覚束《おぼつか》なくなりそうな咲良を、桜輔の力強い声音が支えてくれる。彼の言葉に縋《すが》るように、コンビニを目指した。

『今、車に乗りました。うちからなら十五分もあれば着きます。コンビニに着いたら、店内で待っててください。俺が迎えに行きますから』

電話越しの桜輔に、ただ「はい」と繰り返すことしかできない。背後が気になったが、足音が近づいてくる気がして振り返ることもできなかった。

「コンビニが見えました……！」

藁《わら》にも縋《すが》る思いだった。見慣れた鮮やかな看板が、まるで咲良を招いているようだ。

『良かった。俺ももう着きますから、あと少し頑張ってください』

「はいっ……！」

咲良の声に力が戻ってくる。まだ怖くてたまらなかったが、彼がすぐ側まで来てくれていると思うだけで心強い。

「咲良ちゃん！」

直後、そんな咲良を呼ぶ声が聞こえ、ほぼ同時に右手を掴まれた。

「ひっ……！」

全身が跳ねるように強張《こわば》り、右手の中にあったスマホが落ちる。雨で濡れていたアスファルトにぶつかり、ゴトッ……と音が鳴った。

「やっぱり咲良ちゃんだ。さっき、駅前の信号のところで目が合ったよね？　気づかなかったの？俺、急いで追いかけてきたんだよ！」

弾んだ声と笑顔が怖くて、咲良は全身が萎縮していくのがわかった。

「せっかくだし、食事に行こうよ。いい店を知ってるんだ」

すぐ目の前にコンビニがあるのに、もうそこにはたどりつけない予感がする。道行く人たちは、咲良たちのことなど気にしていないようだった。

「あ、明日……早いので……」

思い浮かんだ断り文句は、小さな雨音に負けそうなくらい弱々しかった。

「じゃあ、咲良ちゃんの家は？　ここから近いんでしょ？」

なぜ自宅がこの近所だと知っているのか。もしかして、もう住所を知られているのか。

そんな怖い想像が頭の中を巡り、首を微かに振ることしかできない。

一方、川辺の手の力はどんどん強くなっていく。「ほら」とグイッと引っ張られ、踏ん張り損ねた咲良の身体がよろめき、差していた傘を落とした。

「や、やめてください……。放してっ……」

涙が込み上げたとき、すぐ側で車が停まった。運転席から降りてきたのは桜輔だ。

桜輔は、駆け寄ってきたかと思うと有無を言わさずに川辺の手を引き剥《は》がし、咲良を庇うように立った。

「な、何だよっ……！　……って、あんた、この間の親戚じゃないか」

「彼女に何を？」

「べ、別に何もしてない！　それに、俺たちは仲がいいし、付き合ってるんだよ！　これから二人で咲良ちゃんの家でご飯を食べようって話してたところなんだ」

咲良はギョッとした。

いったい、自分たちはいつ付き合ったのか。先ほどの会話で、どうして咲良の家で食事を共にすると思えるのか。

まったく理解できなかったが、桜輔は至って冷静だった。

「わかりました。では、続きはそこの交番でお聞かせいただけますか」

「は……？」

「先日は申し遅れましたが、私は警察官です。失礼ながら、私の目には彼女が怖がってるように見えました。双方のお話をしっかり聞かせていただきたいので、まずは交番までご足労願います。もう交番には話を通してありますので」

「なっ……！　何でだよ！　俺は何もやましいことはしてないぞ！」

「でしたら、そうお時間は取らせませんよ。本当にやましいことがないのなら、ですが」

桜輔の態度は事務的だったが、鋭い眼光で川辺を見据えている。川辺はたちまち怯《おび》えた様子になり、青ざめながら一歩後ずさった。

「そ、そうだ！　俺、これから用事があるんだった！」

今にも逃げ出しそうな川辺に、桜輔が眉を顰《ひそ》める。

「おい」

「な、何ですか……」

川辺は、少し前までの態度と一転し、引き攣《つ》った笑みを浮かべた。

「彼女に何かしたら、ただじゃおかない。今後一切、彼女には近づくな」

桜輔の重厚な声音が響き、精悍《せいかん》な顔が無慈悲なほどの冷酷さを見せる。川辺の顔は恐怖一色になったが、咲良は不思議なほどの安心感に包まれている。

一拍置いて背を向けた川辺が、まるで脱兎《だっと》のごとく走り去った。

「怪我は？」

「あ、ありません……大丈夫……」

「先に咲良さんの状態を確かめるべきだったな……。申し訳ない」

声を震わせていた咲良に、桜輔が眉を下げる。彼には感謝しかないのに、責任を感じさせてしまっただろうか。

「来てくださって……あの……すごく……」

お礼を言いたいのに、言葉が出てこない。そんな咲良の前で、桜輔はスマホと傘を拾った。

「とにかく車へ……いや、歩いて送ります。車を停めてきますから待っててください」

コンビニの隣には、小さなコインパーキングがある。そこに車を置いておくのだろう。

いつもなら送ってもらうなんて気が引けた。けれど、今は一人になるのが怖い。

咲良が小さく頷《うなず》くと、彼は二分もせずに戻ってきた。「歩けますか？」と尋ねられ、もう一度力なく首を縦に振る。

小雨の中、桜輔が咲良の傘を持ち、寄り添うように歩き出す。

しかし、彼の手が咲良に触れることはない。きっと、咲良を気遣っているに違いない。

部屋の前まで送ってくれた桜輔の態度で、そう確信した。

「咲良さんが少し落ち着くまで部屋の前にいますから、まずは身体をきちんと拭いて着替えてください。何かあれば声をかけてください」

「え？　でも……」

「俺のことは気にせず、今は自分を労《いた》わることを考えてください」

困惑するばかりだったが、自分が部屋の中に入らなければ彼を困らせてしまうだろう。咲良はそう思い至り、ひとまず自分一人で室内に入った。

暗い部屋に足を踏み入れた瞬間に一気に心細さが芽生えたが、桜輔がドアの前にいてくれると思うだけで安心できる。同じ男性でも、桜輔と川辺ではまるで違う。

タオルで髪を拭いてコットンワンピースに着替えたあと、洗い立てのタオルを一枚取って玄関のドアを開けた。

「どうかしましたか？」

ドアのすぐ側の壁にもたれていた桜輔が、パッと姿勢を正す。彼の表情には、心配の色が滲んでいた。

「あの、良かったら……」

おずおずとタオルを差し出せば、桜輔が目を小さく見開く。一瞬たじろいだようにも見えたが、彼の手は遠慮がちにタオルを受け取った。

「すみません。洗ってお返しします」

「いえ、そんな……」

「夕飯、まだですよね？　何か食べられそうなら買ってきますが」

「そこまでしていただくわけには……。それに、食欲もありませんから……」

「では、おかゆとかスープはどうですか？」

咲良は戸惑いながらも、断るとますます心配されるだろうか……と考えて答えに困る。けれど、程なくして手作りのスープがあることを思い出した。

「あの、スープなら今朝作ったものがあるんです」

「じゃあ、それを食べますか？　もし何か欲しいものがあれば、遠慮なく言ってください」

「大丈夫です。あの……一緒に食べませんか？」

「え？　いえ、俺は結構です」

勇気を出して誘ったが、あえなく拒絶されてしまう。

予想はしていたものの、部屋に一人でいるとまた心細くなりそうで、もう少しだけ側にいてほしかった。それに、このまま待たせておくのは忍びないし、気になって仕方がない。

（でも、そうだよね……。普通は断るよね……）

頭では理解しているのに、今は誰かに縋《すが》りたくてたまらない。わずかな時間でもいいから、まだ一人にはしないでほしい。

「俺が怖くないですか？」

すると、桜輔が眉をグッと寄せた。

「え？　い、いえ……堂本さんのことはそんな風に思ったことはありません」

どこか悩ましげにも見える顔だったが、咲良は迷わず素直な気持ちを告げた。

怖くない。

出会ったときこそ身構えかけたが、たった数回しか会ったことがなくても、彼が優しくて誠実な人だというのは伝わってきている。

これまでの電話やメッセージはもちろん、先ほどの行動だってそうだ。

桜輔は咲良の電話ですぐに状況を把握し、迷わず助けに来てくれた。あえて部屋の外で待ち、咲良の夕食のことまで気にかけてくれている。

徒歩で送ってくれたのは、アパートの付近には駐車場がないからだろう。こうして待ってくれるつもりだったのなら、その辺に路駐するわけにもいかない。

そういった行動の一つひとつが、たとえ警察官としての職務でも構わない。自分を助けてくれた彼は、今の咲良にとって唯一頼れる相手なのだ。

(怖いなんて……。それに、堂本さんと一緒にいると、何だか安心できる……。家族や一紗とは違うのに、堂本さんのおかげでさっきよりも心が落ち着いてる。堂本さんがセツさんのお孫さんで警察官だから？　でも、きっとそれだけじゃ……)

「では、お言葉に甘えさせていただきます」

咲良が自分の気持ちを探るように考え込んでいると、慎重気味な声が聞こえてきた。

「ですが、俺も男です。部屋に一緒にいることで不安や恐怖心を感じるようなら、すぐに正直に言ってください」

やっぱり優しくて誠実な人だ……と思う。

不思議なことに、咲良の中には桜輔に対しては不安や恐怖心を抱かないという自信があった。しかし、そのことは言わずに小さく頷《うなず》く。

温め直したスープをローテーブルに置くと、二人で手を合わせる。

スープボウルからはホカホカと湯気が漂い、スプーンを手にした彼が食べ始めたのを見ると、咲良もスープを口に運んだ。

トマトベースのミネストローネ風のスープには、玉ねぎや人参、じゃがいもやズッキーニなど、七種類の野菜が入っている。コンソメで味付けしただけのシンプルなものだ。

食欲がないと思っていたが、静かにスプーンを口に運び続ける桜輔につられてしまう。

一緒に食事に行ったときにも思ったが、彼は食べ方がとても綺麗だ。普段の所作からも育ちの良さがよくわかり、屈強な見かけによらず物静かで上品だと思う。

そんなことを考えていた咲良は、ふと桜輔と目が合った。

「あ、無言ですみません……。えっと、うまいです。野菜が甘くて」

言葉を選ぶようにした彼に、咲良の頬が綻《ほころ》ぶ。あんなに不安と恐怖でいっぱいだった心が少しずつ解《ほぐ》れ、安心感へと変わっていく。

(やっぱり、堂本さんは他の男の人とは違う……。さっきはあんなに怖かったのに、今はもうホッとできてる)

自分でも不思議なほど、桜輔を信頼している。

緊張感がないわけではないのに、彼がただそこにいてくれるだけで心が温かくなっていくようだった。

桜輔はその後もあまり話さなかったが、咲良にはそれがかえって心地良かった。

そして、やっぱり彼だけは他の男性と違う……と改めて感じていた。

第二章　羽化する心

一　初めての感覚

残暑厳しい九月上旬。

咲良は穏やかな日々を送っていた。シフト通りに出勤し、休日には実家に帰ったり趣味に没頭したりと、実に充実している。

川辺はあの日以降、咲良の前に姿を見せなくなった。さりげなく同僚に聞いた話では、あのときのメンバーとはもう誰も繋がっていないようだ。

断言はできないが、あの夜の彼の様子を見るにもう咲良には近づかないだろう。

念のために通勤ルートを変え、雨の日も自転車で往復してみたが、この二週間まったく姿を見ていない。川辺は有名企業に勤めているため、桜輔の警告が響いたのかもしれない。

最初は家で一人になることが心細くてたまらなかった。けれど、桜輔が頻繁に連絡をくれるおかげで、それも日に日に落ち着いてきている。

彼は、あの翌日に家まで様子を見に来てくれ、以降も毎日のように電話をくれている。通話時間は二分ほどのことが多いが、咲良にとっては本当に心強かった。

頼ってばかりではいられないと思うが、そのおかげで普通に過ごせている。

ただ、そろそろしっかりと大丈夫であることを伝えた方がいいだろう。

このままだと、桜輔はずっと咲良を気にかけるに違いない。もちろんありがたいが、それと同じくらい彼に対して申し訳なさがあった。

咲良はそんなことを考えつつ、沸いたばかりのお風呂にバスソルトを入れた。

ルームウェアを用意して脱衣所に向かうさなか、インターホンが鳴る。モニターを確認すると、そこにはスーツ姿の桜輔が映っていた。

「えっ……？　は、はい」

『こんばんは、堂本です』

スーツ姿の男性は確かに彼であるが、いったい何事かと驚いてしまう。

「えっと……今、開けますね」

オートロックを解除し、慌てて前髪を整えていると、部屋のベルが鳴った。ドアスコープを確認し、ドアをそっと開ける。

「突然すみません」

「い、いえ……。どうされたんですか？」

「近くに用があったので、少し気になって。体調などは大丈夫ですか？」

「おかげさまで……。お電話でもお伝えしてる通り、もう平気です」

「良かった。顔色もいいですし、安心しました」

「ありがとうございます。……あの、もしかしてお仕事帰りですか？」

「ああ、はい」

「すみません……。お疲れのところ、気にかけていただいて……」

「いえ、気にしないでください。俺が勝手にしてることですから」

恐縮する咲良を余所に、桜輔はどこまでも優しい。セツのこともあるが、きっと警察官としての責任感が強いのだろう。しかし、だからこそこのまま迷惑をかけ続けるわけにはいかない。

「あの……私はもう大丈夫です。ですから――」

「もしかして迷惑だっただろうか？」

いつもきちんと咲良の話に耳を傾けてくれる桜輔らしくない言い方だった。食い気味で、敬語でもなく、それでいてどこか不安げにも見える。

「い、いえ、そんなことは……！」

咲良が慌てて否定すると、彼の面持ちに安堵が滲む。優しい眼差しで微笑まれ、咲良の胸の奥がきゅうっと締めつけられた。

「で、でも……お仕事の帰りになんて……申し訳ないです」

「平気です。これくらいたいしたことはない。それに、明日は休みなので」

ドキドキするのをごまかしたくて話題を探したのに、桜輔が穏やかに瞳を緩めるせいでさらに鼓動が跳ねてしまう。

「あ、そ、そうだったんですね。私も明日は休みなので、今日はこれからダラダラしちゃおうかなって思ってたところで……」

口をついて出た言葉に、すぐに羞恥心を抱く。

ストレッチをするとか、ネイルのデザインを考えるとか。もっと印象が良く見られるようなことを言えばいいのに、よりにもよってだらしなさを露呈した気がする。

「咲良さんも休みなんですか？　シフト制ですよね？」

ところが、彼はそのことはさほど気に留めていないようだった。

「あ、はい。でも、うちは土日にも休みがもらえるんです」

マハロは、女性スタッフばかりの職場。既婚者や子どもがいるネイリストもいるため、毎週土日のどちらかに休みがもらえる。

ネイルサロンは基本的に土日も営業していることを考えれば、職場環境には恵まれている。

桜輔はしばらく何かを考えていたようだが、ためらいを残すようにしながら口を開いた。

「明日、何かご予定は？」

「え？　いえ、特には……。暇なので写真でも撮りに行こうかと」

「写真？」

「はい。ネイルのデザインの参考に、公園とか街の景色を撮影するんです。といっても、参考にならないことも多いんですけど」

自嘲する咲良を、彼がじっと見つめてくる。いったい何だろう……と考える咲良は、思わず小首を傾げてしまった。

「明日、俺もご一緒してもいいですか？」

「えっ⁉」

突拍子もない申し出に、咲良は目を瞬く。予想外すぎて聞き間違いかと思い、桜輔を見ることしかできなかった。

「もちろん、ご迷惑でなければ……。良ければ車を出します」

迷惑なんかではないし、車なら普段は行けないところにも行きやすくなってありがたい。そんなこととは別に、咲良の心の中に広がったのは喜びだった。

「迷惑なんかじゃないです……。で、でも、堂本さんはつまらないんじゃ……」

「そんなことはありません。俺のことは移動手段やボディーガードとでも思っていただいて構いませんし、あなたの邪魔をしないと約束します」

あまりにも真っ直ぐ見つめられ、彼らしくない勢いにも圧倒されてしまう。

咲良の中に浮かんだ答えは、一つしかなかった。


翌日の午後。

桜輔は、咲良がリクエストした東京都が運営する広大な公園へと連れて行ってくれた。車中では主にセツのことをよく話し、そこから好きな食べ物や休日の過ごし方といったことにまで及んだ。

彼は、毎日トレーニングを欠かさず、休日はジムに行くことが多いのだとか。基本的に静かに過ごすのが好きで、ジム以外だと家で映画鑑賞をしたり読書をしたりしているのだと話した。

そうしているうちに目的地に着き、車を降りて公園内を歩いた。

自然豊かな園内は、桜の木に囲まれている。春には花見の名所になり、夏には噴水で遊ぶ子どもたちで賑わい、九月も中旬間近とはいえ、花壇に四季折々の花が咲いていることで有名である。今日は天気がいい。噴水の周りには小さな子どもたちが集まり、楽しそうな笑い声が響いていた。

咲良は、人の顔が写らないように注視しつつ、デジカメで写真を撮っていく。

「写真はいつから？」

「ちゃんと撮るようになったのは、就職して一年くらい経った頃です。ずっとスマホで撮ってたんですけど、仕事の参考になりそうなものはカメラで撮った方が鮮明だなって思って」

「仕事熱心ですね」

彼にそんな風に言われて、咲良はくすぐったくなった。

仕事熱心というのなら、桜輔の方が当てはまるだろう。警察官とはいえ、プライベートで咲良を助け、そしてずっと気にかけてくれているのだから。

「爪……昨日と違いますね」

「あ、はい……！」

早々に気づいてくれたことが嬉しい反面、指摘されてドキッとした。

実は昨日、桜輔と出掛けることが決まったあとに急いでネイルを替えたのだ。

ビジューをあしらい華やかだったネイルは、透け感のあるピンクをベースにして爪の先に乱切りのホロを乗せた細フレンチにしている。

彼はどんなデザインが好きだろうか……と悩んだせいで、完成までにいつも以上に時間がかかったが、ガラスフレンチネイルは好きなデザインの一つでもある。

「祖母にネイルをしてくれてるときも思いましたが、器用ですね。俺は細かい作業が苦手なので尊敬します」

「そ、そんな……」

咲良は、男性から真っ直ぐ褒められることに慣れていない。上辺だけではない言葉をもらったことに喜びを抱き、けれど羞恥に似た感覚にも包まれてしまう。

どぎまぎしながら桜輔を見ると、彼は咲良を見据えるようにしていた。真摯な瞳とぶつかった瞬間、咲良の鼓動が忙《せわ》しなくなる。

「あの……敬語は、やめてもらえませんか……?」

それをごまかすように、必死に探した言葉を口にした。

「堂本さんの方が年上ですし、仕事でもないですから、敬語だと緊張しちゃって……」

半分は本当だが、もう半分は違う理由だった。

ずっと硬い口調の桜輔といると、警察官として接されている気がして壁を感じてしまう。それが少しだけ寂しかった。

「なら、咲良さんも敬語はやめてください」

「え？　で、でも、私の方が年下ですし……」

「だったら、俺は祖母がお世話になってる人だという恩があります。そういう相手には普通は敬語で話すでしょう。俺だけ敬語をやめるのは気が引けます」

そう言われてしまうと、納得せざるを得ない。咲良は小さく頷《うなず》いた。

「……わかりました。じゃあ、私も普通に話すようにします」

「口調を変えるだけなのに、何だか大仰だな」

顔を見合わせ、ふっと笑みを零《こぼ》し合う。今日一番、二人の距離が近くなった。

「それで？　どこを撮りたい？」

「この奥にある花壇が有名らしくて、そこに行きたいで……行ってみたいなって」

わざわざ言い直す咲良に、桜輔はおかしそうに頬を綻《ほころ》ばせる。

「じゃあ、行くか」

砕けた話し方になった彼の声音は、何だか楽しそうだった。

公園の中心あたりにある大きな花壇は、写真映えスポットとして人気を誇っている。ただ、大輪のひまわりたちは、すでに萎《しお》れ始めていた。

代わりに今はポットマムが見頃のようで、色とりどりの花が並んでいる。

「花はデザインの参考になりそうだな」

「はい……あ、うん。でも、花そのものよりも、私は配色の参考にすることが多いかも」

「配色？」

「色って、つい無難なものを選びがちなの。でも、自然の中にある色を見てると、意外な組み合わせも使えるかもって思うことがあって、イメージが湧きやすくて」

「そういう見方もあるのか。デザインを考えるのは大変じゃないのか？」

「もちろん大変だよ。トレンドはどんどん変わるし、次に何が人気になるかもわからないし、自分の好みだと似たようなデザインばかりになるし……。でも、デザインを考えるのがすごく好きだから、楽しい気持ちの方が断然大きいの！」

咲良が明るく笑えば、桜輔の瞳が優しくなる。彼に柔和な眼差しを向けられると、どうしていいのかわからなくなってしまう。

咲良は、桜輔の双眸《そうぼう》と戸惑いから逃げるようにデジカメのディスプレイに集中する。最初こそ背後の視線が気になっていたが、そのうち花壇に夢中になっていった。

ポットマムのスペースが続いた先には別の花壇があり、リンドウが咲いている。鮮やかなのに清楚な雰囲気の藍色が美しく、一面のリンドウに目を奪われた。

「リンドウってネイルのデザインではあんまり見ないけど、人気が出そうだなぁ」

心の声が漏れ出ていることにも気づかないほどに、咲良の頭の中はネイルのことでいっぱいだった。心地いい風がまた、思考の働きを後押しするようだった。

広い公園は、自然が好きな咲良にとって見所だらけだった。噴水、花壇、生い茂った木。どれも参考にしたくなり、青空と花のコントラストなんて最高である。

ふと振り向くと、桜輔が咲良を見ていた。

「すみません……！　私、一人で夢中になって……！」

「気にしなくていい。俺は今日、ボディーガード兼運転手だからな」

「でも、つまらないですよね？　えっと、お茶とかしますか？」

「いや、咲良さんが見たいだけ付き合う。それに、俺も楽しんでるから大丈夫だ」

彼は咲良に付き合ってくれているだけで、楽しめているとは思えない。ただ、つまらなさそうな雰囲気がないのも事実だった。

「じゃあ、あともう少――ッ!?」

最後まで言うよりも早く、桜輔の左手が咲良の肩を抱く。何が起こったのかわからない咲良を余所に、彼は飛んできた野球ボールを右手で華麗に獲った。

ボールから庇ってくれたと気づいたのは、桜輔がそれを投げ返しているのを見たとき。

華奢な肩を抱く手は力強いのに優しくて、ちっとも嫌ではない。むしろ、広い胸板に触れた頭を守られているようで、安心感を覚えかけた。

「あっ……！　す、すまない……」

刹那、彼が慌てたように咲良から離れた。

「い、いえ……」

咲良は平静を装いつつも動揺が芽生え、安堵しかけていた自分自身に戸惑う。

(どうしよう……。ドキドキして……)

忙《せわ》しなく脈打つ心臓がうるさくて、胸の奥が苦しい。

鼓動の高鳴りは、ただの緊張だけのせいなのか。

それがわからないままに羞恥が芽生え、思わず俯《うつむ》いてしまう。

手の大きさや胸板の広さは、自分のものとは全然違って男性らしかった。身近にいる父や弟と比べても、なぜかまったく違うように感じる。

桜輔に触れられたというだけで、息が上手くできなくなるくらいドキドキしてしまう。

咲良は、初めての感覚に戸惑いを隠せなかった。

「あっちも見に行こうか」

「は、はい……」

その後しばらくは緊張感が漂うような空気だったが、公園内を散策しているうちに少しずつぎこちなさは溶けていった。


日が暮れた頃、二人はイタリアンバルの一角でグラスを交わした。

公園内のキッチンカーで飲み物を買ったきり何も口にしていなかったため、いい感じに空腹感がある。桜輔もメニューを見ながら、「腹減ったな」と零《こぼ》していた。

「海、綺麗でしたね」

「ああ。海なんて久しぶりに行ったよ。たまにはいいもんだな」

アイスティーを飲んだ咲良が切り出せば、彼が大きく頷《うなず》いた。

あのあと、公園を出て海岸沿いを走り、海にも行った。桜輔は『通り道だから』と言っていたが、咲良は彼が回り道をしてくれたことに気づいていた。

けれど、桜輔の厚意を受け取り、そのことには触れていない。彼の優しさが嬉しかった。

「それにしても、本格的というか……。もっと軽い感じで撮るのかと思ってたから、咲良さんが真剣に撮ってるのが意外だったよ」

「すみません……。私、集中すると周りが見えなくなることがあって……」

「楽しんでくれてたならいい」

「あ、はい！　それはもう、すごく楽しかったです！」

咲良が食い気味に頷《うなず》けば、桜輔の瞳がゆるりと弧を描く。

「俺も、咲良さんの笑顔が見られて良かった。公園や海にいたときも思ったが、君がそんな風に無邪気に笑ってくれると嬉しい」

わかりにくい表情の変化にも慣れてきた咲良には、それが彼の笑顔だとわかる。だからこそ、真っ直ぐな言葉とともに向けられた眼差しにたじろぎそうになる。

拍動が勝手に速くなって、胸が痛くなるくらいドキドキさせられた。

桜輔は、もっと無口な人だと思っていた。けれど、見かけよりもずっと饒舌で、そしてときに予想だにしないような言葉をくれる。

それを嬉しく思う反面、どうしても自分の反応に戸惑ってしまう。

(どうしてこんなにドキドキしちゃうの……。これじゃあ、まるで……)

咲良は、自分の中にある感覚を『恋じゃない』と言い切れなくなっている。

ただ、恋愛感情がどういうものかピンと来ていないせいで、緊張したりドキドキしたりするのは異性との慣れないやり取りのせいだとも感じている。

これ以上、桜輔と一緒にいると、自分が自分ではなくなりそうで怖い。楽しかったのも本音だが、何だか落ち着かなくて早く帰りたい。

そんな風に感じていたのに、家まで送ってくれた彼と別れたあとには心細くなって……。それが寂しさだと気づくまでに、そう時間はかからなかった。

＊＊＊

翌週の日曜日。

咲良は、ひだまりのボランティアから帰宅し、小さなため息を漏らした。

今日は、桜輔に会えると思っていたわけではない。にもかかわらず、心のどこかでは期待してしまう自分がいたせいで、彼に会えなかったことで落胆するはめになった。

もっとも、ボランティアはいつも通り楽しんだ。セツを始めとした入居者や、藤野たちスタッフと和気藹々《わきあいあい》と過ごし、みんなから感謝もされた。

けれど、そこに桜輔がいないだけで、前とはどこかが違う。

セツにさりげなく『桜輔さんはいらっしゃってないんですね』と言うと、微笑を返された。

『今日は仕事みたい。それに、毎週来てくれるわけじゃないのよ。月に二回くらいかしら』

成人男性が月に二回も祖母の面会に行けば、多い方と言えるだろう。ひだまりの入居者たちの中には、年に二、三回しか家族が会いに来ない者もいると聞く。

そういう人たちと比べなくても、彼がセツを大切にしているのはわかる。

『咲良ちゃん、もしかして桜輔に会いたいと思ってくれてたの？』

『えっ？　い、いえ……そういうわけじゃ……』

不意に問われてたじろいだが、セツはすぐににっこりと笑った。

『私の勘ってよく当たるの。あなたたち、とっても似合いよ』

そう言われても、どう答えればいいのかわからなかった。ただ、自信に満ちた顔を向けられると、心の中を見透かされている気がして仕方がなかった。

自分でも理解できない心の内を暴かれてしまうことが怖くて、咲良はすぐに話題を変えた――

お風呂の中でセツとの会話を反芻《はんすう》していると、次第に思考がぼんやりとしてきた。逆上《のぼ》せそうになっていることに気づき、急いでバスルームから出る。

(でも……私に好きな人ができるって想像つかないなぁ……)

髪を乾かし終えたとき、ふとそう思った。

幼い頃から男性への苦手意識を募らせてきたせいで、自分が恋愛をする姿を想像できない。誰かを好きになるのも付き合うのも、別世界のような話に思える。

桜輔のことは怖くないいし、不思議と苦手意識もない。とはいえ、それが恋心かと言われれば、やっぱりよくわからない。

彼に戸惑ったりドキドキしたりするのは、ただ異性との関わりに慣れていないから。

そんな中、自分のことを助けてくれた上に気にかけてくれる人がいれば、普通以上に気になってしまうのは不可抗力ではないだろうか。

つまり、恋というよりも刷り込みのようなもの。生まれたばかりの雛が最初に目にしたものを親だと思うように、自分にもそれとよく似た感覚が埋め込まれたのかもしれない。

咲良にしてみれば、そんな風に考える方がよほどしっくりくる。

ベッドに転がりながら自分の気持ちを探っていると、スマホが着信音を鳴らし始めた。

ディスプレイに表示された名前を見て飛び起きる。自然と正座までしてしまい、深呼吸をしてから通話ボタンをタップした。

「もしもし？」

『こんばんは。堂本です』

耳触りのいい、バリトン。ずっと聞いていたくなるような心地良さと同時に、何だかドキドキしてしまう。桜輔のことを考えていたせいかもしれない。

『夜分にすまない』

時刻は二十二時半を回ったところ。彼からの電話にしては、確かに遅い時間だ。

真面目さを表すように、桜輔はだいたい二十一時頃までに連絡をくれる。咲良は、それを彼の性格ゆえのものと気遣いだと受け取っていた。

「いえ……。まだ起きてたし、遅いというほどじゃないから」

敬語にならないように気をつけるが、砕けた口調で話すことに慣れない。

『今日は仕事だったんだが、今終わってスマホを見たら祖母からメッセージが届いてて』

「メッセージ？」

『ああ。手の写真付きで、咲良さんがしてくれたネイルを自慢したかったらしい』

咲良の頬が綻《ほころ》ぶ。わざわざ桜輔にメッセージを送ったということは、セツがそれだけ喜んでくれているのだろう。

「セツさん、写真付きでメッセージを送れるなんてすごいね。私の祖父母なんてスマホがすごく苦手みたいで、会うたびに色々質問されるよ」

父方の祖父も、母方の祖父母も、操作が簡単なスマホを所有している。しかし、何度教えても絵文字やスタンプ、写真の送り方がなかなか覚えられないらしい。

メッセージには誤字脱字が多く、たまに解読できないのもご愛嬌だ。

『いや、俺や家族が何度も教えたんだ。携帯だった時代は使いこなせてたけど、スマホは難しくてわからないってよく嘆いてる』

「でも、写真を撮って送れるなら、私の祖父母より使いこなせてるよ」

『まあ、施設にいると俺たちと連絡を取る唯一の手段だからな』

きっと、子どもや孫とのやり取りのために、一生懸命覚えたのだろう。そう思うと、セツの明るい笑顔が脳裏に過《よぎ》った。

『同じような写真が三枚も届いて、【可愛いでしょ】って自慢げだったよ』

「ふふっ、喜んでもらえて良かった」

『ああ、咲良さんのおかげだよ』

しみじみと零《こぼ》され、何だか照れくさくなる。

桜輔は、いつも咲良のことを褒めてくれるが、こう何度も感謝されると身に余るようでむずむずしてしまう。反して、単純な心は素直に喜んでいた。

「もしかして、それで電話をくれたの？」

『半分はそうだな。だが、もう半分は完全に私情だ。祖母のメッセージを読んだら咲良さんの笑顔が浮かんで、つい君の声が聞きたくなった』

バリトンに鼓膜をくすぐられ、咲良の鼓動が高鳴る。胸の奥がきゅうっと甘く締めつけられて、息が上手くできなくなりそうだった。

ド直球な言葉を、どう受け止めればいいのかわからない。

そのまま捉えればいいのか、それとも冗談なのか。戸惑い、たじろいでしまう。

うるさいくらいに鳴り響く心臓が苦しい。長湯したせいで纏《まと》った熱はもう冷めたはずだったのに、そのときよりも今の方がずっとずっと頬が熱い。

彼と話すのも、電話をするのも、初めてではないのに……。今までで一番ドキドキして、自分でもどうしようもないほどに動揺していた。

『もしかして困らせただろうか？』

咲良の様子を窺うような声音に、咲良は首をブンブンと横に振る。

電話だから言葉にしないと伝わらないとわかっているが、声が上手く出てこない。鼓動も熱も持て余したまま、どうにか深呼吸をして口を開く。

「困って、ない……」

嬉しい、とは言えなかった。それが本音だったのに、今はそこまで伝える余裕がない。

『……まいったな』

そんな咲良に困ったのは、桜輔の方だったようだ。彼はため息交じりに言葉通りの口調で零《こぼ》した。

『声を聞ければいいと思ったのに、今度は顔が見たくなった』

胸の奥が震える。それはまるで、暴れていた心臓を鷲掴《わしづか》みにされたよう。

咲良は、今度こそ本当に呼吸が止まるかと思った。

『明日も休みらしいって聞いたんだが、会えないか？』

いっぱいいっぱいの思考の片隅で、セツとそんな話をした気がするな……と思った咲良だったが、そんなことはどうでも良かった。

自分の中にある感覚にも、桜輔の言葉にも、戸惑って仕方がない。

「はい……」

けれど、咲良が答えを出すのに時間は必要なかった。

たった一言しか言えなかったが、咲良にとっては快諾である。ただ上手く言葉を見つけられなかっただけで、悩んだりはしなかったのだから。

『じゃあ、明日、仕事が終わったら迎えに行く。待っててくれ』

咲良は、もう一度同じ返事をするだけで精一杯だった。

『おやすみ』

「おやすみなさい……」

スマホからはもう桜輔の声は聞こえない。それなのに、鼓膜には彼の声音が馴染んだように、しっかりとこびりついている。

胸の奥が苦しいのに、そこには確かな甘さもある。

ベッドにごろんと倒れ込んだ咲良は、ルームウェアの胸元をギュッと握った。

まだ落ち着かない鼓動が、自分でも気づけずにいた本心を教えてくれた気がする。

ゆっくりと瞼《まぶた》を閉じれば、心に存在し続けていた感情の正体にようやくたどりついた。

二　真っ直ぐな想い

咲良は、朝から落ち着かない気持ちで過ごしていた。

なかなか寝付けなかったのに早朝に目が覚め、普段通りに買い出しをして作り置きに勤しんだが、どうにもソワソワしてしまう。

桜輔からは朝のうちにメッセージが届き、【十九時前になる】と書かれていた。にもかかわらず、まだ約束の時間まで二時間近くもある今、身支度が終わってしまった。

早く準備したせいでメイクが崩れないだろうか。ミディアム丈のカシュクールワンピースはおかしくないだろうか。そんな不安ばかりが頭に過《よぎ》り、自分の姿を何度も鏡に映してしまう。

(ピンクブラウンって微妙かな？　無難にオフホワイトとかの方がいい？)

クローゼットを開け、他のワンピースやブラウスとスカートを取り出しては直し、ひたすら頭を捻《ひね》る。まだ彼と会ってもいないうちから疲れてしまいそうだ。

それから一時間後、咲良が選んだのは最初に着ていたワンピースだった。

さらに三十分後、桜輔は時間通りに咲良を迎えに来た。メッセージが届いてすぐに家を出ると、アパートの前には見慣れた車が停まっていた。

咲良が駆け寄るよりも早く、彼が車から降りてきた。

「こ、こんばんは！　お仕事お疲れ様です。迎えに来てくれてありがとう」

「そんなに恐縮しなくていい。この間みたいに笑っててくれ」

早々に緊張していることを見透かされ、咲良は頬を染めて俯《うつむ》く。桜輔は特に指摘はしなかったが、「どうぞ」と促した声がどこか楽しげだった。

車で二十分ほど走って着いたのは、コインパーキング。そこから一分ほど歩き、五階建てのビルの地下一階に下りると、隠れ家のようなレストランがあった。

二人掛けのテーブルが五セットに、グレーの壁。

天井に吊るされたガラスシェードには、六角形の真鍮《しんちゅう》フレームが施されている。花を逆さまにしたような形で、控えめな可愛らしさが覗くシックなデザインだった。

小さな店だが、シンプルなインテリアからはラグジュアリーな雰囲気が漂っていた。

桜輔は、自分も初めて来るレストランなのだ、と教えてくれた。今日のために彼が調べてくれたのかと思うと、咲良の胸の奥から喜びが芽生えてくる。

深い意味はないはずだと思いつつも、心は浮き足立ってしまいそうだった。

創作フレンチのコースだと説明された料理は、サツマイモの前菜から始まった。スイートポテトのような形だが甘くない。絞り出された美しい見た目に反し、スパイスが効いていた。

「変わった料理だな。初めて食べた」

「私も。てっきりスイートポテトみたいな味なんだと思った」

「だよな。見た目はスイートポテトそのものだし」

桜輔と料理について語り合いながら食べるのは、初めてかもしれない。

初めて食事をしたスペインバルでも先日のイタリアンでも楽しい時間ではあったが、緊張感も大きかった。今思えば、料理をしっかりと味わう余裕はなかった。

「咲良さん、好き嫌いは？」

「苦手なのは辛すぎるものかな。普通の辛さなら大丈夫だけど、激辛とかはダメ。堂本さんは？」

「パクチーだな。あれだけは良さがわからない。あんなに主張されたら他の食材の味が霞《かす》む」

パクチーの味を思い出しているのか、彼の顔が苦々しそうなものになる。微かな変化だが、それに気づいた咲良はクスッと笑った。

スープのあとに出されたサーモンのムニエルや子羊のロティも、とてもおいしかった。

ムニエルにはオレンジが使われてあっさりしており、子羊は癖もなく柔らかい。食べ慣れた牛肉や豚肉ではないことにわずかな不安もあったが、いざ食べてみると感激したほどである。

「私、子羊って初めて食べた。っていうか、ラム自体が初めてかも」

「俺も滅多に食べないな。あ、北海道に行ったときにジンギスカンを食べたか」

「ジンギスカンも食べたことないなぁ。北海道も行ったことがないし」

「じゃあ、いつか一緒に食べようか」

社交辞令だったのかもしれないし、ただの話の流れだったのかもしれない。

一瞬戸惑った咲良だったが、すぐに嬉しくなってしまう。けれど、浮かれないように社交辞令として受け取ることにした。

「はい、ぜひ。テレビでしか観たことがないから楽しみです」

うっかり敬語になった咲良に、桜輔が「敬語はやめる約束だろ」と微笑む。咲良は苦笑しつつも、「そうだったね」と頷《うなず》いた。


「少し寄り道してもいいか？」

桜輔の質問に迷わず頷《うなず》けば、彼は十五分ほど走ったところで車を降りた。

着いた場所は、海が望める有名な夜景スポット。咲良の生活圏内ではないが、就職した頃に一紗と訪れたことがある。

「寒くないか？」

「うん、大丈夫」

「じゃあ、そこまで歩こう」

彼の提案を嬉しく思いながら、二人で肩を並べて海の方へと足を運んだ。海を挟んだ対面には、多くのビルが並んでいる。

「ちょっと風があるけど、キラキラして綺麗。海の匂いがするね」

咲良は潮の香りを吸い込むように、深呼吸をする。

「ああ」

一方、桜輔は急に口数が少なくなった。先ほどまで料理の感想を言い合っていたのに、初対面のときに抱いたイメージのように寡黙な雰囲気を纏《まと》っている。

彼の態度が変わった理由を、咲良は密かに探した。

心当たりと言えば、また桜輔にご馳走になったことくらい。今夜こそ払うつもりだったのに、彼はいつの間にか会計を終わらせていた。

それに気づいた咲良が財布を出しても、頑なに受け取ってはくれなかった。

(図々しいって思われたかな？　でも、『大丈夫だから』って言われたし……)

友人や同僚と食事に行けば、基本的には割り勘だ。一紗とは互いの誕生日や何かのお祝いであればご馳走し合うが、それ以外はきっちり折半にしている。

咲良がそうして付き合ってきたのは女性ばかり。相手が男性で、それも年上となると、一般的には甘える方がいいのだろうか。

身内以外の男性と出掛けたことがない咲良には、何が正しいのかわからなかった。

「あの、堂本さん。やっぱり今日は少しくらいお支払いさせて」

思い切って切り出せば、桜輔が微かな苦笑を零《こぼ》した。

「それはいいって言っただろ」

「でも、これまでずっとご馳走になってばかりだし……。この間出掛けたときも送迎までしてもらって、さすがに申し訳ないよ」

「そんなこと気にしなくていい」

きっぱりと言い切られてしまったが、それでは咲良の気が収まらない。というよりも、彼にだけは図々しい人間だと思われたくない。

「咲良さんが謙虚で真面目な人なのは知ってるつもりだ。だが、今日だけは俺にかっこつけさせてほしい」

そんなことを考えていると、桜輔が神妙な面持ちになった。

（かっこつけさせてほしい？）

咲良にとって、その言葉は不可思議なものだった。

自分が知る限り、彼はいつもかっこいい。

相談に乗ってくれたときも、川辺から守ってくれたときも、まるでヒーローのようだった。そのあとのケアだって抜かりがなく、いつも咲良のことを気遣ってくれる。

一緒に出掛ければエスコートしてくれ、今日だって知らない間に会計が済んでいた。

咲良から見れば、桜輔は完璧なほどかっこいい人間である。だからこそ、紡がれた言葉の意味を上手く汲み取れなかった。

「……堂本さんはかっこいいと思います」

彼が意表を突かれたように目を丸め、咲良の真意を測ろうとしている。それに気づいた咲良は、慌てて口を開いた。

「いつも親身になってくれて、すごく気遣ってくれます。警察官として責任感もあって、頼りになるし、一般人の味方っていうか……とにかく正義の味方みたいで、警察官が天職だと思います」

咲良としては、全力で褒めたつもりだった。けれど、桜輔は嬉しそうではなく、強張《こわば》っていた顔が微妙そうなものへと変わってしまった。

(あれ……？　私、何か間違った？　変なこと言っちゃったのかな？)

内心では焦っているが、どうすればいいのかわからない。また言葉を発して同じような表情をされてしまったら、今よりももっと気まずい空気になるだろう。

一人あたふたしていると、桜輔が息を小さく吐いた。

「これから俺が話す内容は、君を困らせるかもしれない。だが、困らせるかもしれなくても言わせてほしい」

真っ直ぐな瞳に捕らわれ、咲良は微動だにできなくなった。

身体を動かすことはおろか、視線を逸らすことも。呼吸だって、できなくなってしまいそうだ。

それほど、彼の双眸《そうぼう》が真剣で……何だか痛いくらいだった。

息を呑んだ咲良は、いったい何を言われるのだろうか……と身構える。考えても見当もつかず、ただ待つことしかできない。

「俺はこれからも咲良さんと会いたい」

静かに、けれど力強い声音だった。

言葉通りに受け取るべきではないと気づく前に、桜輔がゆっくりと唇を動かす。

「理由なんかなくても電話やメッセージをしたり、こうして一緒に出掛けたりして、二人でもっと過ごしたい。側にいて君を守っていきたいし、守らせてほしい」

咲良は、自分に向けられている言葉たちを噛み砕けなかった。

「一生懸命なところや仕事熱心なところ、反応が素直なところとか、全部が可愛いと思う。咲良さんが笑ってくれると嬉しくて、もっと笑顔を見たくなるんだ」

あまりにも唐突で、想像もしていなかったことで。髪をなびかせる海風が現実だと教えてくれているのに、役目を忘れたような思考が追いつかなかった。

「だから、これからは警察官としてではなく、一人の男として君の側にいさせてほしい」

それなのに、胸の奥が震える。

甘くて、切なくて、苦しい。息もできないほど締めつけられるようなのに、その奥底からは確かな喜びが突き上げてくる。

「こんな無愛想な男でも良ければ、俺の恋人になってくれないか」

いつの間にか高鳴っていた鼓動は、きっともう収まらない。驚きと戸惑いでまだ思考は整理できないのに、心臓はドキドキと激しく脈打っている。

咲良は、昨夜に気づいたばかりの自分の恋情を、改めて自覚させられた。

「……返事は今日じゃなくていい。でも、これからも連絡はしてもいいか？」

「私で、いいんですか？」

緊張からか強張《こわば》った声の桜輔は、咲良の問いに瞠目《どうもく》した。

「すごく……すごく嬉しいです。私も……堂本さんに惹かれてて……でも……」

言いたいことが纏《まと》まらない。何をどう伝えればいいのかわからない。

「俺は君がいいんだ」

けれど、彼が迷いなく言い切ったため、目の前のこと以外を考えられなくなった。

桜輔が足を踏み出す。二人の距離がグッと近くなり、思わず息を呑んだ。

「咲良って呼んでもいいか？」

風になびいていた髪をそっと押さえられ、身体がわずかに強張《こわば》る。咲良は息を潜めるように肩を竦《すく》め、首をコクコクと縦に振った。

「俺のことも名前で呼んでほしい」

視線が彷徨《さまよ》いそうになりながらも、彼を見上げて唇を開く。

「っ……。お、桜輔、さん……？」

「うん」

控えめに呼んでみれば、桜輔が嬉しそうに笑った。

優しく弧を描く瞳に、胸の奥がキュンキュンと戦慄《わなな》く。咲良は呼吸の仕方も忘れてしまいそうな中、彼の表情から目が離せなくなった。

＊＊＊

十月上旬。

マハロに訪れた一紗と夕食を共にするため、最近できたばかりの鶏料理専門店を訪れた。

「咲良、幸せオーラがすごいね。満たされてますって感じ」

鶏刺しに舌鼓を打ちながら、彼女が朗らかに笑う。

「そ、そうかな……？」

幸せオーラとやらが出ているらしいが、一紗に指摘されてもピンと来なかった。

「で、付き合ってから二人でどこかに出掛けたりした？」

「うん。先週は美術館に行ったし、その前には映画も観に行ったけど、平日は家で過ごすことが多いかな。桜輔さんも私も、わりとインドアタイプだし」

桜輔とは、付き合ってもうすぐ一か月になる。

平日に会うときはだいたい咲良の家で夕食を共にし、咲良のシフトに合わせて土日のどちらかは外出するのが定番になりつつある。

美術館も映画も、彼が誘ってくれた。逆に、家で夕食を摂るのは咲良が提案した。

普段のデート代は桜輔が持ってくれる分、咲良は自分ができることを考えてみたのだが、彼はとても喜んでくれている。

桜輔を家に入れるということに迷いはあった。以前と違って恋人関係である今、〝それなりに進展があるかもしれない〟ことくらいは、恋愛経験がない咲良でも想像はつく。

最初の頃は緊張でいっぱいだったが、不思議と不安はなかった。それよりも、彼が咲良の手料理を嬉しそうに食べてくれることが幸せだった。

桜輔と過ごすようになって、咲良は色々なことを知っていった。

ただ一緒にいるだけでもドキドキするとか、食べ方は綺麗だけれど咲良の倍は食べるとか。

コップやお茶碗が小さく見えるほど彼の手が大きい、とか。

桜輔が座ると、小さなローテーブルがますます小さく見えるとか。

一つひとつは些細なことだが、彼と過ごすたびにそんな発見があって楽しかった。

「へぇ、家に何度も呼んでるんだ」

一紗の視線が何を言わんとしているのか、咲良はすぐに気づく。

「う、うん。でも、何もないよ？」

咲良の言葉に、彼女は目を見開いたあとでパチパチと瞬いた。

「えっ？　何もしてないの？」

「ちょっ……！　あんまり大きな声で言わないで……！」

周囲に聞こえそうなほどの声を上げた一紗に、咲良が慌てふためく。それでも何とか心を落ち着かせ、胸の奥で燻《くすぶ》っていた不安を吐露した。

「やっぱり変かな……？」

咲良だって、もう子どもではない。恋愛経験がなくても、恋人同士ならそれなりのことが起こることくらいは知識としてはある。

しかし、桜輔は一向に何もしてこない。キスどころか、手を握られたことすらないのだ。

「キスは？」

咲良が首を小さく横に振る。

「手を握ったり、繋いだりとか」

再び同じようにすれば、彼女は「そんな男いるんだ」と不思議そうな顔をした。

「普通は、キスくらいする……のかな？」

「うーん、どうだろ。ペースは人それぞれだろうけど、外だけじゃなくて家で何回か会ってるならキスくらいはするんじゃないかなぁ」

予想通りの答えに、咲良は素直に落ち込んでしまう。

きっと、桜輔に迫られれば、戸惑ってたじろぐに違いない。そんな自分自身の姿が想像できるのに、彼に何もしてもらえないことに悩んでしまっていた。

（私って魅力がないのかな？　そういう雰囲気にならないのは私のせい？）

「でも、あんまり気にしなくていいんじゃない？　咲良がストーカー被害に遭ってたこととか知ってるから、大事にしてくれてるんだと思うよ」

一紗にそう言われると、不思議とそんな気がしてくる。

確かに、桜輔なら咲良の気持ちを大切にしてくれるだろう。まだ付き合って間もないし、出会ってからもそう長くはないが、彼が優しい人だというのは知っている。

「それに、まだ付き合って一か月も経ってないんでしょ？　だったら、そんなに気にしなくていいと思うよ。でも、進展したいって気持ちがあるなら、自分から相手に触ってみれば？」

「え？　触るって……」

「何でもいいよ。手を握るとか、腕を組むとか、抱きつくとか？」

「むっ、無理だよ……！」

あははっと笑った彼女は、からかい半分なのが明白だった。

けれど、嫌な気持ちにならないのは、一紗が咲良に恋人ができたことを心底喜んでくれていると知っているからである。

桜輔と付き合うことになったと報告すると、彼女は二人のお気に入りのイタリアンでランチをご馳走し、ホールケーキまで用意してくれていた。大袈裟なくらい喜んでくれたことを思えば、咲良を心配してくれているのはわかっている。

「それにしても、全部が甘酸っぱいなぁ……」

ほう、とため息をついた一紗が、どこか遠い目をする。

「同棲して二年も経てば、そんな甘酸っぱさなんて欠片もないんだけど」

彼女には、付き合って三年、同棲して二年以上になる恋人がいる。咲良もその彼には何度か会ったことがあるが、好青年という雰囲気の男性だ。

「でも、いつも仲良さそうじゃない。この間も二人で温泉に行ってきたんでしょ」

「まあね。でも、付き合いたての甘酸っぱさはもうないんだよ！　こうさ、手が触れるだけでもドキドキする、あのむずむずキュンキュンする感覚を味わいたいの！　咲良はそういうのも全部これからじゃん？　あ〜、羨ましい〜！」

一紗がくうぅ……と悔しげに眉を下げ、咲良をじっと見る。咲良は頬が熱くなり、身の置き場がなくなっていった。

三　初蜜夜

十月中旬の土曜日。

咲良がひだまりに行くと、入居者やスタッフがいつものように歓迎してくれた。

今日は、個室での施術を希望する女性が多く、咲良はリビングにいる者たちにネイルやハンドマッサージを施し、そのあとで部屋を順番に回った。途中、スタッフが何度か見に来てくれたが、いつも通り和やかな雰囲気だった。

「失礼します」

「あら、咲良ちゃん。もう私の順番なのね」

セツの部屋に行くと、マットレスを起こしたベッドで休むセツの側に桜輔がいた。

視線と笑みを交わし合い、ベッドサイドテーブルを設置する。彼は当たり前のように手伝ってくれ、自身が座っていた椅子に咲良を促した。

「俺から話してもいいか？」

咲良が「うん」と頷《うなず》けば、セツが一瞬目を見開いたあとで笑顔を見せた。その表情は桜輔の話の内容を悟り、ワクワクしているように見える。

「ばあちゃん、俺たち付き合うことになったんだ」

「そう！　そうなのね！　私、あなたたちがそうなればいいなと思ってたのよ。嬉しいわ！」

興奮するセツに、彼が苦笑を零《こぼ》す。

「そんなに興奮しない方がいい。血圧が上がるだろ」

「何言ってるの。こんなに嬉しいことが起こったのに、興奮せずにいられますか」

ベッドに背中を預けていたセツの身体が、ぐんと前のめりになる。

「いつからそうなったの？　ちゃんと桜輔から告白した？」

セツは、咲良と桜輔を交互に見ながら矢継ぎ早に質問を飛ばす。羞恥で頬を染める咲良は戸惑い、彼は気まずそうに眉を寄せた。

「そういうのはいいだろ」

「あら、聞かせてちょうだいよ。大好きな女の子と孫が恋人になったなんて、おばあちゃんにとっては重大ニュースだもの。親戚中に自慢したいわ」

「やめてくれ」

げんなりした様子の桜輔だが、セツを見る目は優しい。彼がセツを大切にしていることが、改めて伝わってくる。

「咲良ちゃん」

「はいっ……！」

桜輔の表情に見入っていた咲良は、肩を跳ねさせてしまった。咲良が慌ててセツを見れば、柔和な眼差しを向けられていた。

「ありがとう。桜輔のことをよろしくね」

皺だらけの手が、咲良の両手を包む。そっと握る力も温もりも優しくて、胸が詰まった。

「私の方こそ……お礼を言わせてください。セツさんのおかげで、桜輔さんと出会えました。私にはもったいないくらい素敵な人ですが、桜輔さんと一緒にいられて幸せです。本当にありがとうございます」

気を抜けば涙が込み上げてしまいそうだったが、セツの目を真っ直ぐ見つめた。

「やだ……。そんな風に言ってもらえたら、涙が出ちゃいそうだわ」

セツの瞳にはうっすらと雫が浮かび、さらに柔らかな弧を描く。

二人の関係をセツに話そうと提案したのは、どちらともなく……という感じだった。

少しばかり緊張していたが、こうして打ち明けて良かった。セツの優しさに触れたことで、より強くそう思った。

桜輔が『うちでご飯を食べないか』と誘ってくれたのは、ひだまりを出た直後のこと。

咲良は、彼の家に行ったことがなかったためにたじろいだが、緊張感を抱きながらも頷《うなず》いた。

二十三区内の街にある十五階建てのマンションの間取りは、１ＬＤＫ。最上階の最奥の部屋は、新築のように綺麗だった。

玄関を入ってすぐ右側にバスルームとサニタリー、左側はトイレ。正面がダイニングキッチンとリビングで、寝室と繋がっているようだった。

スライド式のドアが開いたままの寝室内には、ベッドとサイドテーブルが置かれ、クローゼットも見える。キッチンやリビングと同様に、綺麗に整頓されていた。

リビングのテレビの前にはローテーブルとソファがあり、グレーのラグも敷かれているが、全体的に物が少ない。家具も最低限という感じで、フローリングがしっかり見えている。

リビングの片隅にはダンベルが置いてあり、いつもここでトレーニングをしているんだろうな、と思うと笑みが零《こぼ》れた。

夕食は、桜輔がチャーハンと卵スープを作ってくれた。

咲良は手伝いを申し出たが、『ゆっくりしてて』と言われてしまった。仕方なくソファで待たせてもらったのだが、料理をする彼の背中がかっこよくてドキドキしていた。

チャーハンに入っていたのは、焼き豚と玉ねぎに、ネギと卵。たっぷりの具材とゴロゴロとした焼き豚が豪快さを感じさせたが、味付けは繊細でとてもおいしかった。

「ご馳走様でした。すごくおいしかった」

「男飯って感じのメニューで悪い。普段からこんなものばかりなんだ」

「桜輔さんの手作りご飯が食べられて嬉しかったよ。ありがとう」

「俺の方こそ、今日はありがとう」

「セツさんにはすごくお世話になってるし、ちゃんと報告できて良かった」

「ああ。でも、ばあちゃんが興奮して悪かった」

二人で顔を見合わせ、クスッと笑ってしまう。

あのあと部屋にやってきた藤野に、セツはすぐに咲良たちの関係を告げた。優しい彼は、目を真ん丸にしつつもセツに『良かったね』と返していた。

『セツさん、ずっと二人に付き合ってほしいって言ってたもんね』

藤野にそう聞かされたときには身の置き場がなくなったが、セツの気持ちが嬉しかった。

「そういえば、今日は何時頃まで大丈夫?」

「明日も休みだから、まだ大丈夫だよ。でも、桜輔さんはいいの?」

「ああ、俺も休みだから気にしなくていい。ちゃんと送っていくから」

明日は日曜日。咲良は同僚に頼まれて先週末と今週でシフトを交代したため、珍しく土日の両方が休みになっている。

桜輔も休みではあるが、あまり遅くなると申し訳ない。そんな建前とは裏腹に、もっと一緒にいたい……という思いが強くなっていく。

こういうとき、咲良はどうすればいいのかわからない。

素直に告げれば、迷惑にならないだろうか。そもそも、こんなことを伝えるのは恥ずかしい。

子どもっぽく思われないだろうか。一人でソワソワしてしまっていることを、彼に気づかれてしまわないだろうか。

小さな不安と奇妙な緊張が、グルグルと回る。

「咲良?」

「はいっ……」

無意識のうちに俯《うつむ》いていた咲良は、弾かれたように顔を上げて左側を見る。刹那、桜輔の顔が間近にあって、驚きと困惑の中で息を呑んだ。

彼も驚いたのか、沈黙が下りる。視線がぶつかったまま、互いに静止してしまった。

咲良を見つめる真っ直ぐな双眸《そうぼう》に、微かな熱が静かに灯る。恋愛初心者の咲良でも、桜輔の纏《まと》う雰囲気が変わったことには気づいた。

じっと見つめられて、何だか胸が苦しい。呼吸が上手くできなくなりそうで、何か話そうにも言葉が出てこない。

緊張で心臓がドキドキと高鳴り、頬が熱を帯びていく。

けれど、目を逸らすことはできなかった。

「咲良」

その声音は、どこか甘い。ゆっくりと伸ばされた大きな右手が、咲良の頬にそっと触れた。

彼はいつもそうだ。武骨な外見や生真面目な内面からは想像できないくらい、咲良に穏やかな優しさを向けてくれる。

だからなのか、桜輔のことは最初から怖くはなかった。

セツの孫だからだとか、警察官だと知っていたからだとか。そういう理由とは別に、きっと彼が持つ一面が咲良を安心させてくれていたのだろう。

（ああ、そっか。だから、私……）

最初から桜輔が怖くなかったのは、彼自身の人間性がそうさせていたのだ。

そう気づいた瞬間、不安や戸惑いよりも甘く切ない恋情が大きくなった。

桜輔に触れたい。

彼に触れられたい。

これまでの咲良なら……桜輔と出会う前なら、こんな風に思う日が来るなんて想像もしていなかったのに、今は心からそう願っている。

ただ、咲良にはそれを伝えるほどの勇気も余裕もなくて……。息を吐いたあと、彼の右手に遠慮がちに自分の左手を重ねた。

直後、視線がより深く絡み、互いを求め合っているのが伝わってきた。

あとはもう、言葉なんて必要はない。桜輔が瞳を伏せるようにして顔を近づけてくると、咲良も自然と瞼《まぶた》を閉じていた。

静かに、そっと、唇が重なる。

優しく触れるだけのキスで感じたのは、彼の体温。ほんの一瞬だったが、多分熱かった。

拍動が速まり、胸の奥が苦しくなる。けれど、羞恥以上に大きな喜びが込み上げてきた。

頬に触れていた手が、すり……と肌を撫でる。くすぐったさに首を竦《すく》めるようにすると、節くれだった指先が耳朶《じだ》を掠《かす》めた。

「ん、っ……」

声が漏れたことが恥ずかしくて、顔が一気に熱くなる。そんな咲良の反応に、桜輔が眉を小さく寄せた。

「ずっと、触れていいのかわからなかった」

静かな声が、咲良に向けられる。

「咲良は、多分男が苦手で……でも、それは当たり前のことだと思う。咲良に付き纏《まと》ってた奴への反応を見ただけでも、これまでにも嫌な目に遭ってきたのはすぐにわかった」

確信を持ちながらも、咲良を傷つけないように言葉を選んでいる。そんな言い方だった。

「だから、俺は咲良に触れることをためらってた。付き合うことになったって、咲良の中には俺に対しても恐怖心があるかもしれないと思ってたから……」

「桜輔さん……」

真っ直ぐな双眸《そうぼう》が、咲良を見つめている。そこに込められた熱に当てられて、胸の奥がチリチリと灼《や》けるようだった。

「でも、触れたかった。……ずっと、こんな風に」

骨ばった手に包まれた左頬が、やけに熱い。痛いくらいの熱が、そこから広がっていく。

伝えたい、と強く思う。こんなにも自分を思いやってくれていた彼に、咲良は自分の本心を知ってほしくなった。

「私……桜輔さんを怖いと思ったことは一度もないよ」

桜輔がほんの一瞬、目を大きく見開く。次いで、少しだけ困ったように眉を下げた。

「このまま帰したくない、と言ったら幻滅するか？」

咲良はためらいそうになり、けれどすぐに首をゆるゆると振った。

「しません。私……あなたになら、触れられたい」

震えそうな声で想いを零《こぼ》す。たどたどしくも、真っ直ぐに。

「私も、今夜は桜輔さんといたいです……」

精一杯の勇気を振り絞って、彼の右手に重ねていた自身の手に力を込めた。

桜輔は困り顔で微笑を漏らし、息を小さく吐く。

「守ると約束したが、一番危ないのは俺かもしれない」

自嘲気味でいて冗談めかしたような言葉に、咲良の心がほんのわずかに解《ほぐ》れる。ふっと小さな笑みを零《こぼ》したのが合図だったかのように、再び唇に口づけられて目を閉じた。

そっと触れ合い、離れてはまた触れる。唇が重なるたびにドキドキするのに、優しいキスを繰り返していくうちに幸福感が膨らんでいく。

うっとりとしかけていた咲良は、しばらくして彼の体温が離れると瞼《まぶた》を開いた。

桜輔の瞳とぶつかった瞬間、急に冷静になってしまい、羞恥が込み上げてくる。

すでに熱を帯びていた頬がさらにかあっと熱くなったが、不意に彼の右手が咲良の背中に回り、左手が膝の裏を掬《すく》った。

「きゃっ……」

「大丈夫、落としたりしないから」

抱えられたと気づいた咲良が動転すると、桜輔は囁くように告げた。咲良を軽々とお姫様抱っこした彼が、真っ直ぐ寝室へと向かう。

ベッドに下ろされると、ダークグレーのシーツから桜輔の匂いがふわりと舞った。正面からも背後からも好きな人の香りに包まれて、頭がクラクラと揺れてしまいそうだ。

「怖いか？」

体重をかけないように覆い被さってきた彼が、咲良の本心を探るようにじっと見下ろしてくる。

まったく怖くないわけではない。今から自身の身に起こるのは、咲良にとって未知のこと。けれど、咲良の心にある恐怖も不安も、欠片程度のもの。それよりも胸を占めているのは、桜輔への想いだった。

咲良は悩むことなく、淀《よど》みのない双眸《そうぼう》を見つめながらかぶりを振ってみせる。すると、彼の瞳がそっと緩められた。

「咲良が怖がることはしない」

「うん」

「精一杯優しくするから、咲良は何も考えなくていい。リラックスして、全部俺に委ねて」

そう言われて、咲良は困ったように微笑んだ。

「難しいです……」

「それもそうか」

「だって……桜輔さんと一緒にいるだけでもまだドキドキするのに、今は桜輔さんのベッドで……ドキドキしすぎてリラックスなんてできないよ……」

眉を下げた咲良に、今度は桜輔まで困り顔になる。眉を顰《ひそ》めた顔つきは呆れているようにも見えて、咲良の心の中には一抹《いちまつ》の不安が芽生えた。

「そういう可愛いことを言わないでくれ」

「え？」

「これでも、必死に理性を保ってるところなんだ」

熱が引きかけていた咲良の頬が、再びかあっと赤くなる。そんな咲良を見た彼が喉仏《のどぼとけ》を上下させ、何かをこらえるように息を吐いた。

「……ダメだな。話せば話すほど、手加減できなくなりそうだ」

戸惑う咲良に、桜輔が苦笑する。彼に何を言われても、何もかもが初めての咲良にはどう振る舞えばいいのかわからない。

「じゃあ、とりあえず俺だけに集中して」

少しの間を置いて、桜輔が優しい笑みを浮かべた。

ふと、咲良の顔に影がかかる。彼の顔が近づいてくることに気づき、咲良は瞼《まぶた》を落とした。

チュッ、とリップ音が響く。触れるだけのキスのあと、離れた唇がもう一度重ねられ、今度は甘やかすように食《は》まれた。

結んだ唇を解《ほど》き、柔らかく啄《ついば》んで。また結んでは、惜しむように離れて。ゆったりとした優しい行為が、静かに繰り返される。

わずかな恐怖心や不安は雪解けのように消え、咲良は自然と桜輔に身を任せ始めていた。戯《たわむ》れのようなキスのさなか、次第に少しだけ苦しくなってくる。唇が離れた隙《すき》に息を吸うと、彼がクスリと笑った。

「息は鼻ですればいい。リラックスして、何も考えないで」

桜輔が咲良のペースに合わせてくれているのは、明白だった。咲良が恐怖心や不安でいっぱいにならないように、少しずつ心を解《ほぐ》そうとしてくれているのがわかる。

宝物を扱うようにしてもらえることが嬉しくて、もっとキスをしてほしくなった。

そんな咲良の心情を見透かすように、彼が唇を重ねてきた。

柔らかく食《は》まれるのも、優しく触れられるのも、心がふわふわと舞うように心地いい。先ほどまでキスも知らなかったのに、もっと口づけてほしくなる。

吐息を漏らせば、その隙《すき》を縫うように桜輔の舌が咲良の唇を割り開き、侵入してきた。

思わず引っ込めてしまった舌をどうすればいいのか……。なんて考えている咲良を余所に、彼の熱が口腔を這っていく。

歯列をなぞり、上顎をくすぐって。堪能するようにしながらも、小さな舌を捕らえられた。

「ふっ……」

意図せずに、甘い声が漏れる。自分から出たとは思えないような吐息交じりの声に、咲良の中に羞恥心が一気に湧き上がってくる。

けれど、桜輔は舌を離してくれない。それどころか、表面や側面をじっくりと撫で回し、絡めた舌をちゅうっ……と吸い上げた。

息苦しいのに、嫌ではない。それでも、勝手に込み上げてきた涙で視界は滲み、激しいキスに翻弄されて呼吸が乱れていく。

ようやく唇が解放されたとき、彼の瞳に宿っていた熱が色濃くなっていることに気づいた。

色香を纏《まと》った雄の視線に息を呑み、心が奪われてしまう。

(どうしよう……。桜輔さんは優しいのに、ドキドキして苦しい……)

ずっと咲良の頬に添えられていた桜輔の手が、そのまま首を撫でるようにして髪を梳《す》いた。

「ゆっくり触れるから、もし嫌だったら言って」

今なお、彼は咲良に逃げ道を与えてくれる。その優しさが、咲良に安堵感を抱かせた。

「うん……」

咲良が頷《うなず》けば、ゴツゴツと骨ばった手が遠慮がちにニットの中に入ってくる。身体がわずかに強《こわ》張《ば》ったが、桜輔が優しい笑みを浮かべているのを見ると、自然と力を抜くことができた。

キャミソール越しの腹部に、大きな手が触れる。華奢なウエストラインをそっとたどり、まるで労《いた》わるように撫でてくる。

少しだけくすぐったくて、何だかむずがゆくて。けれど、ドキドキする。

再び唇が重なったタイミングで、桜輔の手が胸に触れた。

「っ……」

「大丈夫。怖いって感じるなら、いつでもやめるから」

身構えてしまっても、耳元に落とされた彼の声が安心感をくれる。息を小さく吐けば、どうにか力が抜けた。

たわわな膨らみを撫でる手に、鼓動はどんどん速まっていく。きっと、桜輔にも聞こえているだろうと思うと、恥ずかしくてたまらない。

「心配するな。俺も緊張してるから」

彼の左手が咲良の右手を取り、ノーカラーシャツ越しの胸元に誘導する。隆起した胸板の感触が伝わった直後、ドクドクと脈打つ鼓動を感じた。

（これ、桜輔さんの……。桜輔さんも、こんなにドキドキしてるんだ……）

自分だけじゃない。その事実が、安堵と喜びを連れてくる。

「な？」

照れたような桜輔を前に、咲良は自分がどれだけ大切にされているかを実感した。

「うん……」

咲良が微笑めば、彼の顔がさらに優しくなった。

（桜輔さんが好き……。どうすればいいのかわからないけど、桜輔さんに触れられたい……）

出会ったときには表情の変化がわかりにくいと思っていたのに、今はこんなにも穏やかに笑ってくれる。柔和な笑顔を見て、咲良の胸の奥に甘い感覚が広がっていった。

「ぁ……っ」

油断していた咲良の肌に、桜輔の手が及ぶ。キャミソールの中に侵入してきたかと思うと、あっという間に双丘にたどりついた。

ふに、と優しく揉まれ、背筋がわずかに粟立つ。骨ばった手とは相反する柔らかい肉塊が、彼の動きに合わせてニットの中で形を変えていく。

初めての行為に、眩暈《めまい》がしそうだった。羞恥や不安や恐怖なんかよりも、脳がクラクラと揺れる感覚が鮮明になる。

そんな咲良をさらに翻弄するがごとく、するりと背中に回された手でブラのホックを外された。あまりに自然だったため、胸の締めつけがなくなったことに気づくのが遅れてしまう。咲良がハッとしたときには、素肌が大きな手に包まれていた。

「あ、んっ……」

柔らかな胸に軽く食い込んだ五指のうちの一本が、小さな突起を探り当てる。

刹那、咲良の唇から甘ったるい声が漏れ出た。

快感かどうかはわからないのに、嫌な感覚ではないことだけはわかる。

桜輔の手から伝わる体温が熱くて、火照《ほて》っているのはどちらの身体かわからない。

「服、脱ごうか」

優しく促されれば、素直に頷《うなず》いてしまう。恥ずかしさはあるのに抵抗感はなく、彼に身を委ねたくなる。

ニットとキャミソールを順番に脱がされ、引っかかっているだけだったパステルピンクのブラも器用に剥《は》ぎ取られた。

「あんまり、見ないで……」

「無理だ。可愛くて、綺麗で……ずっと見ていたい」

ストレートな言葉に、胸の奥が戦慄《わなな》く。

ただでさえドキドキしている心臓がより早鐘を打ち、桜輔の真っ直ぐさに〝好き〟がまた大きくなる。彼にもっと近づきたい、と思う。

心も、身体も、桜輔と重ね合いたい。

素直な気持ちのままに腕を伸ばしたとき、風の音がどこか遠くで聞こえた。

「咲良」

キスを求められていると察し、瞼《まぶた》を閉じる。彼の唇を受け入れると、双丘の先端を二つとも転がされた。

塞がれた唇の隙間《すき》から吐息交じりの声が零《こぼ》れ、ゾクゾクとしたものが走り抜けていく。初めての感覚に翻弄される中、舌を捕らえられてねっとりと搦《から》められる。

口内はさらに熱を灯し、可憐で小さな果実が芯を持ち始めた。

「はっ、ぁっ、んっ……」

くすぐったさが勝っていた感覚に、じんっ……と痺れに似たものが加わり始める。それが快楽だと知るまでに、少し時間がかかった。

「咲良、嫌じゃない？」

「ッ……や、じゃないけど……何だか、へん……」

「嫌じゃないならいい」

言うが早く、桜輔の顔が胸元に埋められる。その光景に目を小さく見開いたのとほとんど同時に、赤く色づき始めていた幼気《いたいけ》な蜜粒が彼の口内に含まれた。

「やぁっ……！」

チュッと軽く吸い上げられ、熱い舌が突起を撫でる。

知識がまったくなかったとは言わない。けれど、いざ自分の身に降りかかると、視覚も感覚もおかしくなりそうなほど翻弄されてしまう。

震える身体が無意識に逃げようとするが、桜輔にのしかかられていて逃げ場がなかった。

彼は左側の膨らみを揉みながら花粒を舌で愛《め》で、もう片方を左手の指先で弄《もてあそ》ぶ。

舌先でコロコロと転がし、先端のくぼみをクリッとくすぐって、根元に軽く歯を立てる。指ではカリカリと引っかいたり擦《こす》り合わせたり、ときに優しく摘まむ。

初めての悦楽を絶えず注入され、咲良の思考はどんどん鈍っていった。

薄桃色だった突起は熟《う》れたように赤く染まり、しっかりと硬くなっている。そのことに気づいた咲良は、羞恥と涙で潤む目を伏せた。

やがて、桜輔の右手が下りていき、セットアップになっているスカートの裾から侵入してきた。

膝丈のニットスカートが捲られ、太ももがあらわになる。こうなるともう、薄手のニット生地は何の役にも立たない。

あわやショーツが見える寸前、内ももを撫でられて脚に力がこもった。

「脚、閉じないで」

「でも……」

覚悟なら決めたはずなのに、羞恥に負けてしまいそうになる。

「大丈夫だから、力を抜いて」

瞼《まぶた》にキスを落とされると、心は簡単に従順になった。脚の力を抜き、彼の手を受け入れる。

桜輔は微笑すると、「こっちを先に脱がせるか」と独り言ち、靴下に手をかけた。

「じ、自分で……！」

「いいから、俺にやらせて」

ニットやブラを剥《は》ぎ取られたときも恥ずかしかったが、靴下まで彼が手ずから脱がしてくれるなんて考えてもみなかった。

桜輔は甲斐甲斐《かいがい》しく靴下を抜き取ると、膝に口づけた。まさかそんなところにまでキスをされるなんて予想もしていなかった上、何をされてもドキドキしてしまう。

困惑しているうちに、スカートもするりと脱がされる。咲良の身に残ったのは、小花の刺繍と白いレースが施されたパステルピンクのショーツだけになった。

今になってシャワーを浴びていないことに気づいたが、もう遅すぎた。再び咲良に覆い被さった彼は、そのまますぐに右手の中指で秘部を撫でた。

クロッチ部分を擦《こす》られた途端、咲良が身を強張《こわば》らせる。同時に、クチュッと微かな水音が鳴ったことを二人とも聞き逃さなかった。

くぼみのあたりをたどっていた指が、少し上へと向かう。ある場所に触れられた瞬間、突き刺すような痺れが咲良の身体を走り抜けた。

「やぁ、ッ、ぁ……」

桜輔の指がそこにとどまり、クルクルと小さな円を描き始める。

指の腹で撫でるように、それでいて軽く押すように。敏感に刺激を受け取る咲良は、今まで感じたことがない感覚に思わず首を横に振る。

「大丈夫だ。咲良のことを気持ち良くしたいだけだから」

彼の声が鼓膜に響くのに、かけられた言葉の意味を上手く噛み砕けない。初めて味わう愉悦が鋭すぎて、咲良は恐怖に近しいものを抱いてしまう。

「アッ、んっ……はぁっ……」

反して、唇から零《こぼ》れ落ちていく声には確かな甘さが滲んでいた。

桜輔は咲良の様子を窺うようにしながらも、決して手を止めない。ぷっくりと膨らんできた花芽を丁寧に捏《こ》ね、優しく回すようにして上下左右に転がし、絶えず可愛がり続けた。

程なくして、ショーツを剥《は》ぎ取られた。彼はぬかるみの入口で指に雫を纏《まと》わせると、ツンと尖りつつある蜜粒に塗りつけるように擦《こす》り始めた。

布越しだったときよりも苛烈になった悦楽に、咲良は喉を仰け反らせる。あまりにも強い刺激に、思考と身体がバラバラになっていくような感覚に陥った。

「やだっ……！　それ、やっ……」

「怖くない。気持ち良くするだけだから、不安にならなくていい」

突如訪れた不安のままに声を上げれば、桜輔が優しく窘《たしな》めるように囁く。彼がそう言ってくれるのなら、大丈夫な気がするから不思議だ。

咲良は不安を押し込めるように息を吐き、与えられる刺激を受け入れようとする。

すると、桜輔の指先が萌芽をクリクリと捏《こ》ね回した。転がすように、下からそっと押し上げるように。ゆっくりだった動きが、徐々に速くなっていく。

咲良の声はいっそう高くなり、甘さも増していた。

快楽が絶えずやってくる。痛いくらいの痺れと甘苦しさが、咲良の心と身体を襲う。

濁流のような激しい刺激が押し寄せるさなか、彼の中指が赤く腫《は》れた突起をグリッと押し潰した。

「あぁっ……!?　やあぁぁぁぁぁっ……！」

今までとは比べ物にならないほどの大きな法悦が突き抜ける。全身を凌駕《りょうが》されたような感覚の中、咲良は背中を大きく反って息を詰めた。

これが快感なのだと頭が理解したのは、数秒遅れてから。先に喜悦を知った身体とは違い、ようやく思考が追いついた。

「ほら、怖くなかっただろ？」

「ん……。でも、自分の身体じゃ、ないみたい……」

息も絶え絶えに涙を浮かべた顔を向ければ、桜輔がどこか悩ましげに眉を寄せる。

「指、挿《い》れるから。ゆっくり解《ほぐ》していくけど、痛かったら言って」

何か答えを間違ったのかと不安に思うよりも早く、彼の指が蜜口に押し当てられた。

咲良は思わず身体を強張《こわば》らせたが、「大丈夫だ」と優しい囁きが落ちてくる。次いで、ゆっくりと秘孔に指が沈められた。

「っ……」

ゴツゴツした指がそっと進むたび、下肢《かし》が圧迫感に包まれる。自分の体内に異物が挿入《はい》ってくる感覚は、小さな恐怖心と不安を覚えさせた。

「……狭いな。ゆっくり動かすから力を抜いてて」

息をするのもやっとである。そんな咲良に、身体の力までコントロールする余裕はない。

桜輔もそれを見透かしていたのか、顔中に唇を落としていった。額、瞼《まぶた》、頬や鼻先、そして唇に至るまで、労《いた》わるように口づけられていく。

安心感と愛情が伝わる行為に心が解《ほぐ》れ始めたとき、唐突に胸の先端にも唇が触れた。

「あんっ……」

過敏になっている肢体は、それだけで大きく跳ねる。彼は気を良くしたように唇を片方だけ持ち上げると、そのまま可憐な果実を飲み込んだ。

舌先が先端を捏《こ》ね、じっくりとねぶる。その間も蜜襞を擦《こす》る指は動かされたままで、上半身と下半身の両方を責められて頭がおかしくなりそうだった。

けれど、柔壁を解《ほぐ》すように混ぜられていくうちに、最初こそ抵抗感が強かった隘路《あいろ》が徐々に柔らかくなり始めた。まだ固さを残しながらも、骨ばった指をきゅうきゅうと締めつけているのだ。クチュクチュと響く淫靡《いんび》な音が、羞恥心を煽っていく。それは次第に大きくなって、部屋中に反響している気がした。

脆弱な部分を責められている咲良には、桜輔の行為を受け入れるしかない。そんな中でも、身体は少しずつ準備を始めているのがわかる。

彼もそれを見越したように、二本目の指を差し挿《い》れた。まずはゆっくりとした速度で抜き差しが始まり、少し経ってから蜜孔を捏《こ》ねるような動きに変わった。

乳房の先端も、相変わらず舌で嬲《なぶ》られたまま。敏感になりすぎているのか、じんじんと痛むように痺れている。

あちこちいじくられているせいで甘苦しさもあるのに、快感を覚えたばかりの突起は悦びをあらわにするがごとくツンと尖っていた。

「ふぅ、っ……アッ、んっ……」

咲良を見つめる桜輔の目は、どんどん熱っぽくなっていく。受け身でいるだけなのに、彼が興奮してくれているのだとわかると胸の奥が高鳴った。

「痛くない？」

「……んっ、へいき……」

桜輔が時間をかけてゆっくり解《ほぐ》してくれていったからか、痛みは一度も感じていない。それどころか、秘所で響く水音はさらに大きくなっている。

固く閉じて抵抗していた蜜襞も、しっかりと柔らかくなっているようだった。

程なくして、彼がおもむろに指を引き抜いた。胸元からも顔を離し、身体を起こす。

咲良がぼんやりとその姿を見ていると、桜輔は片手で自身のシャツのボタンを開けていき、もう片方の手でベルトを外した。

はだけたシャツの隙間《すき》から覗くのは、隆起した胸板と彫刻のように綺麗に割れた腹筋。想像以上に逞しい上半身に、視線を奪われてしまう。

器用な仕草と鍛えられた身体に見入っていたが、いよいよだ……と思うと一気に緊張感が高まった。自分でも顔が強張《こわば》ったのがわかると、彼が瞳を緩めた。

「そんなに身構えなくていい。無理なら、ちゃんとやめるつもりだから」

どこまでも咲良を気遣ってくれる桜輔に対して、もっと自分本位になってくれてもいいのに……と思わなくはない。ただ、彼のその優しさが咲良を怖がらせない一番の理由だというのもわかっているから、咲良は小さく頷《うなず》いてみせた。

チノパンを脱いだ桜輔の下肢《かし》が、咲良の視界に入ってくる。黒いボクサーパンツに包まれたそこは、雄を主張するがごとく膨らんでいる。くっきりと形がわかり、思わず目を逸らした。

「……ああ、悪い。さすがに怖いか」

気まずそうな声に戸惑いながらも、怖くはないと訴えるように首を小さく横に振る。内心ではためらいが大きかったが、彼を怖いと思っていないのも本心だった。

「そのまま見ない方がいいかもな」

桜輔は自嘲気味に言うと、すぐ側のチェストから箱を取り出す。パッケージを破く音が聞こえ、咲良はそれが避妊具であることを察した。

「できるだけ解《ほぐ》したけど、たぶん痛むと思う。咲良につらい思いはしてほしくないから、無理だと思ったらちゃんと言ってくれ」

彼にならすべてを捧げたいと思う。咲良はそんな気持ちを伝えたくなって、笑みを浮かべた。

「大丈夫だよ。桜輔さんなら怖くないから……ちゃんと最後までしてください」

咲良なりの精一杯だった。けれど、きっと桜輔には伝わるはず。

根拠のない確信を持ったとき、彼が「あー、もう……」とため息交じりに独り言ちた。

「頼むから、あんまり可愛いこと言わないでくれ。俺、本当は余裕なんてないから」

熱っぽい目が、咲良を見つめている。欲しい、と訴えられているのがわかる。

それが嬉しくて、少しだけ照れたような桜輔が可愛くて……。咲良は、胸の奥を甘く締めつける感情を持て余してしまう。

「挿《い》れるよ」

ただ、彼の方はもう本当の余裕がないようだった。

シャツを羽織ったままの身体が、折り重なってくる。とろけた蜜口に硬いものが押し当てられ、咲良は思わず息を呑んだ。

「ゆっくり呼吸して。息は止めないで」

何をすればいいかわからないから、言われたことだけは守ろうと頷《うなず》く。

ところが、秘孔に当たっていた剛直が押し入ってくると、想像よりもずっと苦しくなった。

「ん、はっ……」

「そう、そのまま息を止めないで」

必死に頷《うなず》き、何とか桜輔を受け入れようとする。彼は、雄芯を軽く抜き差ししながらも確実に奥に進もうとし、ひくつく隘路《あいろ》を自身の欲で埋めていく。

無垢な咲良のそこは狭く、屹立《きつりつ》を飲み込むには心許ない。にもかかわらず、身体は抵抗するばかりではなくなっていった。

ふと桜輔を見れば、眉間に皺を寄せて苦しそうにしている。咲良のために少しずつ慣らそうとしてくれているようだが、彼はきっとつらいのだろう。

それでも、桜輔は決して強引に進めず、ゆっくりと奥処を目指していく。そうして時間をかけ、最後の一息と言わんばかりに腰を押しつけた。

「っ……！」

圧迫感と苦しさの中に、引き攣《つ》るような痛みが走り抜ける。身体を引き裂かれるような感覚と、じんじんとした疼痛《とうつう》。咲良の息が止まり、眦《まなじり》からは涙が零《こぼ》れた。

「咲良、息できるか？」

何とか呼吸を整えようとすれば、彼が痛みから気を逸らせるようにキスをしてくれる。上唇と下唇を交互に食《は》み、全体を柔らかく啄《ついば》み、舌を優しく絡ませてくる。

甘い口づけに意識が奪われていくにつれて、心なしか痛みが和らいだ。

みっちりとした質量を感じる下腹部に手を伸ばせば、体内が桜輔の欲望で埋め尽くされているのがわかる。途端、忘れかけていた羞恥が蘇り、頬がかあっと熱くなった。

「わかるか？　俺の、咲良のナカに全部挿入《はい》ってる」

おずおずと頷《うなず》けば、彼が優しい眼差しを返してくる。好きだ、と言われた気がして、鼓動が大きく高鳴った。

「くっ……！　咲良、締めつけないでくれ」

「締め……？」

無意識の行為を窘《たしな》められて戸惑うと、桜輔が苦笑を漏らした。「いや、こっちの話だ」なんて言う彼は、苦しげに息を噛み殺すようにしている。

「……動いていいか？　ゆっくりするから」

真っ直ぐな双眸《そうぼう》に、胸の奥が甘やかに高鳴る。

咲良の様子を窺うようにしながらも、その目に浮かんでいるのは懇願に近い。求められているとわかって、咲良は迷うことなく首を縦に振った。

桜輔の顔に喜びが浮かぶ。彼の表情の変化がわかりにくいと思っていた頃があったのに、今はそんな風に感じないほど感情が伝わってくる。

自然と笑みを返すと、桜輔がおもむろに腰を引いた。熱杭が抜けそうなところで再び押し込まれ、ゆっくりとした抽挿《ちゅうそう》が始まった。

柔襞を引っかかれるような感覚に、咲良の背筋が戦慄《わなな》く。未開の地をこじ開けられたばかりの身体には、まだ快感を覚えるだけの余裕はない。

反して、緩やかな律動は蜜筒を少しずつ解《ほぐ》すようで、熱と潤みが増していく。気持ちいいと思えるわけではないのに、不思議な心地良さが芽生え始めていた。

彼は相変わらず苦しそうだが、咲良の身体を気遣うように優しく腰を動かしている。眉根を寄せながら歯を食いしばる面持ちは、うっとりと見惚《みと》れるほどの色香で満ちていた。

咲良は思わず両手を伸ばし、桜輔にしがみつく。それが合図だったかのように、彼が腰を大きく動かした。

「あぁっ……！」

突然激しくなった律動に、咲良が背中を反らせる。けれど、時間をかけて解《ほぐ》された蜜孔は、健気にそれを受け入れた。

最初に感じていた痛みはとっくに薄らぎ、快楽に似たものがじわじわと身体の奥底から湧き上がってくる。高みに届くような感覚ではなかったが、咲良を翻弄するには充分だった。

ずっと咲良を気遣っていた桜輔は、まだ優しさを残しながらも次第に抽挿《ちゅうそう》を速めていく。

楔《くさび》で蜜襞を引っかき、縦横無尽に掻きむしって。淫らな腰つきで隘路《あいろ》を嬲《なぶ》り、欲望を抑え切れない様子で愉悦を貪《むさぼ》る。

下肢《かし》がぶつかり合うたびに甘い疼痛《とうつう》のような衝撃が走り、淫靡《いんび》な水音が部屋中に響く。グチュンッ、ぴちゃっ……と鳴るたびに、鼓膜を伝って脳芯まで侵されていく。

甘苦しくて、微かに痛い。それなのに、今日知ったばかりの〝あの感覚〟に近づいていく。けれど、何かが足りない。全身が弾けるようなあの法悦には届かない予感を本能が感じ取り、下腹部の奥に溜まっていた甘切なさが膨らんだ。

「お、すけさっ……」

助けを求めるように、彼の首に回していた腕に力を込める。咲良にとっては無意識の行為だったが、雄の劣情を煽るには充分なものだった。

「ハッ……！　ん、わかってる。咲良はこっちで、な？」

桜輔が、右手を結合部に伸ばす。柔毛をかき分け、赤く腫《は》れた真珠のような突起を擦《こす》った。

「ひぁっ……ああっ、やぁぁっ……」

「ッ……大丈夫だから、俺に捕まってて」

熱い息と囁きが、咲良の耳朶《じだ》に触れる。鼓膜をくすぐるような声音に背筋が震え、蜜洞がきゅうきゅうと蠢動《しゅんどう》した。

彼は荒々しく息を吐き捨て、いっそう激しく蜜路を撹拌《かくはん》する。グチャグチャにかき混ぜられながら花芽をいたぶられると、初心な身体はあっという間に高みへと駆け上がっていった。

「咲良っ……！」

視界が歪んで、思考が溶けていく。四肢がじんじんと痺れ、それが脳芯にまで伝わって意識が保てそうにない。

上下左右がわからなくなるほどに困惑する中でも、襲いくる喜悦だけはやけに鮮明で。まるで、咲良の心も身体も奪い尽くそうとするようでもあった。

「もうっ……ぅぁ、あんっ……」

どちらの体液かわからないほどに蜜と汗が混ざり、指先までビリビリと痛むような法悦が膨らみ切って、限界を迎える寸前。

「ッ……アッ、あぁぁぁぁっ――！」

桜輔の指が蜜核を押し潰し、咲良の下腹部を抉《えぐ》るように最奥をガツンッと穿《うが》った。

柔壁がぎゅうぅっ……とすぼまり、彼の欲を飲み込もうとするがごとく雄幹を食い締める。

「う……クッ……！」

桜輔は奥歯を噛みしめ、大きく胴震いした。刀身がビクビクと震え、瞬く間に一滴残らず欲望を吐き切る。

程なくして、彼が咲良の身体をぎゅうっと抱きしめた。心地いい重みと安心感を抱く匂いに、咲良がぼんやりとしたまま視線を動かす。

「咲良……好きだ」

不意に甘やかな囁きが落とされ、胸の奥がキュンと締めつけられた。

抱き合う前に抱いていた不安も緊張も恐怖も、今はもう上手く思い出せない。自分をこんなにも大切にしてくれる桜輔の腕の中で感じられるのは、温かくて優しい幸福感だけだった。

これほどまでに幸せな行為だと思えるのは、相手が彼だからこそ……だろう。

もう考える力なんて残っていない頭の片隅で、咲良はぼんやりとそんなことを思った――

四　本能と理性の狭間で　Side Ohsuke

花のような甘い香りに鼻先をくすぐられ、夢現《ゆめうつつ》に左腕に心地良い重みを感じた。

わずかな気だるさの中で瞼《まぶた》を開けると、視界の中に咲良の寝顔が飛び込んできた。直後、昨夜のことを思い出す。

事後、彼女はあのまま眠ってしまい、起こすのが不憫《ふびん》で桜輔も一緒に寝ることにした。

そもそも、昨日は一緒に夕食を摂るだけのつもりだった。もちろん、そろそろキスの一つでもしたいという気持ちはあったが、咲良に恋愛経験がほとんどないことは察していたため、それ以上のことをする気はなかった。

深く尋ねたことはないが、彼女が男性に苦手意識を持っているのは明白だ。もっと言えば、苦手というよりも〝恐怖心を持っている〟という認識でいた。

ひだまりでは、スタッフとも入居者とも普通に接しているが、それ以外の場所で一緒にいるときにはそう感じることが何度かあったからだ。

たとえば、レストランで食事をしたある夜。

咲良が落としたスマホを男性スタッフが拾ってくれたのだが、彼女は一瞬身構えるようにしてからそれを受け取った。丁寧にお礼を言いつつも、その横顔はわずかに引き攣《つ》っていた。

映画館で隣の席が男性客だったときには、咲良は異様に緊張した様子だった。席を交代すると、桜輔の反対側に座っていたのは女性だったためか安心したようだった。

男性恐怖症とまでは言わなくとも、彼女が男性に対して必要以上に身構えているのを何度も目にしている。

職業柄、人の表情の変化を観察する癖がある桜輔は、咲良と過ごすうちに彼女が抱く男性への感覚が苦手以上だと思うようになった。それゆえに、これまではずっと手すら繋げずにいたのだ。

桜輔に対しては、怯《おび》えたり身構えたりしている様子はなかったと思う。

出会った頃はもちろん距離があったが、徐々にそれは縮まっていった。

付き合ってからは咲良の部屋で過ごすことも多く、そのときの彼女に緊張した様子はあったものの、あくまで付き合いたての恋人同士が見せる程度のものだと受け取っていた。

けれど、レストランでの一件や映画館での咲良を思えば、触れてもいいのか……とためらわずにはいられなかったのだ。

嫌われたくないという思いもあったが、何よりも彼女を怖がらせたくなかった。

だからこそ、少しずつ時間をかけて進めていくつもりだったのに……。昨夜は咲良と視線が交わった瞬間、彼女の綺麗な瞳に吸い込まれるようにキスをしていた。

桜輔は、自分を理性的な人間だと思っていた。

生真面目で、頑固で、融通が利かない。そんな堅物な性格ゆえに、己を律して生きてきた。

学生時代から柔道や剣道に励み、警察官になるためにも警察官になってからもトレーニングを欠かさず、規則正しく真面目を絵に描いたような人生を送ってきたという自負もある。

家族や同期からは『真面目すぎ』だの『面白味がない奴』だの、散々言われてきた。

その性格は女性の前でも変わらず、仕事に邁進するあまり恋人ができても構う余裕がなく、いつしか恋愛からは遠ざかっていた。

ところが、咲良と出会ってからの桜輔は、どこか自分らしくなくなっていった。

祖母のセツから彼女の話をよく聞いていたからか、初対面のときには初めて会ったとは思えないような親近感を抱いたせいかもしれない。

最初は警察官として、そしてセツを笑顔にしてくれた恩返しのために、咲良の助けになりたいと思っていただけだったのに……。彼女と一緒に過ごすわずかな時間で心が動き、電話やメッセージを口実にしている自分がいた。

咲良を守りたいと強く思った。けれど、それ以上に彼女の側にいたいという思いが大きくなっていった。

恋情だと自覚するまでにそう時間は必要なく、気づけば咲良と会う理由を探していた。仕事帰りに突然家まで行ったのも、心配というのもあったが自分が彼女に会いたかったのだ。

咲良の純粋さや真っ直ぐさがやけに眩しくて、殺伐とした日々を送る中、彼女の優しい笑顔や穏やかな空気に癒やされた。

仕事一筋で、趣味らしい趣味はトレーニングくらい。それだって、仕事に通ずるものだ。

面白味のない自分の人生が、咲良と出会ったことで鮮やかに色づいていくようだった。

彼女に会えると嬉しい。会うともっと一緒にいたくなる。

咲良からも好意が覗いている気がすることはあったが、本音を言えば告白はダメ元だった。男性が苦手な彼女が、自分の気持ちを受け入れてくれるとは思っていなかったからだ。

しかし、結果は桜輔の予想に反したもの。咲良は桜輔の想いを受け入れるどころか、彼女自身も同じ気持ちだと伝えてくれた。

あのときの戸惑いと恥じらいが混じった彼女の表情は、何度思い出しても胸が掴まれるような感覚になる。まさに、天にも昇るようで、心は人生で最大の喜びで覆い尽くされた。

ところが、純粋に喜びに浸っていられたのも束の間のこと。

日が経つにつれて恋情は加速し、次に会ったときには咲良に触れたくてたまらなくなった。彼女と一緒にいられるだけで嬉しいのも本心だったが、もっと先へ……という雄の欲が早々に芽生えていたのだ。

理性的だったはずの自分が、咲良の前では本能が先立ってしまいそうで……。それを必死にこらえる日々は、きついワークアウトよりもずっと厳しいものだった。

自分自身のそういう一面を自覚していたからこそ、欲望を見せて怖がらせないように気をつけていたつもりだ。昨夜だって、本当に身体まで求めるつもりはなかった。

ただ、彼女を前にしては理性を総動員しても己を律することはできず、キスが引き鉄となって湧き上がる情欲を抑え切れなくなった。

言うまでもなく、咲良が未経験だったことはわかっている。身体は強張《こわば》り、男を知らない蜜口や隘路《あいろ》は固く閉じ、解《ほぐ》すのに随分と時間を要した。

けれど、彼女は必死に桜輔を受け入れようとしていた。桜輔の言う通りに呼吸をして、できる限り力を抜こうとし、眉根を寄せながらも充溢《じゅういつ》した欲を受け止めてくれた。

涙交じりに甘い声を漏らし、初めて知った快感に戸惑いつつも達して。潤む瞳で喘ぐ様は淫靡《いんび》で美しく、油断すれば欲望のままに壊してしまいそうだったほどである。

そんな健気で真っ直ぐな咲良のことを、これまで以上に愛おしく思った。

そして、欲しくてたまらなかった彼女の身体をこの手で抱けたことに、歓喜とも言える感情が胸を占めている。

「ん……桜輔さん……」

不意に、咲良が桜輔の名前を零《こぼ》した。ふにゃっと気の抜けたように笑う彼女は、まだ夢の中にいるようだ。

寝言で呼ばれただけなのに、胸の奥が戦慄《わなな》く。文字通り心を掴まれ、下肢《かし》に熱が生まれた。

慌てて平静を保とうするが、運悪くシーツの下は互いに全裸である。腕枕をしているせいで咲良の身体は密着し、素肌があちこち触れ合っている。

甘い香りも、あどけない寝顔も、寝息を立てる唇も、桜輔の欲を煽るには充分だ。

昨夜の余韻を微かに残していたかのように、下腹部の奥が刺激されて身体が熱くなっていく。

このままでは理性が崩壊するのは目に見えており、桜輔はどうにか平常心でいようと咲良から離れようとする。ところが、一拍早く、彼女が桜輔の胸元にすり寄ってきた。

(あー、もう……。こっちの気も知らないで……)

可愛すぎて、愛おしすぎて、本当に嫌になる。

幸せそうに眠っている咲良が安心してくれているのは嬉しいのに、ここまで心地良さそうな寝顔を見せられると構い倒したくなる。

持ち前の理性を総動員して冷静でいようとしながらも、雄の本能がその邪魔をしてくる。

芽生えた愛欲を抑えようとする反面、少しだけ……と自分の中の悪魔が囁いた。生真面目だと自負していた桜輔だが、心は一瞬にしてその誘惑に捕らわれた。

ぷっくりとした薄桃色の唇にそっと親指を這わせ、ゆっくりと顔を近づける。唇が触れ合うと、その柔らかさに背筋がゾクリと粟立った。

一度離しても、またすぐに欲しくなる。咲良の頭を乗せている左手で後頭部を引き寄せ、より強く唇を押しつける。

ただ触れているだけなのに心地良くて、けれどもっと深いところまで舌で暴きたくなる。

何度もキスを繰り返しているうちにこのまま抱きたくなったが、手持ち無沙汰だった右手は咲良の髪に置き、決してそこから動かすまいと誓った。

本当は、彼女の身体に触れたくてたまらない。

滑らかで吸いつくような肌の感触は、まだ手にも記憶にも鮮明に残っている。白い肌が上気していく様は悩ましいほどに色っぽく、自分の手で乱れていく姿にこの上なく興奮した。

吐く息に劣情交じりの熱がこもり、咲良の身体の奥深くまで挿《はい》り込みたくなる。

しかし、彼女は昨夜が初めてだった。痛みを堪《こら》えながら自分を受け入れてくれていたときの表情を思えば、無理をさせたくないという気持ちは消えない。

何よりも、眠っている恋人に手を出す自分自身を許せず、理性と本能の狭間で揺らぐ心を厳しく律して唇を離した。

右手を引っ込め、咲良の顔の下にある左腕もそっと抜く。そのまま彼女を起こさないように静かにベッドから抜け出し、できるだけ物音を立てないようにバスルームに急いだ。

「はぁ……」

頭から熱いシャワーを浴びながら、自身の行いにため息が漏れる。これでは咲良に付き纏《まと》っていたあの男と変わらないのではないか……と思い、自己嫌悪に陥りそうになった。

それなのに、熱を纏《まと》った雄芯はまだ天を仰ぐような姿のままである。自身の中にある男の性《さが》にうんざりしそうになりつつも、投げやりな気持ちで右手を伸ばした。

こんな状態でも、昨夜の咲良の姿を想像するだけで下肢《かし》から甘い痺れが沸き上がる。息を噛み殺しても心身は昂り、時間をかけずとも欲を放出させることができた。


寝室に戻ると、咲良がぼんやりとした様子でこちらを見た。

どうやら起きたばかりのようで、寝ぼけ眼のまま放心している。それが可愛くて、クスッと笑いながらベッドに近づいた。

「おはよう」

「……え？　桜輔さん？」

きょとんとした彼女は、まだ夢と現実が曖昧なのかもしれない。ふっと瞳が緩み、「ああ」と頷《うなず》いてからキスを落とした。

そこでようやく咲良の意識がはっきりしたらしく、頬を真っ赤に染める。

「おはよう、ございます……」

羞恥をごまかすように布団で顔半分を隠した彼女が可愛くて、思わず噴き出しそうになった。

「身体は大丈夫か？　無理させたと思うし、つらいならこのまま横になっててもいいから」

「へ、平気です……」

「それなら朝ご飯に……いや、その前にシャワーを浴びるか？　風呂がいいなら準備する」

「いえ……あ、えっと……」

咲良は戸惑いをあらわにしつつも、必死に考えているようだった。

「じゃあ、シャワーをお借りできますか？」

「ああ。着替えは俺のものを貸すから、咲良の服は洗濯しておくといい。何でも好きに使ってくれて構わない」

顔を隠したまま「はい……」と首を振った彼女は、照れくさいのか敬語が抜けない。

せめてシャワーを浴びたあとにはいつも通りに戻っているといいな、と思いつつ、桜輔はTシャツとハーフパンツを出してバスルームに案内した。

咲良がシャワーを浴びている間に、朝食を準備する。

といっても、たいしたものはない。トーストにベーコンエッグ、レトルトのコーンポタージュを並べただけの、シンプルなメニューしか準備できなかった。

自分のせいではあるが、彼女が泊まっていくことは想定外だった。買い出しは毎週日曜日に一週間分を纏《まと》めて済ませることが多いため、冷蔵庫の中は空っぽに近かったのだ。

「シャワー、ありがとうございました」

理想とは違うメニューを前にため息が漏れたとき、咲良がリビングに顔を覗かせた。

「……咲良、ハーフパンツは？」

「穿《は》いてみたんですけど、ウエストの紐を結んでもずれちゃって……」

「悪い。一番穿《は》けそうなものを出したつもりだったんだが」

「いえ……。私の方こそ、こんな格好でごめんなさい」

「い、いや……」

Ｔシャツしか着ていない彼女の下半身は、太ももが半分ほど隠れているだけ。白くて滑らかな肌は、柔らかくておいしそうだ。

正直、今の桜輔には刺激が強い。思春期のガキじゃあるまいし……なんて思いながらも、つい視線はＴシャツの裾あたりに向いてしまう。

それをごまかすように軽く咳払いをすると、咲良の髪が濡れたままなことに気づいた。

「あ、ドライヤーの場所を教えるのを忘れてたな。ちょっと待っててくれ」

冷静でいるようで、実のところ心は浮き足立っている。おかげで、普段はあまり使うことがないドライヤーが必要だということを失念していた。

桜輔はドライヤーを持ってリビングに戻り、彼女にソファに腰掛けるように告げる。

「俺にやらせて」

「え？　でも……」

「いいから。やらせてほしいんだ」

過去の記憶を手繰り寄せてもこんな風に思ったことなど一度もないのに、今は咲良の髪に触れる口実ができたことが嬉しい。

濡れた髪にドライヤーの温風を当てながら、髪を梳《す》くように優しく指を通す。

髪がなびくたび、シャンプーの香りが鼻先をくすぐってくる。同じものを使っているはずなのに、心なしか甘く感じるのは気のせいだろうか。

そんなことを考えている自身に苦笑を零《こぼ》しながらも、桜輔は咲良の髪を丁寧に乾かした。

「これで乾いたと思うが、綺麗に整えられなかったな。すまない」

「ううん、ありがとう。髪はブラシで梳《と》かすから大丈夫だよ」

ようやくリラックスできるようになってきたのか、彼女の口調が元通りになっている。それが嬉しくて、「そうか」と返した頬が緩みそうになった。

咲良が髪を梳《と》かしている間にケトルで湯を沸かし、コーヒーとコーンポタージュの粉末にそれぞれ注ぐ。胃を刺激する香りが漂い、空腹感が増した。

「コーヒーに砂糖とミルクは？」

「あ、欲しい。桜輔さんはブラック？」

「だいたいはそうだな。ミルクはたまに淹れるけど、仕事中はブラックしか飲まない」

瞳を緩める彼女を見ていると、どうにもこのままベッドに戻りたくなってしまう。

朝食を摂っている間も落ち着かず、桜輔は平静を装いながらもソワソワして仕方がない。このままだと今にもボロが出そうで、咲良がコーヒーを飲み終えたタイミングで「どこかに出掛けないか？」と提案した。

「どこかって？」

「ドライブでも映画でもいいし、水族館とか動物園とか……咲良の行きたいところに行こう。ほら、せっかくいい天気だし」

「確かにお出かけ日和《びより》だけど、私は桜輔さんと一緒にいられるだけで嬉しいよ」

にっこりと笑う彼女を前に、桜輔はぐらりと揺れた理性を必死に繋ぎ止める。

(どうしてそんな可愛いことを……。嬉しいが、今は……)

空っぽのマグカップに口をつけそうになり、動揺を悟られないように慌てて食器を重ねる。

「俺も咲良と同じ気持ちだが、今日はダメだ」

「どうして？」

曇りのない目を向けられると、邪《よこしま》な妄想ばかりしている自分の愚かさが強調される気がして、さりげなく立ち上がって視線を逸らす。

「このまま家にいたら、すぐにでも咲良を抱いてしまいそうだから」

「え……？」

「でも、今日は咲良に無理をさせたくはない。だから、俺の理性が働くうちに外に行こう」

視界の端に映った咲良の頬が、真っ赤に染まっていく。

身を小さくする彼女は、きっとどうすればいいのかわからないのだろう。そんな姿すら可愛くて仕方がなく、やっぱりベッドに縫い留めてしまいたくなる。

桜輔が淡々と食器を運ぶと、慌てて咲良がついてきた。

「私も一緒に片付けます」

その声は微かに震えていて、恥ずかしさと緊張に包まれているのが伝わってくる。Tシャツから覗く脚が桜輔の視界に入り、清潔感のあるシャンプーの香りが鼻先をくすぐった。

今、隣に立たれると欲望に負けそうになるのに、下手に距離を取れば彼女を傷つけてしまいそうで「ありがとう」と返した。

片付けといっても、朝食で使った食器は少ない。二人で洗うほどでもないのに、ぎこちない空気の中で桜輔が食器を洗い、咲良がそれを拭いていった。


一時間後、まずは咲良の家に行った。

泊まる準備をしていなかった彼女が支度している間、桜輔は気を使わせないように『買いたいものがあるから』と言って近所のコンビニの駐車場で待った。

こうして咲良と離れると寂しいのに、一人になれたことでようやく平常心を取り戻せた。

一緒にいたいくせに余裕がなくて、けれど彼女の前では余裕ぶろうとするせいで、どうにも格好がつかない。なんとも厄介な自分自身に、自嘲交じりのため息が漏れる。

(咲良が無自覚なのも厄介だな。いちいち可愛くて本当に困る……。そういうところも俺を夢中にさせるなんて、咲良は想像もしてないんだろうけど)

咲良がコンビニの駐車場にやってきたのは、三十分ほどが経ってからのことだった。

走ってきたようで、車から降りて向かい合った彼女は息を切らしている。十月も中旬だというのに、暑いのか頬が赤らんでいた。

「急がなくて良かったのに」

「桜輔さんならそう言ってくれると思ったんだけど、私が少しでも一緒にいたくて」

はにかんだ微笑みと言葉に、心を鷲掴《わしづか》みにされる。せっかく冷静になれたと思ったのに、一瞬で理性が崩れてしまいそうだった。

咲良の腕を軽く引き、助手席に押し込む。フロントガラス越しに外から見えないように自身の身体で彼女を覆い、少しだけ強引に柔らかな唇に口づけた。

「っ……ここ、外です……!」

どうやら、咲良は緊張や動揺に見舞われると、敬語に戻るらしい。それに気づくと彼女のことがますます愛おしくなって、自分でも知らない間に眉を下げて笑っていた。

頬を朱に染めた咲良が、困り顔で俯《うつむ》く。一つひとつの反応が素直すぎて可愛すぎて、本当にどうしてくれようか……と思う。

運転席に乗り込んだ桜輔は、ここが外でなければやっぱりベッドに連れ込んでしまっていただろう……と、恥ずかしがる彼女を横目に考えながらも車を出した。

水族館は、大勢の客で賑わっていた。友人同士らしきグループもいるが、群を抜いているのは家族連れや恋人同士であろう人たちである。チケット売り場には、行列ができている。

桜輔は、咲良を待っているときに購入していた電子チケットで入場し、チケット代を支払うと言った彼女を制して華奢な手を握った。

「あっ、チンアナゴ！　可愛い！」

咲良は、水族館に着いたばかりの頃は緊張していたようだが、館内を巡っているうちに自然と笑顔を見せてくれるようになった。

水槽の前では何枚もの写真を撮り、歩くときには桜輔が手を出せば嬉しそうに繋いでくる。はにかみながらも寄り添ってくれるようになっていく彼女に、桜輔の胸は昨夜に味わったような幸福感でいっぱいになっていった。

「桜輔さんは生き物だと何が好き？」

「海限定？」

「ううん、なんでもいいよ」

「そうだな……猫とウサギ、海の生き物ならカメ」

「ちょっと意外かも」

「ライオンとか狼が好きそうに見えるのに、って？」

咲良が微笑すると、桜輔はふっと瞳を緩めた。

「猫もウサギもカメもばあちゃん家で飼ってたんだ。俺はばあちゃん家で過ごすことが多かったから、その影響だろうな」

「そっか」

「猫は野良だった奴が庭に住み着いて、ウサギは飼えなくなった知り合いから譲り受けたらしい。カメはある日、じいちゃんが『弱ってたから』って連れて帰ってきた」

「すごいね。飼うつもりがなかったのに、どの子も引き取ったってことでしょ？」

「まあ、世話してたのはばあちゃんだったけど」

「さすがセツさん。面倒見がいいのは昔からだったんだね」

「かもな。どいつもそれなりに長生きしたみたいだったし」

よくよく思い返せば、ハムスターや金魚もいたことがある。ハムスターはもともと寿命が短いが、それ以外のペットたちは長らくセツの家にいたと記憶している。

猫に至っては、最終的には三匹ほど住み着いていた。

「桜輔さんが猫やウサギを抱っこしてるところ、見てみたかったな」

実家にになら写真があるはずだ、と言いかけて口を閉じる。幼い頃の自分を見られるのは、何だか気恥ずかしかったからだ。

「咲良は？」

「私は、海の生き物ならペンギンかな。陸なら、猫と犬が好き。ウサギは触ったことがないから、いつか触ってみたい」

「じゃあ、今度は動物園にでも行くか」

桜輔の提案に、咲良がぱあっと目を輝かせる。無邪気な笑顔を向けられると、愛おしくてたまらなくなる。

館内は薄暗く、今は運良くちょうど柱の陰に入るところ。それをいいことに、桜輔を見上げる彼女の唇をさらりと奪った。

「おっ……桜輔さん！　誰かに見られたりしたら……！」

「みんな、水槽しか見てないだろ」

自分でも浮かれている自覚はある。

いつでも冷静で、生真面目で。人間的にも男としても、たいして面白味がないような性格だと思ってきた。

ところが、咲良と一緒にいると、簡単にタガが外れそうになる。バカップルよろしく、いつでもどこでももっとくっついていたくなる。

笑顔も照れた顔も可愛くて、たじろぐ姿を見ているだけでまたキスがしたくなる。

もっと言えば、やっぱりベッドの中で柔らかな身体の隅々まで愛《め》でたかった。

「そ、そんなの、わからないじゃないですか！」

そんな欲望塗れの自分自身に呆れる反面、困り顔で抗議してくる咲良のことが可愛くて仕方がなく、このままずっと一緒にいたいと強く思った。

第三章　蜜月

一　変えられていく心と身体

桜輔に初めて抱かれてから、一か月以上が過ぎた。

過ごしやすかった気候はとっくに過ぎ、夜は特に冷え込む。自転車での通勤が厳しくなり始めたが、咲良は仕事もプライベートも順調で平穏な日々を送っていた。

あの日から、平日は都合がつけば夕食を共にし、週末は互いの家に泊まるようになった。咲良の仕事が土日のどちらかが休みになるため、予定はだいたい彼が合わせてくれる。

多忙な桜輔にばかり都合をつけてもらうのは、何だか申し訳ない。ただ、彼いわく『今の部署なら大丈夫だから』とのことだった。

いわゆる、刑事やお巡りさんとなれば土日祝日も関係のないシフト制だが、桜輔が配属されている部署はカレンダー通りに動くようだ。ときに、何らかの応援要請があれば土日も出勤することはあるらしいものの、咲良が知る限りではそういったことはまだない。

本当に大丈夫なのか……と気になることはある。反面、彼が『大丈夫』と言うのならそうなのだろう、という気持ちもあった。

土曜日の今日は、朝から桜輔が家まで迎えに来て、職場まで送ってくれた。申し訳なく思ったが、彼は『ジムに行くついでだから気にしなくていい』と笑っていた。

帰りも迎えに来てくれ、そのまま桜輔の家に泊まる予定だ。お泊まりグッズを入れたバッグは、彼が預かってくれている。このパターンも、もう数回経験した。

桜輔が咲良の家に泊まることもあったが、1DKの部屋やバスルームは広いとは言えず、ベッドもシングルのため、屈強な体格の彼は眠るときに少々窮屈そうだった。

食事をするくらいならともかく、二人で一晩を過ごすには狭い。

その点、桜輔の家は1LDKだ。リビングにはソファもあってゆったりと映画を観ることもできるし、セミダブルのベッドでは二人で眠ってもわずかに余裕が残る。

そういった理由から、咲良が彼の家に泊まるようになった。

(晩ご飯は何にしよう？　桜輔さんは『食べに行こうか』って言ってくれてたけど、作った方が安上がりだし……。それに、いつも泊まらせてもらってるから、ご飯くらい作りたいなぁ)

客の爪に細かいアートを施しながら、頭の片隅でそんなことを考える。

「こちらでアートは完成です。コーティングの前にチェックしていただけますか」

「うん、可愛い！　やっぱり深澤さんはフラワーアートが上手だわ」

淡いブルーとホワイトで雪を連想させるようなグラデーションをベースに、手描きで花の絵を施し、花の中心にはゴールドのラメを乗せた。

常連客のこの女性は、四十代中盤。咲良を毎回指名してくれるのだが、『今日はお任せで』とリクエストされたため、会話から今の気分を聴き取りながら施術を進めた。

すべて任されると、責任はいっそう重くなる。けれど、満面の笑みで「深澤さんに全部任せて良かった」と言われて、安堵感と同時に大きな喜びと充足感に包まれた。

嬉しそうに帰っていった彼女を見送り、咲良はこの日の業務を無事に終えた。

迎えに来てくれた桜輔に頼んでスーパーに立ち寄ってもらい、食材を調達した。

リクエストを訊くと『和食がいい』と即答されたため、定番だが肉じゃがをメインに、白和《しらあ》えや味噌汁、だし巻き卵を作った。彼はとても喜んでくれ、山盛り二杯の白米とともに、おかずもすべておかわりしてくれた。

お風呂は、いつも通り別々で済ませる。何度か桜輔に『一緒に入る？』と誘われたが、さすがにそれはまだ恥ずかしくて全力で断っていた。

だいたいは咲良が先に入らせてもらい、彼はリビングで咲良の髪を乾かしたあとでバスルームに行く。髪くらい自分で乾かせるのに、甘やかしてくれることが嬉しかった。

付き合って二か月以上、身体を重ねるようになってからは一か月ほど。少しずつ恋人らしくなってきていると思う。

桜輔がお風呂を済ませたあとは、食材と一緒に購入したお酒を飲みながらバラエティー番組を観て、二人で仲良く歯磨きを済ませる。

最初は緊張でいっぱいだった咲良だが、最近では日常の一部になりつつあるこんな時間に幸せを抱くようになっていた。

「いつも思うんだけど、桜輔さんは窮屈じゃない？　二人で寝ると、ベッドがいつもより狭く感じるだろうし……」

ベッドで横になってすぐに尋ねると、彼は咲良の身体を引き寄せながら首を横に振った。

「いや。俺がでかい分、咲良が小さいから問題ない。むしろ、咲良が窮屈なんじゃないか？」

「ううん、平気。桜輔さんと一緒に眠れるの、すごく安心するの」

自然と零《こぼ》れていた答えは、この一か月で特に強く感じるようになったことである。

以前は、夜に独りで過ごしていると、不安を抱くこともあった。

外で物音がしたとき、玄関側で足音がしたとき、インターホンが鳴ったとき。たとえばそれが、ただの風の音とか隣人の足音だとか、宅配業者が訪れただけなのだとしても、異様に身構えてしまうことも少なくはなかった。

けれど、桜輔と一緒にいると、不安や恐怖心を持つことはない。玄関側で足音や人の気配がしても、夜中に物音で目が覚めても、すぐ側に彼がいてくれるというだけで心強い。

そのおかげか、一緒にいないときでも不安を抱くことが減ってきている。

警察官だからとか、男性だからとか……。たぶんそういうことではなくて、桜輔だから。

他の誰でもなく彼だからこそ、こんな風に安心させてくれるのだと思う。

「家で独りでいるとね、ついビクビクしちゃうこともあって。そんなに身構えなくても大丈夫なはずなのに、急に不安になるときがあるの」

桜輔は、咲良をなだめるように優しく背中を撫でる。別に今はなんともないのに、その感覚が心地良くて素直に受け入れていた。

「でも、桜輔さんと付き合うようになってから、少しずつだけど不安や恐怖心を持つことが減ったんだ。仕事帰りなんていつも気を張ってたのに、今は前ほど夜道が怖くないって感じるようになったんだよ」

もちろん、まったく平気なわけではない。ただ、彼との時間や注いでもらえる愛情が、咲良の傷やトラウマを少しずつ癒やしてくれていっているのかもしれない。

「そうか。だが、無理はしなくていいんだ。いつでも頼ってくれていいし、不安なときには平日でも泊まりに来て構わない。毎日送迎するのは難しいが、時間が合えばできるから」

「さすがにそこまで甘えられないよ」

「甘えてくれていい。むしろ、もっと甘えてほしいんだけどな」

「え？」

「付き合う前も付き合ってからも、咲良はわがままを言ってくれないだろ？　もっと色々言ってくれていいのに、っていつも思ってる」

「そうなの？　でも、私は別に要望とかはなくて……。こうやって一緒にいられたら嬉しいし、私のシフトに合わせて会ってくれることも感謝しかないよ。むしろ、合わせてもらってばかりだし、結構わがままじゃないかな？」

「そういうのはわがままとは言わないだろ」

「でも、ボランティアの日が土日になると、ゆっくり過ごせないし」

「ボランティアは咲良がやりたいことなんだし、俺は応援してる。ばあちゃんも他の人たちも、咲良が行くのを楽しみにしてるんだから」

桜輔はいつも、咲良を肯定してくれる。セツのことがあるとはいえ、ボランティアのことを応援してもらえるのは素直に嬉しかった。

「それに、俺は咲良が誰かのために一生懸命なところも好きだしな。そういう優しさも咲良の長所だから、ゆっくり過ごせない日があっても気にしなくていい」

いきなりさらりと紡がれた言葉に、咲良の胸の奥が高鳴る。同時に、頬がほんのりと熱くなって、それを隠すように俯《うつむ》いた。

「咲良」

「は、はい……」

小さく答えると、彼がクスッと笑う。

咲良が緊張したり動揺したりするとつい敬語になってしまうことを、桜輔はきっともう知っているのだろう。

初めて抱かれたときも、そのあとにも、こういうことは何度かあった。察しのいい彼が、それに気づいていないとは思えない。

「咲良は照れると顔を隠そうとするよな」

「それは……桜輔さんが恥ずかしくなるようなことを言うから……」

「恥ずかしくなるようなことって？」

意地悪な声音が落ちてくる。楽しげな口調は、明らかに咲良のことをからかっていた。

「だから……その、好き……とか……」

桜輔がクスリと笑う。唇を持ち上げて微笑んでいるのが、見なくても想像できた。

「仕方ないだろ。咲良を見てると、いくらでも『好きだ』って言いたくなるんだから」

優しい声に鼓膜がくすぐられ、背筋がゾクッと戦慄《わなな》く。二人の間にはほとんど隙間《すき》がなかったが、身体をさらに抱き寄せられて、背中に回された彼の手が髪を梳《す》き始めた。

「たとえば、髪は柔らかくてサラサラだし、同じシャンプーを使ってても甘い匂いがする。肌は滑らかで吸いつくようだし、こうして抱きしめてるだけでも心地いい。普段の声も、俺に触れられて甘くなる声も、すごく可愛くてたまらない」

チュッ、と耳朶《じだ》に口づけられて、反射的に首を竦《すく》めてしまう。

「っ……」

「咲良、俺を見て。キスしたい」

桜輔の言葉は、いつも真っ直ぐで少しだけ困る。嬉しいのに恥ずかしくて、どうしても戸惑ってしまう。

生真面目で堅物な雰囲気を纏《まと》う彼が、こんなにもストレートに欲求を見せてくるなんて思ってもみなかった。けれど、最近はこうして求められることが多いのだ。

「咲良」

焦れたように顎を掬《すく》われてしまい、自然と視線がぶつかる。咲良を見据える瞳は熱を灯し、〝欲しい〟と訴えられているのがわかる。

（やっぱり恥ずかしい……。でも、私もキスしたい……）

羞恥で言葉にできないが、自分の中にある素直な感情には気づいている。

桜輔に求められると嬉しくて、そして自分も同じように彼を求めている、と。

咲良の胸が焦がれるようにチリチリと熱くなって、羞恥を抱えながら瞼《まぶた》を閉じた。

ゆっくりと桜輔の顔が近づいてくる気配がして、すぐに唇がそっと重なる。優しいキスが繰り返され、何度も柔らかな唇が触れ合う。

まったりと優しく、それでいて徐々に強く押しつけてくる。まるで、彼が咲良を暴く準備を始めているようだった。

まだ乱れていない呼吸音が、やけに大きく聞こえる。どちらのものかわからないが、二人分なのは間違いない。

唇を弄《もてあそ》ぶように啄《ついば》まれ、やわやわと食《は》まれる。子犬が戯《たわむ》れるようなキスは微かなくすぐったさもあるのに、身体の奥底から甘やかなものが込み上げてくる。

直後、自然と吐息を漏らした唇の隙間《すき》から、桜輔の舌が差し込まれた。

「んっ、っ……」

熱い塊が少しの優しさと強引さを纏《まと》って、咲良の口腔の奥まで入ってこようとする。いきなり舌を捕まえられて、逃げる間もなく舌先を軽く吸い上げられた。

そのまま舌全体をねっとりと舐め上げられて、甘苦しさに襲われる。髪を梳《す》いていた手が背中を撫でたかと思うと、ルームウェアを器用に捲《まく》り、ブラのホックが外された。

「どうせすぐに脱がせるから下着はつけなくてもいい、って言ってるのに」

少し前から、桜輔はそんなことを言うようになった。

普段の就寝時には、ナイトブラを使用している。けれど、恋人の家に泊まるのならできるだけ可愛いものにしたくて、普通の下着をつけていた。

どちらにしても、彼と一緒にいるのに下着をつけないなんて考えられない。

「で、でも……」

無防備な背中に、大きな手が這う。優しく撫でられているだけなのに、肌が粟立った。

「恥ずかしい？　これから全部脱がせるのに？」

「もうっ……」

ベッドの中の桜輔は、昼間や外にいるときの彼と全然違う。

紡ぐ言葉の半分くらいは意地悪で、咲良を見る目は雄の欲を孕んで色っぽくて。情欲を持つ男であるということを、まざまざと見せつけられているようでもあった。

けれど、桜輔が相手なら、そういう目を向けられても嫌ではない。むしろ、情交を重ねるごとに快感を教え込まれてきた身体は、彼のささやかな言動にも疼《うず》き始めるようになっていた。

「困った顔も可愛い」

耳元で囁かれ、下肢《かし》がきゅうっとすぼまる。

「そういう顔を見てると、もっと困らせたくなるな」

「……桜輔さんって、実は意地悪だよね」

「じゃあ、もっと優しくする。好きな子には嫌われたくないからな」

どう返しても、するりとかわされてしまう。何を言っても敵わないと気づき、咲良は心の中で白旗を揚げた。

桜輔は言葉通り、咲良の髪に優しく触れる。労《いた》わるように頭を撫でられるのは、意外なほど心地良かった。

その合間に再開したキスは触れるばかりのもので、次第に物足りなくなってくる。もっと……と訴えるように、彼のTシャツを掴んだ。

頭に触れていた桜輔の手が、おもむろに下りてくる。裾を捲《まく》って忍び込んできた骨ばった手は、ウエスト付近を彷徨《さまよ》ってから上を目指し始めた。

膨らみの手前で止まった手が、形を確かめるように乳房の周囲を這う。両手が柔らかな塊を持ち上げ、その感触を楽しんでいた。

ずらされたままのブラが先端に擦《こす》れて、奇妙な感覚が芽吹く。快楽には程遠いのに、くすぐったいだけでもなくて……。けれど、気持ちいいというよりもゾクゾクする。

物足りないのだと自覚するまでに、そう時間はかからなかった。

彼は豊かな双丘をゆったりと揉み、指を食い込ませる。痛くはなく、絶妙な感覚に背筋が粟立ち、陶器のごとく白い肌がわずかに火照《ほて》った。

下着をつけるとき、身体を洗うとき。自分で触れても特に何も感じないのに、桜輔の手で弄《もてあそ》ばれると身体の奥底に火種が起こる。

彼の大きな手は胸を揉みしだきながら幼気《いたいけ》な突起を擦《こす》り、咲良の身体に愛欲を植えつけていく。

まだ芯がないそこは、少し硬い肌で愛《め》でられるたびに徐々に勃ち上がる。恥ずかしいのにもっと触れてほしくて、つい膝をすり合わせてしまった。

桜輔は満悦の笑みを浮かべると、咲良のルームウェアをあっという間に脱がせた。

中途半端にずれていたブラも抜き取られ、無防備になった膨らみに視線が落とされる。恥辱を感じて咲良が視線を逸らせば、窘《たしな》めるように舌が這わされた。

「あんっ……」

乱れた吐息に混じって、上ずった声が漏れる。甘い痺れは火種に刺激を注ぎ、咲良の身体の中で燻《くすぶ》っていた疼《うず》きがグンと増した。

ツンと尖った果実に、熱い舌が纏《まと》わりつく。優しく、かと思えば強く押しつけられ、じんじんと痺れていく。

小さな尖りは桜輔の口内でねぶられ、やんわりと歯を立てられて。もう片方は骨ばった指で擦《こす》られ、ときおり爪で軽く引っかかれる。

様々な感覚が混ざり合い、甘切ない喜悦へと変貌していった。

咲良が悪戯《いたずら》な愛撫に翻弄される中、桜輔の右手がショートパンツの中へと忍び込む。ショーツ越しに秘部を擦《こす》られると、くちゅっ……と小さな水音が鳴った。

「少しずつ濡れやすくなってきたな。ほら、わかる？」

恥ずかしさに首を横に振る咲良だが、彼の言う通りだというのは自覚していた。だからこそ、いっそう羞恥心が膨らんでしまう。

夜を一緒に明かすたびに、身体を重ねてきた。最初は固く閉じているばかりだった咲良の身は、次第に花が綻《ほころ》ぶように解《ほぐ》れやすくなってきた。

桜輔の指がショーツに入り、蜜口を撫でる。

中指を浅く挿《さ》し込まれても、もう痛みを感じることも身体が勝手に抵抗することもない。むしろ、そのまま奥まで彼の指を許すのではないかと思うほどである。

「でも、先にここでイこうな？」

「やっ……」

『ここ』と言われたのと同時に、柔毛に隠れた萌芽を捕らえられる。中指の腹でクリッと押すようにされると、それだけでもたまらなかった。

胸の飾りをいたぶられているだけだったときよりも、何倍もの愉悦が襲ってくる。

桜輔に舐められ続けている突起は、薄桃色から赤く色づいていた。反対側も似たようなもので、まるで食べ頃の果実のごとく熟《う》れている。

敏感なそこを嬲《なぶ》られたまま、右手は蜜粒を転がしていく。優しく押し、ゆったりと擦《こす》り、そして丹念に捏《こ》ねられる。

甘苦しいのに気持ち良くて、爪先が丸まってしまう。無意識に力がこもった身体は、悦楽を必死に受け止めていた。

「あぁっ、んっ……ふぅっ……」

閉じた瞼《まぶた》の裏が白み、激流のように痺れが押し寄せてくる。無意識のうちに寄せた眉根に力がこもり、全身が小さく跳ねてしまう。

間近に迫る最果てに思わず身が強張《こわば》ったとき、ぷっくりと膨らんでいた秘芯をグリッ……と押し潰された。

「ひっ……あぁぁぁっ……！」

可憐な蜜粒から走り抜けた閃光のような法悦が、その勢いのまま脳芯まで届く。下腹部がぎゅうぅっ……とすぼまるような感覚に包まれ、秘孔からは蜜がとろりと零《こぼ》れた。

「可愛い。上手にイけるようになったな」

あやされているのかと思うほどの甘い声に、鼓膜が幸せを感じてうっとりとしてしまう。ドキドキと脈打つ鼓動が速まったのは、きっと達したせいだけではない。

（桜輔さんの声も好き……。甘くて優しくて……もっと触れてほしくなる……）

そんなことを考えながら脱力していると、彼が咲良のショートパンツとショーツを剥《は》ぐ。秘部にひんやりとした空気が触れたかと思うと、膝裏を掬《すく》うようにして両脚を大きく広げられた。

「やだっ……」

反射的に上半身を起こしかけた咲良の視界に、とんでもない光景が入ってくる。

桜輔の顔が咲良の内もものすぐ側にあり、目が合った直後に潤む泉に埋められたのだ。

「ひぅっ……!?」

抵抗する間もなく、あわいに舌が這わされる。ぬるりとしたものが割れ目をゆったりと舐め上げ、襞をかたどるようにうごめいた。

「やっ……！　ダメッ……汚いからぁっ……！」

羞恥と困惑で浮かんだ涙が、咲良の上気した頬を伝い落ちていく。

信じられない状況を押しのけるように脚をばたつかせても、彼の逞しい腕で固定されていてまともに抵抗もさせてもらえない。それどころか、さらに腕に力が込められ、膝から下すら思うように動かせなくなった。

「汚くなんかない。むしろ、風呂上がりだからいい匂いがするくらいだ」

そんなわけがないと訴えるがごとく、首をブンブンと横に振る。

自分の視線の先には桜輔がいて、ありえない場所から見上げられている。眼前に広がる光景があまりに淫靡《いんび》で、ぐらりと眩暈《めまい》がした。

一方、桜輔はうっとりと微笑み、咲良の気持ちを置き去りにして再び下肢《かし》に顔を埋める。無理に上げられた脚のせいで、咲良の上半身は本人の意思に反してベッドに戻された。

「ひんっ……ああっ！」

ぬかるみに差し込まれた舌が、あわいを真っ直ぐに上がってくる。柔毛に熱い息がかかった直後には、硬く尖らせた舌先が淫芽に触れていた。

「やあぁっ……」

衝撃を感じるほどの快感に、喉が仰け反って息が詰まる。とろけたままだった思考はいっそう白み、過敏な芯がじぃんっ……と震えるようだった。

甘い疼痛《とうつう》のような痺れが、小さな真珠から広がっていく。挙句、手で襞を大きく広げられ、花芯を覆っていた包皮を剥《む》かれた。

「あぅっ……あぁんっ……！」

より強烈になった刺激が、容赦なく襲ってくる。

ツンと膨らんだ蜜粒を、まるでねぶるように舐められる。ざらりとした舌で押され、弄《もてあそ》ぶように小刻みに擦《こす》られて。下から丁寧に持ち上げられ、縦横無尽に捏《こ》ね回された。

剥《む》き出しの蜜粒は瞬く間に真っ赤に腫《は》れ上がり、今にも弾けてしまいそうだった。

秘花を口や舌で愛撫されるのは、初めてだった。

絶え間なく注入される愉悦に、頭がおかしくなる。それだけでもキャパシティを超えていたのに、彼がおもむろに秘孔に指を挿《さ》し入れた。

蜜芯は舌で愛《め》でたまま、指が隘路《あいろ》をかき回してくる。内襞を優しく擦《こす》り、解《ほぐ》すように指の腹で引っかき、淫洞を丁寧に嬲《なぶ》る。

何度か身体を重ねるようになり、もう痛みを感じることはなくなった。けれど、外側と内側の両方を一気にいたぶられれば、咲良は涙を流して喘ぐことしかできなかった。

「もっ……やだぁっ！　おうすけ、さっ……」

「大丈夫だ。何も怖くないし、きっとさっきより気持ち良くなれるから」

過ぎた愉悦は気持ちいいと感じるよりも、苦しいという表現の方が近い。それなのに、ある瞬間を境に苦悶の中に甘やかなものが芽生え始めた。

熾烈な感覚が、得も言われぬ喜悦に変わっていく。強烈で苦しいはずだった痺れを、素直な身体が求め始めた。

細い腰が小さく揺れ出して、すぐさま桜輔がその変化に気づく。彼は、蜜路をかき回していた中指に人差し指も加え、二本の指をバラバラに動かした。

秘玉は焦らすように優しく舐め、蜜壁をしっかりと解《ほぐ》していく。そう時間をかけずとも柔らかくなってくると、今度は指を鉤状《かぎじょう》に曲げて下腹部側に刺激を与え始めた。

「やぁっ……ダメッ、ダメェッ……！」

咲良は、譫言《うわごと》のように甘い声を飛び散らせながら首を振る。イヤイヤと訴えるように必死にかぶりを振っても、桜輔の責めは止まらない。

追いつめられた咲良は、意思なんて置き去りにして昇りつめるしかなかった。それを助けるように、彼が蜜粒を吸い上げる。

「ッ……！　ぅあぁぁぁっ……！」

ちゅうっ……と淫らな音がした直後には、蜜路をかき回していた指を内壁が食い締めた。

隘路《あいろ》がぎゅうっとすぼまり、咲良が達したことを伝えてくる。思考も身体もとろけ切った咲良は、大きく反らせていた背をベッドに沈めて脱力した。

「すごく可愛かった……。もっと見たい」

熱にうかされたような声音が、唇に触れる。口づけられているのだと気づいたときには、舌を捕らえられていた。

絡ませられた桜輔の舌が、咲良の口腔を蹂躙《じゅうりん》する。

二度も果てた咲良の身体はどこもかしこも敏感になっていて、ねっとりとしたキスにも下肢《かし》が戦慄《わなな》く。泉からは蜜が零《こぼ》れ、シーツをしとどに濡らした。

あんなにも激しい愉悦を受けたばかりなのに、蜜筒がきゅうきゅうと震えている。まるで寂しいと訴えているようで、咲良は自身の身体の変化に驚かずにはいられない。

「挿《い》れていいか？　俺ももう、限界なんだ……」

それでも、彼に真っ直ぐ求められると、本能で頷《うなず》いていた。

桜輔が欲しい——と、心と身体が叫んでいる。早く抱かれたいと、彼と一つになりたいと、心の底から望んでいる自分がいる。

桜輔はふと瞳を緩めると、そそり勃った雄芯に避妊具を纏《まと》わせた。まだそこを直視するのは恥ずかしいのに、彷徨《さまよ》わせた視線でチラチラと確かめてしまう。

天井を仰ぐように首をもたげる刀身は、さながら雄の欲を纏《まと》った凶器にも思える。恐ろしいほど屈強で凶暴そうなのに、彼の身体の一部だと思うと愛おしく感じるから不思議である。

「挿《い》れるよ」

桜輔が押し入ってくるときに彼の首に手を回すことを、いつからか覚えた。指示されたのか、無意識にそうしたのがきっかけだったのかは、よく覚えていない。

「っ、ふっ……ンッ、あぁ……」

まだ数回しか異物を受け入れたことがない隘路《あいろ》には、桜輔の熱杭は手に余る。けれど、少しずつゆっくりと挿入してくれるおかげで、これだけの質量を迎えても痛みは感じなくなった。

「全部、挿《はい》った」

桜輔が咲良を褒めるように額に口づけ、うっとりと目を細める。

「咲良のナカ、あったかい……とろとろで、熱いくらいだ……。それに、最初の頃とは違って、上手に受け入れてくれるようになった」

快感をやり過ごすように悩ましげな息を吐く彼は、艶麗なほどの色香を湛《たた》えている。直視するとドキドキして仕方がないのに、額に汗を滲ませて眉根を寄せる様から目が離せなかった。

桜輔は、腰を動かしたいのを堪えているのか、咲良を抱きすくめるようにして呼吸を整えていた。繋がってからすぐに動かないのも、彼なりの気遣いなのだろう。

体格差があるから、痛みや苦しみが伴ってもおかしくはないはず。それなのに、どちらもなくて、そんな一つひとつのことで愛されていると実感させてくれる。

だからこそ、こうして桜輔と繋がるたび、彼がどれだけ咲良を大事にしてくれているのかが伝わってくる。それがとても嬉しかった。

そして同時に、咲良は喜びと幸福の分だけ恋情を募らせている。それはとどまるどころか、むしろ加速していくような気さえしていた。

「桜輔さん……」

好き、と伝えるように、腕に力を込める。すると、桜輔が咲良の耳元で息を噛み殺した。次の瞬間、彼が腰を引き、熱刀が引き抜かれる直前に奥へと押し込まれた。

「あんっ……」

いきなり蜜孔を強く穿《うが》たれ、咲良は喉を仰け反らせる。ガツンッと突かれた衝撃で、身体がじぃんっ……と痺れた。

そのままゆるゆると腰を揺らされて、姫襞が擦《こす》られる。緩やかな刺激は逆に切なさが募るのに、優しい快感が心地いい。

「……今のは咲良が悪い。もう少しゆっくりするつもりだったのに、煽るから」

桜輔らしくない物言いが、彼の余裕のなさを表している。自分を求めてくれているのが嬉しくて、咲良はさらに腕に力を入れてぎゅうっとしがみついた。

「ッ……ああ、クソッ……！」

ドクンッと怒張《どちょう》が脈打ったのがわかり、間髪を容《い》れずに腰を打ちつけられた。

「んっ、ああっ……アンッ！」

蜜壁を引っかき、全体をくまなく擦《こす》り上げ、蜜を攪拌《かくはん》するように掻きむしる。

とっくに初めてのときの痛みを忘れた蜜窟は、欲で満ちた滾《たぎ》りから繰り出される刺激に悦び、まるで愉悦に応えるようにきゅうきゅうと蠢《うごめ》いた。

咲良の肌は汗ばみ、桜輔の額も前髪が貼りついている。快楽に溺れていく表情もあいまって、蠱《こ》惑的《わくてき》な魅力を醸し出していた。

全身が揺れるほどの激しい律動を受け止めていた咲良だったが、不意に視界が反転した。

「ひぁっ……!?」

一瞬、何が起こったのかわからなかった。

体内を突き刺されるような衝撃の中、自分の身体が起こされたのだと気づく。凶暴なほどの熱芯が最奥まで届き、四肢がビリビリと痺れた。

桜輔は背中をベッドに預けるようにし、その上に咲良が座らされていたのだ。

「んっ、ああっ、ぅんっ……」

一瞬の間もなく、腰を掴まれて身体を揺さぶられる。柔らかな乳房がぷるんっと跳ねるように躍っているのが、ぼやけた視界に映った。

「ん、やっ……これ、深っ……」

初めての体位は、咲良を容赦なく追いつめる。

これまでとは違う深すぎる挿入感にも、彼の首にしがみついていた腕の行き場がなくなったことにも、困惑せざるを得ない。息ができないほど苦しくて、意識が飛んでいきそうだった。

「咲良……ッ! 俺の腹に、手をついて」

桜輔が喜悦を堪《こら》えるように息を吐き捨て、咲良の手を取る。大きくて熱い手に包まれて安心したのも束の間、その手は割れた腹筋に誘ったあとに離れ、再び細い腰を掴んだ。

律動が再開し、まだ困惑したままの咲良の全身が揺らされる。無意識に逃げようとする身体は、彼に捕まっているせいで思うようにならなかった。

「ダメッ……あぁっ……」

「痛い？」

痛みはない。けれど、悦楽が強烈な刺激となって咲良を責め、思考も身体も翻弄される。

首を振りながらもどう伝えればいいのかわからず、ただ桜輔の劣情を受け入れるしかなかった。

「痛くないなら、このまま……な？」

甘やかす声が、どこか遠くから聞こえてくる。

痛みはないが苦しい。そう訴えようとしても、咲良の柔らかな唇から零《こぼ》れるのは嬌声と甘切ない吐息ばかり。

そんな咲良の姿がさらに彼を追い立てたようで、怒涛の責めが繰り出される。

「アンッ、あっ……やぁっ……！　ひぅっ……」

充溢《じゅういつ》し切った昂ぶりは、硬く太く逞しい。ぷっくりと膨らんだ先端が柔襞をかき分け、奥処を目がけて何度も突き上げてくる。

グチュッ、くちゅんっ……と響く水音は、どんどん大きくなっていく。結合部からは愛蜜が流れ出し、互いの肌をねっとりと汚していった。

苦悶の方が大きかったはずなのに、ふと快感が上回った瞬間が訪れる。それをきっかけに姫筒の蠢動《しゅんどう》がさらに激しくなり、雄幹を食い締めるがごとくぎゅうぎゅうと纏《まと》わりついた。

「んっ、クッ……！」

桜輔が眉間の皺を深くし、咲良の体内をより強く抉《えぐ》る。咲良は涙を零《こぼ》しながら啼《な》き、腰を引こうとしたが、彼がそれを許さない。

「んぁっ！　ダメッ……！　やぁっ、きちゃっ……！」

限界がすぐそこまで迫っている。震えながら身を強張《こわば》らせた咲良は、全身が総毛立つような感覚に襲われる。

刹那、桜輔が親指で蜜核をグリッと押し上げ、とどめとばかりに最奥を穿《うが》った。

「んぁっ……あぁぁぁぁっ――！」

咲良の瞼《まぶた》の裏で閃光が弾け、言い知れぬ法悦が下腹部から脳天を突き抜ける。

彼は咲良の腰を強く引き、華奢な身体を抱きすくめた。隆起した胸板で柔らかな双丘が押し潰され、熟《う》れた小さな二つの果実が擦《こす》れる。

きつく抱きしめられたまま、桜輔が咲良を二、三度突き上げた。数瞬《すうしゅん》して、彼は逞しい腰をブルッ……と震わせ、灼熱の欲を迸《ほとばし》らせた。

はぁはぁ……と乱れた二人分の呼吸音が、静寂に包まれた寝室に響く。

「悪い、咲良。……大丈夫か？」

自力で身を起こすこともできない咲良は、小さく頷《うなず》くだけで精一杯だった。

けれど、心は幸福感に包まれている。

男性が苦手なのは、今でも変わらない。それなのに、桜輔に触れられるとドキドキしながらも喜びや心地良さを抱き、甘い愛撫に感じ入ってしまう。

最初は優しいだけだった彼が、次第に激しい蜜欲をあらわにしてくれることも嬉しかった。

情事のあと、労《いた》わるように抱きしめてくれるのも幸せでしかない。

(桜輔さんのこと、どんどん好きになっていくみたい……)

咲良はぼんやりとした頭で、このまま朝が来なければいいのに……なんて思っていた。

二　不安の溶かし方

十二月に入ると、一気に寒さが増した。

夏とは違った意味で自転車通勤がつらくなったが、咲良は春と同じくらい冬が好きだった。

特に、夜の凛とした空気は心地いい。信号待ちのときには、夜空で瞬くわずかな星を眺めるのが密かな楽しみである。

ただ、最近は自宅近くになると視線を感じる気がして、急いで帰宅することが多くなった。

気のせいかもしれない。

声をかけられたことはなく、何度も振り返ってみるが尾行されている雰囲気もない。そのため、これまでの経験から神経質になっているだけだと思うこともある。

反面、どうしても不安を拭い切れなかった。

(でも、別におかしなことがあるわけじゃないんだよね。たまに見られてる気がするだけで……。視線を感じたときに振り返ってみても、特に私を見てる人がいるわけじゃないし、川辺さんのときみたいに待ち伏せされるようなこともないし)

桜輔に話してみようかと考えたが、心配性な彼はきっと以前のように咲良を気遣ってくれるだろう。何より、川辺のときみたいに確証がないため、相談するほどの事態とも思えない。

そんな理由から、もう少し様子を見よう……という結論に落ち着いてしまうのだ。

帰宅後は、夕食とお風呂を早々に済ませ、二十二時にかかってくる約束だった桜輔からの電話を待った。時間通りに連絡をくれた彼とは、会えない日に電話をするのが定例になった。

桜輔は、多忙な中でもしっかりと咲良との時間を作ってくれる。付き合ってからもまめに連絡をくれるのは変わらなくて、彼のそんな優しさも嬉しかった。

『明日は休みだったよな？』

「うん。特に予定もないから、久しぶりにネイル道具を見に行こうかと思って」

『ボランティア用の？』

「それもあるけど、仕事用のも。ネットの方が色々あるけど、現物を見て買いたいから」

『そういうのって、どこで買うんだ？』

「練習用とかボランティアで使うものはコスパ重視だし、百均とかバラエティショップに行くことが多いよ。仕事用は、同業者がやってる専門店で買うことが多いかな。あと、ネイルの道具や素材ばかりを集めたイベントがたまに開催されるから、そのときはだいたい行くよ」

『イベント？』

「うん。ちょうど今、都内でネイルフェスティバルが開催されてるから、行ってみようと思って。有名なネイリストさんが実際にネイルしてるところを見られたり、商品をプロデュースした本人から説明が聞けたりするの。事前にエントリーが必要だけど、ネイリストの技術やセンスを競うコンテストとかもあるし、業界では有名だよ」

ネイルフェスティバルは数日間開催されているため、マハロのスタッフもすでに何人か足を運んだらしい。スタッフの間では、最近の話の種になっている。

入場料が必要な上に会場は混雑するが、ネイリストなら行く価値は充分にある。開催時期は不定期で、開催期間も長くはないが、咲良もこれまでにできる限り訪れていた。

『そうか。いいものが買えるといいな』

「うん！　あ、そうだ。明日の夜は何時くらいに帰れそう？」

『何事もなければ定時だな。今はちょっと落ち着いているし』

「じゃあ、晩ご飯食べに来ないかな？　実家が農家の同僚が白菜をくれたんだ」

毎年、この時期になると、同僚の一人が立派な白菜をくれるのだ。キッチンで出番を待っているかのようなそれは、到底一人では食べ切れそうにない。

いつもは実家に持っていったり一紗に半分あげたりしているが、今は桜輔という恋人がいるわけで……。彼と一緒に食べられたら、と考えたのだ。

『農家から送られてきたなら、きっとうまいだろうな』

「それは保証する！　びっくりするくらい瑞々《みずみず》しくて甘いの。お鍋にすると最高だよ！」

『鍋か。うん、いいな。じゃあ、お言葉に甘えてご馳走になってもいいか？』

「もちろん！　何鍋がいい？」

咲良の声が弾む。ベッドに寝転がっていたのに、喜びのままに勢いよく起き上がっていた。

明日は水曜日。週の真ん中に桜輔に会えたら、残りの半分も頑張れそうだ。

『じゃあ、あれ食ってみたい。よくCMとかで観る、白菜と豚肉が重ねてあるやつ』

「ミルフィーユ鍋？」

『そういう名前なのか。いつもうまそうだなって思うんだが、食べたことがないんだよな』

彼のリクエストを可愛く思い、クスッと笑ってしまう。

「じゃあ、明日はミルフィーユ鍋にするね」

『ありがとう、楽しみにしてるよ。まあ、一番楽しみなのは咲良に会えることだけどな』

真っ直ぐに投げられた言葉に、鼓動が跳ね上がる。穏やかな会話から一転し、耳朶《じだ》から甘い感覚が広がっていった。

拍動はドキドキと早鐘を打つが、自分も同じ気持ちだと伝えたい。桜輔が与えてくれるのと同じくらいの想いを、自分なりの精一杯で返したい。

「私も桜輔さんに会えるのが嬉しいよ」

咲良は、頬がほんのりと熱くなったのを感じながらも小さく告げた。

『そういうこと言われると、今すぐに抱きしめたくなるんだけど』

「っ……！」

『それは明日の夜までおあずけだな』

一人楽しげな桜輔に、咲良はどぎまぎするばかり。

その後、明日の約束について少しだけ話し、「おやすみ」と言い合って通話を終えた。

けれど、咲良の鼓膜には彼の柔和な声音が残り、なかなか寝付けなかった。


翌朝、咲良はネイルフェスティバルに足を運んだ。

多くの人で賑わう中、各ブースを回り、目当てのものを選んでいく。案の定、ボランティア用のものは予算オーバーで買えなかったが、仕事用のものは厳選して手に取った。

マハロでは、職場で使用する道具は申請すれば経費として落とせる。そのため、古くなった筆は総替えしようと、たくさん購入した。ついでに、プライベートで練習するためのパーツや、新商品のジェルも買ってみようと手に取った。

たっぷり三時間ほど堪能した咲良は、両手いっぱいの荷物を抱えて帰路に就いた。

(ダメだ……。ちょっと休憩したい……)

最寄り駅で電車を降りてすぐ、コーヒーショップに誘われるように足が止まった。

「咲良ちゃん?」

その直後、背後から聞き覚えのある声が飛んできた。

「藤野さん?　こんなところでどうされたんですか?」

少し離れた場所にいた藤野が、「やっぱり咲良ちゃんだった」と笑う。

「休みだから、買い出しに行こうと思って。うち、この近くなんだ」

どうやら、彼と咲良の自宅の最寄り駅は同じだったらしい。その事実に驚きながらも、いつも通り笑みを交わし合った。

「咲良ちゃんも買い物？」

「あ、はい。仕事道具を買いに行ってて、ちょっとコーヒーでも飲んでから帰ろうかと」

「それなら一緒にお茶しない？　ちょうどボランティアの件で相談したいことがあったんだ。あ、もちろん無理にとは言わないけど」

一瞬悩んだが、ボランティアのことと言われれば拒否する理由もない。咲良は頷《うなず》き、藤野とコーヒーショップに入った。

「それで、ご相談って？」

会計を一緒にしてくれようとした彼に丁重に断り、席に着いて程なく本題に触れる。

「今週末、ひだまりでクリスマス会をするんだけど、良かったら咲良ちゃんも来ない？　土曜のお昼過ぎにやる予定なんだけど」

「あ、その日は仕事で……。せっかくですけど、すみません」

「そっか。仕事なら仕方ないね」

眉を寄せた藤野は、深いため息をつく。咲良は申し訳なくなり、もう一度謝罪した。

「いや、いいんだ。僕の方こそ、ため息なんかついてごめん。入居者さんたちが『咲良ちゃんも来てくれないかな』って話してたから、みんな残念がるだろうなと思ったらつい……。でも、またボランティアで会えるのを楽しみにするように言っておくよ」

「私もみなさんにお会いできるのが楽しみです」

「それを聞けば、きっとみんな喜ぶだろうな」

彼は穏やかに微笑み、「実はさ」と続けた。

「咲良ちゃんが来る日は、みんなウキウキしてるんだ」

咲良がボランティアで訪れる日になると、女性は口紅をしたり髪を梳《す》いたり、普段はパジャマ姿で横になってばかりの男性はいそいそと着替えたりするのだ……と藤野は話した。

「家族が面会に来るのは年に数回ってことがほとんどだし、セツさんみたいに頻繁に会いに来てくれる人がいることは本当に稀なんだ。中には、もう身寄りがない人もいるしね」

セツには定期的に会いに来てくれる家族がいるが、入居者の中にはそうでない人の方が多い。お盆や年末年始のようなタイミングだったり、多くても月に一回程度だったりと、面会に訪れる者はあまりいない。身内が近くに住んでいない場合もあり、仕方がないのも理解はしている。

だからこそ、咲良のように毎月訪れる者とのコミュニケーションは、彼らにとっては元気の源なのだろう。咲良は、ネイリストとして請け負ったボランティアではあるが、今はそういった意味でもできるだけ長く続けていきたいと思っていた。

「仕方がないことだけど、介護士としてはやっぱりやるせない気持ちになるときもあるんだ。せめて、もっとみんなが楽しめるようなことができればいいんだけど、金銭的な問題があるし……。それに、咲良ちゃんみたいにボランティアで来てくれる人は滅多にいないしね」

ひだまりでは、定期的にクリスマス会のようなイベントを行い、ときにはプロを呼んで書道や絵を楽しむ機会がある。しかし、金銭的な問題が絡めば、色々な壁があるのだろう。

藤野の言う通り、ボランティアだって簡単には請け負ってもらえない。介護ネイリストという職業は耳にするようになったが、無償だと引き受けてくれる人がいないというのもわかる。

咲良はたまたま続けられているが、それは職場の雇用体制が整っているのも大きい。もし今よりも薄給だったら、ボランティアに充てている時間で副業でもしていたに違いない。

「それに、介護の現場は常に人員不足だからね。結局は何もできないのが悔しいよ」

自分の力が及ばないことに落胆する彼は、介護士が天職なのかもしれない。優しく穏やかで、入居者たちからは好かれ、周囲の信頼も厚いだろう。

「藤野さんに介護してもらえるひだまりの入居者さんたちは幸せですね。そんなに大事に思ってもらえて、本当の家族のように接してもらえるなんて、きっとみんな嬉しいと思います」

「そ、そうかな……」

珍しく照れくさそうな藤野は、頬が緩むのが隠せないようだった。咲良はそんな彼を見ながら、クスッと笑った。

三十分ほど過ごしたあと、藤野が家の近くまで送ってくれることになった。

咲良は断ったものの、「そんなに荷物が多いのに放っておけないよ」と言われ、彼の厚意を無碍《むげ》にはできなかったのだ。

「もうここで大丈夫です。すぐ近くですから」

自宅から程近い小さな公園の前で足を止めると、藤野は意外にもすんなりと頷《うなず》いた。いくら彼が相手でも、男性に家の前までついてこられるのは抵抗があった。

藤野の厚意にこんな風に思うのは申し訳ないが、こればかりは今までの経験から仕方ないことだろう。咲良は密かに安堵し、笑みを零《こぼ》した。

「僕たちの家、結構近いんだね。うちはここから徒歩五分くらいなんだ。ほら、あのマンションの裏にあるんだけど、あのあたりを通ったこととかない？」

「あのあたりはあんまり行くことがなくて」

「そっか。でも、ご近所さんだってわかったし、これからもよろしくね」

個人的に親しくするつもりはないが、咲良は笑顔で頷《うなず》き、お礼を言ってから彼と別れた。

その夜やってきた桜輔と、ミルフィーユ鍋を囲んだ。

卓上コンロで煮詰めた鍋の中では、豚バラ肉と白菜が綺麗な層になっている。出汁の匂いが、空腹中枢を刺激した。

「うまいな」

「本当？　良かった。柚子胡椒も合うし、ポン酢につけるのもおすすめだよ」

「そんなに味変できるなら、いくらでも食べられそうなんだけど」

「いっぱい作ってるから、遠慮しないでね。もうすぐあっちで煮込んでるものもできるから」

咲良が持っている鍋は小さいため、キッチンではフライパンでも調理している。ちょうど鍋の中身がなくなる頃に、そちらも出来上がるだろう。

「こんなに作るの、大変だっただろ」

「ううん、ちっとも。それより、桜輔さんが気に入ってくれて良かった」

「ああ、本当にうまいよ。今度作り方を教えてくれ」

「じゃあ、白菜はまだ余ってるから、同じメニューになってもいいなら今週末に作る？」

「いいな、それ。週末も食べたい」

鍋をつつきながらネイルフェスティバルのことを話せば、彼は「あとで買ったものを見せてくれないか」と興味を示してくれた。それが社交辞令だとしても嬉しかった。

すぐに鍋は空っぽになり、フライパンと交換した。予想通り、ちょうど食べ頃になっている。

「そういえば、今日藤野さんに会ったんだ」

「藤野さんって、ひだまりの介護士さんのこと？」

「うん、実はご近所さんだったみたい。今まで会ったことはなかったけど、藤野さん以外のスタッフも何人かは同じ区内なんだって」

昼間に聞いたことを口にすれば、桜輔が「へぇ」と頷《うなず》いた。

「まあ、この近辺ならひだまりへの通勤には便利だろうし、ありえるか」

「だよね。私も最初は驚いたけど、よく考えたらそうかなって思ったよ」

いつの間にかフライパンも空になり、彼が買ってきてくれたチーズケーキも完食した。

「もうお腹いっぱい……。桜輔さんにつられて、つい食べすぎちゃった」

「俺も食べすぎた。白菜が本当に甘くて驚いたよ」

「でしょ？　でも、本当に週末も同じメニューで大丈夫？」

「ああ。なんなら、この冬の間に毎週食べたいな」

「そんなにハマったの？」

咲良がふふっと笑えば、桜輔が瞳をそっと緩める。

「確かにハマったけど、きっと咲良と一緒に食べたっていうのも大きいんだと思う。それに、咲良が作ってくれるものはどれもおいしいからな」

真っ直ぐに見つめられ、咲良の鼓動が跳ねる。穏やかなだけだった空気に甘いものが混じり、唐突に変わった雰囲気にたじろいだ。

「そっか……。えっと、それなら良かったです」

どぎまぎする咲良の顎を、彼がクイッと掬《すく》い取る。視線が絡んだ直後には、唇が重なった。

瞼《まぶた》を閉じる暇もないままに、舌が捕らえられる。至近距離で見る桜輔の顔は、いつも以上に精悍さを纏《まと》っていた。

彼のまつげが意外と長いこと、キスの間にもときおり見られていること。いつからか知ったそれらは、咲良の胸をドキドキと高鳴らせる。

「このまま抱きたいな」

「っ……」

「でも、我慢する。咲良のベッドだと狭いし、何よりも隣人に咲良の声を聞かせたくない」

桜輔は熱を吐き出すようにため息をつき、咲良をぎゅうっと抱きしめた。

「早く週末が来ればいいのにな」

甘えるような、それでいて蠱惑的《こわくてき》な声音が、鼓膜をくすぐってくる。心が囚われていく中で、咲良も彼の背中に腕を回した。

恥ずかしくて言葉は発せなかったが、きっと桜輔には咲良の気持ちが伝わっただろう。

「あともう少しだけこうさせて。週末に会えるまでの分、充電したい」

ワイシャツ越しに感じる硬い胸板に額をすり寄せれば、もっとくっつきたくなってしまう。

けれど、二人は数回キスを交わしたあと、名残惜しさに苦笑を零《こぼ》しながらそっと離れた。

＊＊＊

十二月も中旬になった。

クリスマスムードで盛り上がる街には正月の気配も漂い、年末が迫っていることを感じる。

そんな中、咲良を悩ませていた事態が深刻化しつつあった。以前よりも、誰かに見られている気がすることが増えたのだ。

神経質になっているのだと考え、とにかく気のせいだと自分自身に言い聞かせてきた。けれど、今夜はとうとう自分に合わせた足音が聞こえてきた。

今日は朝から大雨だったため、自転車通勤を諦めて電車を利用したのだが、駅からの帰り道で誰かに後をつけられている気配がしたのだ。

傘で顔を隠しながら振り返ったが、周囲にいる人たちは咲良を気に留めていなかったと思う。しかし、どうしても不安感が拭えず、猛ダッシュでアパートまで帰ってきた。

アパートはオートロックのため、エントランスのドアが閉まれば住人以外は入れないはずだが、本気で侵入しようと企めば絶対に無理ということもないだろう。

不安のせいで不吉なことばかり考えてしまい、今週に入ってからは食欲も落ちていた。

さすがに危機感を覚え、次に桜輔と会ったら相談してみようと決めた。けれど、今日はまだ火曜日で、週末まで遠い。

何度目かわからないため息をついたとき、スマホが着信を知らせた。

『咲良？』

電話口から聞こえてきた桜輔の声に、恐怖心がわずかに和らぐ。その場に座り込みながら、思っていたよりも緊張感に包まれていたことを自覚した。

「桜輔さん……」

『もう家に帰ってる？』

「う、うん。ちょうど今、帰ってきたところで……。まだ、靴を脱いだばかりなの……」

安心したせいか、気が抜けたように声に力が入らない。

『咲良、どうかした？』

察しのいい彼は、すぐに咲良の異変に気づいたようだった。

今、話せば余計な心配をかけてしまう。そう思うのに、縋《すが》りつきたくてたまらない。

『咲良、何かあるなら話して。何も話してくれない方が心配になる』

そんな咲良の背中を、桜輔が優しく押してくれた。

「あのね……気のせいかもしれないんだけどね」

『ああ』

「最近、誰かに見られてる気がして……。毎日ってわけじゃないんだけど、何だか視線を感じることが増えて……。今日は駅からつけられてるような気がしたの……」

口にした途端、不安が膨れ上がる。そこまで話したときには視界が滲んでいた。

『わかった。今から行く』

「えっ？　で、でも……明日も仕事が――」

『そんなこと気にしなくていい。ひとまず、このまま電話は切らずに話していよう。すぐに行くから、少しだけ待っててくれ』

桜輔はなだめるように告げると、他愛のない話を振ってくれた。

このまま帰路での説明を続けていたら、きっと不安がもっと大きくなったに違いない。それを知ってなのか、彼が先ほどの件に触れることはなかった。

三十分もせずして来てくれた桜輔は、会った瞬間に咲良を抱きしめた。

「こんな時間なのに、ごめんなさい……」

開口一番、謝罪を零《こぼ》せば「謝らなくていい」と頭を撫でられる。

「もしかして、ずっと一人で悩んでたんじゃないか？」

「最初は気のせいかもしれないって思ってて……。前の……川辺さんのときみたいに接触されるわけじゃないし、毎日視線を感じるわけでもなかったし……」

「でも、最近は違うんだな？」

「お昼休みとか、職場を出たときにも視線を感じることが増えて……。今日は足音が……私に合わせてるのかもって思って……。でも、振り返ってもそれっぽい人はいないし、確信もないし……」

「そうか。一人で悩ませてすまなかった。俺がもっとちゃんと気にかけていれば……」

「そんな……！　桜輔さんのせいじゃ……」

咄嗟に顔を上げれば、咲良を抱きしめたままの桜輔が眉を下げた。

「いや、警察官である前に咲良の恋人として気づけなかったことが不甲斐ない……。でも、ちゃんと話してくれて良かった。何かあってからじゃ遅いんだ。こういうときは遠慮なく頼ってくれ」

咲良が唇を噛みしめて頷《うなず》けば、彼が優しい笑みを浮かべた。

「今夜はうちに泊まりにおいで。ずっと一緒にいるから」

「うん……」

ぎゅうっと抱きすくめられた咲良は、桜輔の胸の中で涙を零《こぼ》した。この人が側にいてくれれば安心できる……と、心から感じる。

彼は準備をするように促し、咲良は簡単に支度をして家を出た。

一人なら不安しかない夜道も、桜輔が隣にいてくれるだけで怖くない。改めて、彼が自分にとってどれほど心強い存在であるのかを痛感する。

夕食やお風呂を済ませてベッドに入ると、桜輔はただただ優しく抱きしめてくれた。額や唇に触れるだけのキスを何度か与えてはくれたが、決して抱こうとはしなかった。

咲良は数日ぶりに不安を忘れて過ごすことができ、安心感に包まれながら眠りに就いた。

三　優しく包んでくれる腕

火曜日から日曜日にかけて桜輔の家で過ごした咲良だったが、違和感はぴたりと消えた。

たとえば、昼休憩で外にランチに行くタイミングや帰宅時には誰かに見られている気がしていたのに、そういった気配がまったくなくなったのだ。

もともと毎日視線を感じていたわけではなかったが、週に二、三回はそういった感覚に包まれていた。けれど、今はそんな気配はない。

彼の家にいさせてもらったことによって、帰宅ルートが変わったり迎えに来てもらったりしているのもあるかもしれない。ただ、休憩時間にも何も感じなくなったということは、やっぱり気のせいだったのだろうか。

「桜輔さん、私、今夜からは家に帰ろうと思うの」

「え？」

「ずっと視線を感じる気がしてたけど、やっぱり気のせいだったのかなって。あの日からは何もないし、もし本当につけられてたんだとしたら、きっと仕事の休憩中とか一人で帰るときにそう感じたと思うけど、最近はそういうのもないし……」

「でも、まだ数日だろ。もし本当に誰かにつけられてたなら現状では安心はできないし、一人になった途端に狙われる可能性は充分ある」

警察官である桜輔の言葉は、咲良を怯《ひる》ませた。

彼の言う通り、そういう可能性は往々にしてあるだろう。気のせいだったという確証がない以上、安易に決めてしまわない方がいいというのもわかる。

一方で、咲良自身、少しずつ気疲れし始めている部分があった。

桜輔も咲良も互いに普段通りに仕事があるが、彼は朝早くからトレーニングに励んだあとで出勤する。時間が合えば、咲良の送迎までしてくれている。

桜輔と一緒にいれば不安に思うことはなく、些細な物音一つに過敏に反応することもなくなった。夜だって、彼のおかげで安心して眠れている。

ただ、それとは別に気を使ってしまうことが多々あるのも事実なのだ。

たとえば、桜輔は朝と夜にリビングで筋トレをするのが日課だが、今は早朝のランニングだけにしていた。咲良の職場への送迎だって、余計な手間をかけさせてしまっている。

咲良は咲良で、できる限り家事を担おうとしたり、彼の邪魔をしないようにしたりと気をつけているけれど……。いかんせん、男性の一人暮らしである１ＬＤＫのマンションでは、女性の咲良にとっては気を張ることも多いのだ。

もちろん、桜輔が咲良に対して不満を抱いていないであろうことは理解しているが、互いに気遣い合っているのは間違いない。

「でも、一泊だけのつもりだったのに、ずっとお世話になってるし……。さすがにそろそろ一度帰らないと、ずっと家を空けておくのもどうかと思うから」

それも本音だった。

あの翌日には彼とともに一度帰宅し、改めて数日分の宿泊を想定した準備を整えてこの家に戻ったが、それでも不便なことはある。

ネイルの練習をしようにも自宅ほど道具は揃っていないし、散らかしたり汚したりするのも申し訳ない。

帰宅後には最低限のことだけして眠りたいときもあるが、桜輔がランニングに行ってしまえば彼が帰ってくるのを待ってしまう。

桜輔は、咲良のために普段よりも早くに家を出て職場に送ってくれるのに、自分だけが先に休むのはいくら何でも気が引けた。

何より、そろそろ月経が始まる。いくら恋人とはいえ、生理中の間ずっと男性の家にいるのは気が重く、それもあってそろそろ帰宅しようと考えたのだ。

たとえば、同棲中ならそういうことも話し合えばいいのかもしれないが、彼が初めての恋人である咲良には、今の状態でそれを相談するのはハードルが高い。

もちろん、桜輔なら咲良の話を聞いてはくれるだろう。しかし、生理中の大変さや煩《わずら》わしさ、体調が悪くなることも考えると、今は自分の家で過ごす方がいい気がした。

「確かに、何日も家を空けるとまた別のリスクはある。空き巣に狙われやすくなって物騒なのも事実だ。でも、せめてもう少し様子を見る方がいいと思うんだが」

「桜輔さんの言ってることは正しいんだと思う。でも、その……」

言葉を濁した咲良に、彼が小首を傾げる。「どうした？」と促され、咲良は覚悟を決めた。

「あの……実は、そろそろ生理が来そうで……。その……桜輔さんの家で過ごすのはちょっと大変だし、体調も悪くなったりするし……自分の家で過ごせる方が気がラクっていうか……」

恥ずかしいことではないが、咲良にとって言いにくいことだったのは間違いない。

「……あ、ああ、すまない。そうか……」

桜輔も動揺したようで、わずかに気まずそうにしながら頭を掻いた。

「そこまで気が回らなかった……。俺は男兄弟だし、その……そういう女性の大変さとかはわからなくて……」

男性にとって、月経に対する知識はあっても実際にどんなことが大変なのか……といったことまでは想像しづらいだろう。

ましてや、彼は男兄弟で育ち、身内や仕事以外では女性と接する機会自体がほとんどないと聞いている。

「でも、そうだよな。人によっては普段よりも体調がかなり悪くなったり、貧血になったりすると聞くし……。男の家で過ごすとなると、色々と気を使うよな」

「あの……ごめんね。私のわがままだっていうのはわかってるんだけど……」

「いや、謝らなくていい。俺にはわからない大変さとかあるだろうし、咲良にとっては余計に気を揉むことになるのも当たり前だ」

彼は「わかった」と頷《うなず》き、小さな笑みを浮かべた。

「じゃあ、夜に送っていくよ。その代わり約束してくれ。何か異変を感じたり違和感があったりしたときは、どんなに些細なことでも言うって」

「うん、わかった。絶対に相談するね」

「あと、戸締まりはしっかりして、夜は一人で出歩くな。毎日送迎するのは難しくなるが、できるだけ様子を見に行くようにするから、もし夜に出掛けたいときは俺と一緒に行動しよう」

様子を見に来なくていいと言ったところで、桜輔は聞き入れないだろう。今よりも彼に余計な手間をかけることになりそうだが、それでも咲良は帰宅することを選んだ。

どちらにしても、このままずっと桜輔の家にお世話になるわけにもいかない。同棲ならいいが、何日も泊まらせてもらうような形なのは気が引けた。

「数日間、本当にありがとう。桜輔さんのおかげで気持ちが落ち着いたし、ずっと心強かった。思うようにトレーニングができなかったり、送迎のために時間を使わせてしまったり……申し訳ないこともたくさんあったけど、桜輔さんがいてくれて良かった」

「これくらいどうってことはない。トレーニングなんてその気になればどこでもできるし、送迎も少し早く家を出ればいいだけだ。咲良が少しでも不安にならずにいられるなら、ずっとここにいたって構わないって思ってる」

彼の真っ直ぐな瞳から、それが本心だと伝わってくる。

「ありがとう」

咲良は感謝を述べ、もう大丈夫と告げるように笑顔を返した。

＊　＊　＊

自宅に戻ってから五日が経ったが、咲良は驚くほど平穏な日々を送っていた。

仕事の休憩中はもとより、帰路でも視線を感じることや違和感を抱くことはなくなり、毎日何もない。あの不安はやっぱり自分の思い過ごしだったのか……と考えているほどだ。

桜輔は有言実行するがごとく、ほぼ毎日仕事帰りに咲良の家に立ち寄ってくれた。変わったことや不安はないかと確認されるたび、何事もなくて良かったと思う反面、心配をかけていることに申し訳なさが募った。

ただ、彼が来てくれると心強かった。

せめてものお礼に夕食を振る舞っていたのだが、桜輔は毎日嬉々として完食してくれた。咲良は少しでも彼にお返しができたことに、ささやかな喜びを抱いていた。

「……で、私にはまた相談してくれなかったわけね」

ローテーブル越しの一紗が、ムッとしたような顔を寄越してくる。

「うっ……ごめんね。気のせいかもって気持ちの方が強くて……心配かけたくなかったの。それに、帰ってきてから本当に何もないし、やっぱり私の思い過ごしだったのかも」

「だとしても相談してって、いつも言ってるでしょ」

「ごめん……。あっ、手は動かさないでってば」

「はいはい」

人差し指の爪に花を描いている咲良は、再び視線を落として筆を繊細に動かす。

今日は互いに休みが取れたため、もうすぐ誕生日を迎える彼女へのプレゼントの一つとしてネイルをしているのだ。

ところが、先ほどから咲良に不満を唱える一紗は、すぐに手を動かそうとしてしまう。咲良は何度も窘《たしな》めつつも、彼女が怒る理由が理解できることからあまり注意できずにいた。

その後も一紗からの説教を受けながら、どうにかネイルを完成させた。

「わーい！　可愛い！　さっすが咲良」

「気に入ってくれて良かった。でも、うちでやるよりもサロンでやった方が、色々なパーツがあったのに」

仮にサロンで施術をしても、彼女の誕生日月には咲良が支払いをするようにしている。しかし、明るい笑顔を返された。

「いいのいいの。今日は久しぶりに会えるから、ゆっくり話したかったし。お店だとプライベートなことはあまり話せないでしょ」

「確かにそうだけど、サロンのジェルとかパーツをいっぱい使ってもっと可愛くしたかったなぁ」

「いやいや、これ以上盛ったら仕事しづらいって」

中指の大きなストーンを見せ、一紗が苦笑を零《こぼ》す。彼女と顔を見合わせ、クスッと笑った。

「まあとにかく、さっきのことや彼氏のことなんてお店では話しづらいし、咲良の家でやってもらえて嬉しいよ。私は咲良のセンスが好きだから、家でもお店でも信頼して任せられるし」

「褒めても晩ご飯はグレードアップしないよ」

「あら、それは残念」

気の置けない友人同士ならではの冗談めかしたやり取りに、自然と笑い声が上がる。

二人は夕方までゆっくり過ごしたあと、咲良の家から程近い場所にある隠れ家レストランに繰り出し、コース料理を堪能した。

帰りは心配性の一紗が家まで送ってくれたため、いったいどちらのお祝いかわからない。それを口にすれば、彼女がからりと笑った。

「いいのいいの。ネイルしてもらって、コース料理を奢ってもらって、プレゼントまでもらったんだもん。これくらいしないとバチが当たるかもしれないじゃない」

「そんなわけないでしょ。それに、今日は一紗の誕生日のお祝いで、どれも私がしたかったことなんだし」

「ありがと。ほら、早く中に入って。じゃあ、またね」

わざわざエントランスのドアの前まで送ってくれた一紗にお礼を言い、わずかな申し訳なさと大きな感謝を抱えながら彼女の背中を見送った。

翌日の土曜日は、今年最後のボランティアの日だった。

今日は、桜輔は珍しく仕事なのだとか。詳しいことはわからないが、『所轄からの応援要請だ』と聞いている。

ひだまりで会えないのも、今週はお泊まりができないのも、とても残念だった。けれど、明日の夜は咲良が仕事を終えてから外で食事をしようと約束している。

「もう結婚しちゃってもいいと思うんだけど」

「へっ……？」

リビングルームで施術をしていると、セツが唐突にそんなことを口にした。

不意を突かれた咲良は、うっかり顔を上げてしまったせいで手元が狂った。どう返せばいいのかわからなくて、爪からはみ出したマニキュアを必死に拭き取る。

「セツさんが急にそんなこと言うから、咲良ちゃんが動揺してるじゃない」

「そうだよ、セツさん。そういうことは、せめてネイルが終わってから言わないと」

女性スタッフと藤野のからかい交じりの声に、セツが悪びれなく微笑む。

「だって、私は本当にそう思ってるのよ。二人が早く一緒になってくれたらいいなって」

お礼を言えばいいのか、素直に喜べばいいのか。セツと二人きりならまだしも、スタッフや他の入居者たちの前では振る舞い方がわからない。

「セツさん、咲良ちゃんをからかうのは程々にしてあげた方がいいわよ。真っ赤になってるから」

女性スタッフに指摘されて、咲良は熱くなった頬がますます赤くなったのを感じたが、一心不乱に施術を続けて恥ずかしさをごまかした。

夕方に帰宅した咲良は、簡単に夕食を済ませてネイルチップにアートを施していた。少し早いが、春向けのデザインを思い立ったのだ。

(あ、結構いいかも。これ、もう少しアレンジして、春前に自分の爪にしようかな)

ピンクのジェルでグラデーションにしたカラーをベースにして、白とピンクを混ぜて花を描いた薬指のチップは、春を思わせるデザインになっている。人差し指にも似たようなデザインを施し、中指は淡いパープルやピンクのシェルを乗せた。

親指と小指は透け感のあるピンクベージュのジェルにゴールドのラメを混ぜており、全体的にキラキラとした明るい雰囲気になった。

もう少しアレンジしたい部分もあるが、これはこれで可愛いと自画自賛してしまう。

(ベースの色を変えて花は黄色でミモザっぽくするのも可愛いし、ピンクのグラデーションをもっと薄くして花びらの枚数を減らせば桜っぽくも見せられるよね)

浮かんでくるアイデアをノートに記し、簡単にイラストでも残しておく。絵にすることでいっそうイメージが湧き、何だか急に春が待ち遠しくなった。

春が来たら、桜輔とお花見がしたい。彼と桜並木を歩くのはどんなに楽しいだろうか……と想像して、自然と笑みを零《こぼ》していた。

そんなことを考えていると、タイミングを見計らったようにスマホが鳴り、ディスプレイには桜輔の名前が表示されていた。

「もしもし、桜輔さん？」

『ああ。まだ起きてた？』

「うん、ネイルのデザインを考え終わったところだよ。桜輔さんはもう家に帰ってるの？」

『いや、まだ外なんだ。駅に着いたばかりなんだが、終電ギリギリになったから二回目のコールで出なかったら切るつもりだった』

「そっか。じゃあ、起きてて良かった」

『俺も咲良の声が聞けて良かった。明日は何が食べたい？』

「うーん、温かいものがいいなって思ってたんだけど、パスタも捨てがたいかも」

『イタリアンならピザもいいな。今日は寒いし、グラタンとか食べたくなってきた』

そんな話をしていると、お腹が空いてくる。彼の声を聞いたことで会いたい気持ちも強くなり、空腹のせいか物寂しさのせいか胸のあたりがキュッとなってしまう。

咲良は苦笑を浮かべ、気分転換に窓を開けて夜空を見上げた。

「あ、今日は月が綺麗だね」

『ん？　ああ、そうだな。ベランダに出たのか？』

「ううん、窓を開けただけ。部屋にジェルの匂いが充満してたから、ちょっと空気を入れ替えようと思って。でも、今夜は寒いね」

『ああ。冷えないように早く窓を閉めた方がいい』

「うん……ッ！」

頷《うなず》きかけた咲良が、息を呑んだ。

アパートの裏の小道にある、電柱のすぐ側。咲良の部屋から言えば、斜め下に当たる場所。

そこに立っている人が、こちらを見上げていたのだ。

咄嗟に窓とカーテンを閉め、窓側の壁を背にしてしゃがみ込んだ。無意識に息を殺し、スマホを持っている手が震えていることに気づく。

『咲良？　どうかした？』

驚きと恐怖のあまり、悲鳴も出なかった。

「……っ」

桜輔の問いかけに、咲良が説明を紡ごうとする。けれど、声が出てこなかった。

『咲良？』

緊張を纏《まと》わせた声音になった彼は、きっと咲良の異変に気づいたのだろう。

『まずは深呼吸して。大丈夫だ、このまま待つから。ゆっくり説明して』

言われた通りに息を吸ってゆっくりと吐けば、真っ白になりかけた思考に酸素が届く。バクバクと鳴る心臓が苦しかったが、咲良は何とか口を開いた。

「今、ッ……アパートの下に……裏のところの道に……たぶん、男の人がいて……こっちを見てたの……」

スマホを持つ右手首を左手で押さえ、必死に震えを止めようとする。

『すぐ行く』

視界が滲んでいたことを自覚したのは、迷うことなく決断してくれた桜輔の言葉が耳に届いたときだった。

彼が来てくれる。そう思うだけで、まだ安心はできないのに、恐怖心がわずかに和らぐ。

『室内の鍵は全部閉めてる？』

「う、うん……」

『なら、そのままでいるんだ。万が一、誰か来たとしても開けるな。俺が着いたら言うから、何があっても電話を切るな』

返事をしたいのに、上手く声にならない。

『今、タクシーに乗った。すぐ行くから待ってろ。大丈夫だ、この時間だから渋滞もしてないし、いつもより早く着くはずだから』

桜輔の優しい声が、力強い言葉が、咲良の心を支えてくれる。心臓はまだ警鐘を鳴らすように早鐘を打っているが、もう少しで彼が来てくれると思えば涙は零《こぼ》れずに済んだ。

桜輔は、ずっと話しかけてくれていた。どんな話をしていたのかは上手く理解できなかったが、電話口から彼の声が聞こえてくるだけで安心できた。

『今、タクシーを降りた。咲良、エントランスのドアを解除できるか？』

「う、うん……待って……」

上手く力が入らない足で踏ん張り、何とか立ち上がる。エントランスのドアを開錠して程なく、走ってくる足音が聞こえた。

『着いたよ。周囲には誰もいないから大丈夫だ。開けられるか？』

玄関に急ぎ、鍵とドアを開ける。その瞬間、すぐ目の前にいた桜輔が、咲良を抱きしめた。

「もう大丈夫だ。怖かっただろ」

咲良は首を振ることもできずに、彼の腕の中で深呼吸をする。ようやくきちんと息ができた気がして、同時に安堵感に包まれた。

程なくして、桜輔は「入っていいか？」と断り、壁で身を隠して窓を開けた。警戒しながら外の様子を窺う姿は、まるでドラマで観る刑事のようだ。

「誰もいないみたいだな。こっちに来られるか？　怖かったら無理しなくていい」

彼は咲良を気遣ったが、咲良はすぐに窓の側に行った。また恐怖心が蘇ってきたが、咲良の肩を抱く大きな手が安心させてくれる。

「男が立ってたのはあの電柱のあたりか？」

指差された方向に視線を遣り、小さく頷《うなず》いた。

「どんな服装だったとか、顔とか、わかったか？」

きちんと確認できなかったが、体躯《たいく》は大柄ではなかった。黒いダウンを纏《まと》い、フードをすっぽりと被っていたものの、なんとなく女性だとは思わなかった。

逆光なのと夜の闇で、顔は確認できなかった。ただ、こちらを見ていたのは間違いない。

桜輔は、咲良のたどたどしい説明に相槌《あいづち》を打ち、息を吐いた。窓を閉めた彼が咲良をベッドに座らせ、自分は床に腰を下ろす。

見上げてくる端正な顔は、いつにも増して真剣だった。

「こんな形で言うつもりじゃなかったんだが……」

桜輔は少しだけ不本意そうにしながらも、咲良を真っ直ぐに見つめた。

「これからずっと、一緒に住もう」

「え……？」

「前から考えてはいたんだが、この間咲良が帰ることになったときに改めて色々考えて、ちゃんと一緒に住みたいと思った」

予想もしていなかった提案に、咲良は目を真ん丸にしてしまう。

「あのとき、咲良の話を聞いてすごく納得できた。俺の家に泊まるってなると、どうしても〝人の家〟っていう感覚があるし、お客さんである咲良は些細なことでも気を使うだろ」

「そんな……。大変だったのは、私より桜輔さんで……」

彼が首を小さく横に振ったあとで、瞳をそっと緩めた。

「でも、同棲なら〝二人の家〟だ。一緒に住むための気遣いは必要でも、泊まるのとは違って必要のない気遣いも出てくる」

きっと、桜輔はずっと考えていてくれたのだろう。

「何より、同棲すれば一緒にいる時間がもっと増やせるし、咲良を近くで守れる。咲良が少しでも怖い思いをしなくて済むようにするって約束する」

彼の言葉には咲良への思いやりで溢れていて、自分のことなんて二の次……と言わんばかりである。それでも、咲良は嬉しかった。

「咲良はどうしたい？」

「本当にいいの……？」

「嫌ならこんな提案はしない。色々言ったけど、一番は俺が咲良の側にいたいからなんだ」

優しい眼差しが、咲良の胸の奥を甘く締めつける。喜びと安堵感が広がっていき、つい先ほどの恐怖心は綺麗に溶けていった。

「迷惑かけちゃうと思うけど……私も桜輔さんと一緒に住みたい」

「良かった。断られたらどうしようかと思った」

桜輔らしくない自嘲交じりの冗談は、きっと咲良を和ませようとしてくれたのだろう。その気持ちが嬉しくて、しっかりとかぶりを振る。

この日は彼の家に泊めてもらうことになり、二人は一刻も早く同棲することに決めた。

四　幸せに近づく不穏な影　Side Ohsuke

クリスマスが過ぎると世間の雰囲気はガラリと変わり、今朝のテレビ番組では正月の話題が上がっていた。毎年の光景ながら、昨日まではクリスマスケーキだのイルミネーションだのと騒いでいたのに……と呆れにも似た気持ちが芽生える。

ただ、そんな自分も、昨夜は恋人の咲良と甘い時間を過ごしたのだから、クリスマス商戦に踊らされたうちの一人だろう。

クリスマスイヴだった昨日は日曜日で、運良く彼女の仕事が休みだった。

先日からずっと桜輔の家に泊まっている咲良と、午前中は互いのプレゼントを探すために大型商業施設に繰り出した。ランチはそこで済ませ、彼女が観たがっていた映画を楽しんだあとにはカフェで感想を語り合った。

夜は桜輔が予約したレストランに行き、帰りはイルミネーションスポットに立ち寄った。

帰宅後にはベッドで甘い時間を過ごしたのは、もはや言うまでもない。

最初こそ緊張と不安をあらわにしていた咲良も、最近では以前よりもずっと甘く悩ましい反応を見せるようになった。

桜輔の手や唇に敏感に震える身体は、どれだけ触れても飽きない。愛撫に感じ入る表情は普段からは想像できないほど蠱惑的《こわくてき》で、際限なく果てさせたくなる。

あまりの可愛さを前に、今まで恋愛経験がなかったなんて嘘だろう……と何度言いたくなったことか。

反面、これまで男を知らないでいてくれたことに心底感謝した。咲良自身にも、特に信仰しているわけではない神様にも。

もし、彼女のあんな顔を知っている男が自分以外にもいたとしたら、嫉妬でどうにかなっていたかもしれない。そう思うくらいには、夢中になっている自覚はある。

それがいいのか悪いのかはわからない。

仕事に支障を来しているようなことはないはずだが、ふとしたときに咲良のことを考えてしまうのも事実である。いくら冷静でいたって、心にはいつも彼女の存在がある以上、無意識に気を抜いていることもあるかもしれない。

そんなことはあってはならないと常に自身を律しているものの、実際のところはどうなのだろうか……と考えることもなくはなかった。

ただ、一つ言えるのは、桜輔は少なくとも咲良と出会う前よりもずっと幸せで、彼女との時間が自分の心を満たしてくれている——ということである。


「お疲れ」

桜輔が警務部でデスクに向かっていると、同期の松木幸大《まつきこうだい》がやってきた。

質のいいスリーピーススーツを嫌味なく着こなす姿は、警察官というよりもどこかのCEOのようである。桜輔と違い、彼はコミュニケーション能力が高く愛想がいいため、お堅く見られがちな公務員よりもそちらの方が向いている気もする。

もっとも、警備部の警護課長である松木は、将来を期待されている。桜輔と同じ警視正の肩書きを持つキャリア組である上、優秀で上層部との関係もそれなりに円滑なため、組織内で重宝されている人材なのは間違いない。

警務部は花形部署だの希望人気ナンバーワンだのと言われてはいても、桜輔は自分よりも彼の方が出世するだろうと思っていた。

「珍しいな。何か用か？」

「これから昼飯だから、一緒にどうかと思って」

意味深な顔をする松木は、何やら話したいことがあるようだった。桜輔は「二分待ってくれ」と告げて、キリのいいところまで業務を片付けた。

「……で、なんの話だ？」

食堂に着いて早々、桜輔が切り出せば、彼がわざとらしく苦笑を零《こぼ》した。

「先週、大川《おおかわ》参事官とやり合ったって聞いたから、愚痴でも聞いてやろうと思って」

「別に聞いてもらうようなことはない。いつものあれだ」

食堂の一番奥のテーブルで、近くに人はいない。それを確認し、二人は会話を進める。

「人事のことで一悶着あったんだろ」

「松木の情報網はどうなってるんだ。いや、うちの部署に口が軽い奴でもいるのか」

「バカ言え。警務部にそんな奴がいてたまるか。金曜の夜に参事官から声かけられたんだよ、『松木の同期はどうしてあんなに融通が利かないんだ』ってな」

上司が同期に愚痴を零《こぼ》したなんて、あまり気持ちがいいものではない。ただ、松木の人柄がそうさせているのはわかっていたし、彼が悪くないことも理解できた。

「堂本は生真面目で無愛想だから、無駄に敵を作るんだよ。もうちょっと愛想良くすれば、今よりラクになるだろうに」

「それができてるなら、こうはなってない。それに、俺の場合は愛想がどうこうってわけでもないことくらい知ってるだろ」

まだ桜輔が警視正になる前、組織犯罪対策部の薬物銃器対策課にいた頃のこと。

ある暴力団から押収した薬物を別の組に所属する暴力団員に横流しされている可能性があることに気づき、独断で調べ上げて犯罪に手を染めた者を暴いた。

その警察官――小高《こだか》が、現在の桜輔の上司である大川の同期で親友だったのだ。

二人は警察大学校時代から切磋琢磨し、プライベートでも仲が良かったという。しかも、大川の旧知の女性が小高と結婚したらしい。

その事件をきっかけに、小高の妻は二人の娘を連れて離婚したと聞いている。

桜輔は正しいことをしたのだが、大川にしてみれば思うところがあるのだろう。以来、もともと好かれてはいなかった大川からさらに疎《うと》まれている……というのは自覚していた。

「まあ、あの一件はな……。でも、堂本は正しいことをしたんだから、そういう理由で疎《うと》まれること自体おかしいんだよ。俺も参事官のことは苦手だけどさ」

「誰かに聞かれるぞ」

「そんなヘマはいたしません」

松木が牛丼をかき込み、水を飲んで一息つくように息を吐いた。

「とはいえ、もうちょっと円滑に人間関係を築いた方がいいぞ。まあ、堂本は後輩たちからは慕われてるし、お前のことをわかってる奴はちゃんといるけどな。でも、お前はもっと上にいく人間なんだから、しがらみは少ない方がいいだろ」

「もっと上にいくって言うなら、松木だってそうだろ」

「バカ言え。俺は、いずれ堂本の下に就く運命だよ。同じ警視正でもそもそもの土台が違うし、俺はできるだけ現場に近いところにいたいんだよ」

「松木のキャリアなら上がそうはさせないさ。少なくとも、俺が人事権をすべて握れるなら、今すぐもっと上のポストを用意する」

「だから、今のうちに現場の空気を謳歌しようってわけ」

桜輔は、国内最高峰と謳われる大学を卒業したあと、警察大学校に入った。その後は同期たちと同じように研修や交番での勤務を経て、二十代半ばになる頃に警視庁に入庁している。

そして、生活安全部や組織犯罪対策部での職務を経て、今は警務部の人事第二課で課長という肩書きを持つ。

一方、松木は有名私立大を卒業後に警察大学校に入り、桜輔と同じく二十代中盤で入庁した。しかし、彼は今でも何かと理由をつけて現場に出ていた。

二人は同じキャリア組ではあるが、部署の問題とはまた別の意味で働き方に差がある。

松木は、刑事ドラマでいうところの現場に出る刑事に憧れて警察官になったというだけあり、現場をとても好んでいる。本来なら出なくていいときも現場に出ようとするほど、彼には変わった節がある。

そのくせ、人当たりのいい性格のため、周囲とも上手くやっている。

反して、桜輔は警察内部の秩序、ひいては国家を守ることを胸に警視庁に入庁したため、今では内勤ばかりの日々なのだ。

もちろん、必要に応じて現場に出ることもあるが、警務部の人事課ともなればそんな機会も少ない。当直はあっても、何日も帰宅できないようなことはなかった。

「堂本こそ、警察庁に入庁しようとは思わなかったんだろ？」

「そうだな。まったく考えなかったわけでもないが、俺は祖父の影響が大きかったからな」

警察庁は、全国にある警察本部を指揮・監督する行政機関である。日本全国で一番大きな機関である警視庁ですら、警察庁の管轄と言える。

桜輔のキャリアならそちらも充分目指せたが、桜輔は幼い頃から尊敬し続けた警視監だった祖父の影響を強く受け、警視庁に入庁することを選んだ。

「まあ、堂本が海外の日本国大使館とかで働く姿は想像できないし、ここが合ってると思うけどな。イタリアやブラジルあたりに頭の固いお前が配属されたら、絶対に現地民とノリが合わなくて禿《は》げるな」

ケラケラと笑う松木の軽口を聞き流し、親子丼を咀嚼する。ふわふわの卵と和風出汁の風味が口内に広がり、咲良が作ってくれた肉じゃがが恋しくなった。

「……今、恋人のこと考えてるだろ？」

図星を突かれて目を丸くすれば、彼がわざとらしいほどの苦笑いを浮かべる。

「冗談半分だったのに当たりかよ。表情筋が死んでるのかと思うほど表情が変わらないくせに、彼女のことになるとそんな顔するんだな」

「……どんな顔だ」

「会いたい〜、抱きしめたい〜、って言いたげなニヤけた顔」

「そんな締まりのない顔はしてない。ちょっと思い出してたのは確かだが、そういう邪《よこしま》な気持ちじゃない」

「いや、会いたいとか抱きしめたいっていうのは、別に邪じゃないからな。恋人ならセックスしたいって思ったところで普通だし」

予期せぬ言葉に、桜輔は飲んでいた水を噴き出しそうになった。

「お前はこんなところでなんてことを言うんだ」

「お前こそ、いつもならこの程度のことでそんな反応しないだろ。彼女にどれだけベタ惚れなんだよ。半同棲してるんだっけ？　もう本格的に同棲すれば？」

「そのつもりだ」

「えっ、マジで？　俺が『彼女くらい作れ』って合コンに誘っても、『独身生活は気楽でいい』とか言って微塵《みじん》も興味を示さなかったお前が？　急に結婚願望でも芽生えたのか？」

「別に、今までもまったくなかったわけじゃない。結婚したいと思う相手がいなかっただけだ」

「ということは、彼女とは考えてる……と。で、まずは同棲するのか？」

「同棲は別の事情もある。前に少し話したが、彼女がストーカーに悩まされてる。以前、別の男にも悩まされててそれは解決したが、最近またそういう気配を感じるらしい」

桜輔は、前半の言葉には反応せず、同棲についてのみ言及した。

「ストーカーか。それは悠長にしてられないな」

「ああ。今はうちに泊めてるが、もともと誰かと住むつもりで借りてる家じゃないからな。今の家で半同棲のような状態だと、彼女が不便だろ。通勤のことも考えた上で、お互いにとって住みやすい家を借りようと思ってる」

「で、もう引っ越し先の目星はついてるのか？」

「いや、まだだ。今の家はセキュリティ面では問題ないが、俺が家を空けるときは一人にさせてしまうし、少しでも環境を変えた方が気持ちもラクになるだろうからできるだけ早く引っ越したいんだが……なかなか条件に合うところがなくてな」

「そりゃあそうか。一人暮らしでも引っ越しは大変だし、二人となると簡単じゃないよな。でもまあ、彼女のことを考えるなら早い方がいいのは確かだな」

「ああ」

何かあってからでは遅い――

そう考えた桜輔と同じように、松木の脳内にも似たようなことが過《よぎ》ったに違いない。

警察官として職務を全うする中で、そういった事件を何度も目にした。後悔先に立たず……とはよく言ったもので、事件に巻き込まれてからでは手遅れになることもあるのだ。

彼だって、そういった場面には何度も立ち会っている。

「それで？　お前はどう見てるんだ？」

「本人の様子を見る限り、気のせいだとは考えづらい。実際に、アパートの下から男が見てたこともあったようだしな」

「顔は？」

「夜だったし、街灯が少ない上にかなり暗かったせいで、見えなかったようだ。俺が駆け付けたときには、もう人の気配はなかった」

「でも、家は割れてるってことか。お前の家は？」

「今のところ、大丈夫だと思う。だが、時間の問題かもしれないな」

桜輔はできる限り定時で仕事を切り上げ、咲良を送迎している。

しかし、咲良が遅番のときは自分が待てばいいのだが、早番のときには終業後に待たせることになる。もちろん、カフェなどで待つように話しているが、彼女なりに遠慮があるようで一人で帰宅することも少なくはない。

「うちは駅からも近いし、人通りもあって治安もいい。だが、それで大丈夫ということにはならないからな」

「頭のおかしい奴や追いつめられた奴に、そういうことは関係ないからな。何にせよ、とにかく早く部屋が見つかるといいな。堅物で融通の利かないお前に、こんなに一生懸命になれる相手ができたんだ。何かあればいつでも協力してやるよ」

「それは素直に喜んでいい言葉ではないな。……いや、まあいい。それなら、お前に訊きたかったんだが、手土産は何がいいと思う？」

「は？　どこに持っていくんだよ？」

「彼女のご両親だよ。大事な娘さんと一緒に住むんだから、同棲前に挨拶をしておかないといけないだろ」

真剣な面持ちの桜輔に、松木が呆れた顔でハッと笑う。

「いやいや、今どき同棲くらいで挨拶？　いや、お前らしいと言えばそうだけど！　未成年でもあるまいし、同棲なんて勝手にすればいいだろ」

「そうはいかない。ご両親に心配や不安を感じさせるようなことはしたくないし、こういうことは最初が肝心だ。信頼関係というのは一事が万事だったりするものだからな」

「はいはい、そうですか。じゃあ、あとでリストアップしておいてやるよ」

苦笑しながらも承諾した彼が、「そろそろ行くわ」と一足先に席を立った。

桜輔はお礼を言ってその背中を見送り、親子丼セットを完食してから警務部に戻った。

＊　＊　＊

年明け早々。

桜輔は、咲良とともに彼女の実家を訪れた。

急なことではあったが、それぞれの予定と咲良の両親の都合をすり合わせたところ、正月がいい——ということになったのだ。

新年早々訪れることに申し訳なさを感じつつも、挨拶に伺うことにした。

咲良の実家に着くと、彼女の父親の和秀《かずひで》と母親の咲子《さきこ》、そして弟の良和《よしかず》が出迎えてくれた。

「こちら、堂本桜輔さんです。桜輔さん、父と母、それと弟の良和です」

「はじめまして、堂本と申します。新年早々、お邪魔して申し訳ございません。お時間を作っていただき、ありがとうございます」

「あらあら、そんなにかしこまらないでくださいね」

「ほら、母さん。まずは上がってもらえば？　親父は緊張しすぎ。顔怖いって」

緊張気味の桜輔と咲良、そして彼女の両親の側で、良和が明るく笑う。和やかな雰囲気に包まれ、みんなの表情がわずかに解《ほぐ》れた。

桜輔は、松木がリストアップしてくれた中から選んだ焼き菓子セットを手渡す。受け取った咲子が喜んでくれたことに安堵し、咲良に促されてリビングへと足を踏み入れた。

二十三区内とはいえ、咲良の実家は端っこの方にある。ごく普通の一軒家と親しみやすい咲子と良和の笑顔に、咲良はここで育ったのか……と感慨深い気持ちになった。

そんな想像のおかげか、桜輔の緊張感も少しずつ和らいでいく。ダイニングテーブルの隣に座る咲良は、まだわずかに顔を強張《こわば》らせていた。

自分の実家なのに、桜輔よりも緊張しているのではないだろうか。そう思うと彼女が愛おしくなって、頬が綻《ほころ》んでしまいそうだった。

「どうぞ、リラックスなさってね。咲良からある程度の話は聞いてますから」

咲良は事前に、同棲するに至った経緯を打ち明けてくれていた。ストーカー被害に悩んでいたことを秘密にしていたため、両親からは随分と叱られたようだ。

彼女なりの気遣いであったのはわかるが、親としては娘に隠されていたことがどれだけ歯がゆく不安だっただろう。何よりも、心配したに違いない。

咲良の両親が、きちんと娘を叱ってくれる人たちで良かった。彼女自身も、きっとこれでもう少しくらいは桜輔に甘えてくれるだろう。

桜輔は、最初に名刺を出して警察官であることに触れ、咲良と出会った経緯をかいつまんで説明した。その上で、彼女がストーカーに狙われている可能性があることにも言及した。

「現状では、気のせいとは言い切れません。いずれにせよ、用心するに越したことはありませんし、私の見立てではストーカーの可能性は充分にあると思ってます」

「それで……何かできることはないんでしょうか？」

咲子は、そう尋ねながらも答えをわかっているような表情だった。咲良と出会った頃に学生時代のことを聞いているが、咲子も当時の経験から予想がついているのだろう。

「現状ではパトロールの強化は申請しましたが、実害がない以上は警察としては何もできず……。咲良さんは誰かにつけられてる気配はあるようですが、声をかけられたり直接何かされたりしたわけでもありませんので、事件性がないと見なされるかと……」

「やっぱり……昔と同じなのね」

落胆した咲子の顔が、桜輔の胸を締めつける。歯がゆさや悔しさ、警察官として何もできないことへの苛立ちが募った。

「申し訳ございません」

「そんな……！　桜輔さんは何も悪くないんだから謝らないで！　今までたくさん助けてもらってるし、桜輔さんがいなかったらとっくに何かあってもおかしくなかった……。今だって、毎日頼ってばかりで……謝るのは私の方だよ」

眉を下げた咲良は、「ごめんなさい」と悲しそうな顔をした。彼女に笑みを向け、気にしなくていいと言うように首を横に振る。

「堂本さん」

すると、和秀が静かに切り出した。

「はい」

「咲良から、あなたが色々と尽力してくださったことは聞いてます。私も妻も、娘を守ってくださる方が側にいてくれることに感謝してます。ですから、謝らないでください。それよりも、私たちからお礼を言わせていただきたい。娘を守ってくださり、本当にありがとうございます」

「いえ……。私がしたくてしたことですから」

「それでも、あなたのような人が娘の側にいてくれるなら、親としては安心です。とても誠実で実直な方だと、こうして少し話しただけでも伝わってくる。咲良はいい方に出会えました」

胸の奥がグッと熱くなり、喜びが突き上げてくる。それは自分の方だ、と声を大にして伝えたくなった。

「それは私の方です。咲良さんと出会って、私は幸せばかりもらってます。できることなら、ずっと側にいさせていただきたいと思ってます」

口をついて出た言葉だが、心からの本音だった。

しかし、咲良は驚いているようで目を真ん丸にしている。彼女の両親と良和は、にこにこと笑っていた。

「ストーカーの件を解決できてない中で恐縮ですが、本日は咲良さんと同棲をさせていただきたいと思い、お願いにまいりました。色々とご不安もあるかと思いますが、どうかお許しいただけませんでしょうか。咲良さんのことは私が全力で守ります」

「咲良が選んだ人ですから、もともと反対する気はありませんでした。そして今日、堂本さんに会って、その気持ちはいっそう強くなりました。きっと、妻も同じでしょう」

和秀の言葉に、桜輔は今日一番の安堵感を抱いた。咲子の表情も穏やかで、二人が賛成してくれていることを確信する。

桜輔は、引っ越し先が決まり次第すぐに連絡を入れると約束した。


帰路に就いた車内は、往路とは打って変わって朗らかな雰囲気だった。

「桜輔さん、本当にありがとう。桜輔さんが両親と会ってくれたことも、両親に言ってくれた言葉も、すごく嬉しかった」

「俺の方こそ、家族に会わせてくれてありがとう。咲良が育った家を見られて嬉しかった。ご両親から大切にされてることも、弟さんも咲良を心配してることも、ちゃんと知れて良かった」

「うん。緊張もしたけど、私も桜輔さんに家族と会ってもらえて良かったと思ってるよ」

ちょうど赤信号でブレーキを踏むと、咲良が運転席の方へ身体を向けてきた。桜輔はハンドルを握ったまま、顔だけ彼女の方を見る。

「それとね、いい人に出会えたのは私の方だよ。桜輔さんは私にたくさんの幸せをくれてるし、桜輔さんがいてくれるから私は普通に仕事にも行けてるの。本当にありがとう」

もうすぐ変わるであろう信号と運転中であることが、今はもどかしい。本当なら身体を抱き寄せ、キスの一つでもしたかった。

「それは俺だって同じだ。ご両親にも話したけど、俺は咲良から幸せな気持ちをたくさんもらってる。これから先、何があっても俺が守るから」

桜輔はそんな衝動を理性で抑え込み、口元に笑みを浮かべて前に視線を戻す。歩行者信号は青から赤へと変わり、進行方向の信号が青になることを告げていた。

「うん……。ありがとう」

咲良は感極まったような様子だったが、視界の端に映った顔は微笑んでいた。今すぐに彼女を抱きしめられないことが歯がゆかったものの、桜輔は平静を装ってアクセルを踏んだ。

そのまま車を走らせ、咲良の家に立ち寄った。

数日分のお泊まりセットでは不便が生じ始めたことと、しばらく家を空けているために様子を見に行く狙いもあった。案の定、ポストは郵便物で溢れていた。

「すごく溜まっちゃってる。ほとんどがダイレクトメールだと思うけど」

「もう少し頻繁に帰ってきた方がいいな。郵便物が溜まってると、空き巣の餌食になりやすい。オートロックとはいえ、住人と同じタイミングでドアを通れば中に入るのは容易《たやす》いからな」

ポストの中身を手に頷《うなず》いた咲良に、桜輔が「これからは仕事帰りにも寄るようにしよう」と告げる。彼女は再度首を縦に振り、二人で部屋へと向かった。

一週間ぶりの咲良の部屋は、以前よりもすっきりとして見えた。ちょっとした食器類や調理道具など、目につきやすいものが桜輔の家にあるせいかもしれない。

彼女が桜輔の家で毎日のように料理をするようになったため、以前ここに来たときに服などと一緒にキッチン用品も運んだのだ。

今の状態だと、引っ越しまでに咲良がこの家で寝ることはないだろう。もちろん必要なものがあれば都度二人で取りに来るつもりでいて、彼女一人で帰宅する機会を作る気もない。

大袈裟に思えるかもしれないが、桜輔は密かにそう決めていた。

「あ、そうだ。あのね、もし良かったら、桜輔さんの家でジェルを使ってもいいかな？」

「ジェルって、ネイルの素材のことだよな？」

「うん、そう。ひだまりでセツさんたちに使ってるのは一般的なマニキュアで、ジェルは仕事で使ってるんだけどね」

咲良はそう前置きすると、ジェルの使い方や作業で散らかることや匂いがあることなどのデメリットを述べた。

「今まではそういうのが申し訳なくて言えなかったんだけど、春に向けたデザインを考えなきゃいけなくて。イラストだとイメージが湧きにくい部分もあるから、桜輔さんの家で作業させてもらえないかなって」

小さなケースを並べた彼女が、そのうちの一つの蓋を開ける。独特の匂いがしたが、マニキュアよりは鼻につくような感じはしない。

「もちろん汚さないように気をつけるし、後片付けも綺麗にするけど……前処理って言って、自分の爪についてるものをオフするときは機械で削らないといけないから、どうしても粉塵《ふんじん》が飛ぶの。だから、気になるかもしれないんだけど……」

「なんだ、そんなことか。俺にはよくわからないけど、粉塵が飛ぶことくらい気にしなくていい。掃除すればいいし、匂いだって換気すれば済む話だ」

桜輔が快諾すると、咲良がホッとしたように微笑む。

「もっと早く言ってくれれば良かったのに……。いや、むしろ咲良は家でもデザインを考えてるって知ってたんだから、それくらい察するべきだったな」

「そんなことないよ。それに、最近は早番で上がるときにサロンで練習してたし、別に困ってたわけじゃないの。家でジェルをオフするのは大変だから、これまでにもサロンですることもあったし。ただ、春までに色々試してみたいから、家でもできたらいいなと思って」

彼女は嬉しそうに話し、ネイル用品をボストンバッグに詰めていった。桜輔はときおり手伝い、二人はのんびりと準備を進めた。

「あとは郵便物のチェックだけしてもいい？」

「ああ」

咲良がローテーブルに置きっ放しにしていた郵便物に手を伸ばし、次々とゴミ箱に放り込んでいく。先ほど話していた通り、大半がダイレクトメールのようだった。

ふと、咲良が手を止める。彼女が持っていたのは白い封筒だった。

「これ、何だろ？　差出人とか書いてないんだけど」

きちんと封がされているのに、表も裏も何も記載されていない。薄いのかと思いきや、便箋が数枚入っていそうなくらいには厚みがある。

たまに広告が封筒に入れられたものがあるが、そういうものでもなさそうだった。

「俺が開けようか？」

「ううん、大丈夫」

咲良は首を横に振り、封筒をハサミで開封した。細い指が中に入っているものを取り出す。

「っ……」

直後、それを目にした咲良が息を呑んで手を離し、桜輔も瞠目《どうもく》した。バサバサッと音を立て、封筒の中に入っていたものが落ちた。

「見るな」

桜輔は、彼女の視界を遮るように後頭部を抱く。右手で落ちたものを拾い、顔をしかめた。

封筒に入っていたのは、写真だった。おそらく二十枚以上はある。まだ数枚しか目に入っていないが、すべてに咲良が写っていることは明白だった。

「桜輔さん……」

「大丈夫だ、咲良は見なくていい。ゆっくり深呼吸して」

咲良をギュッと抱き寄せ、震える彼女の視界には決して入れないように写真を確認した。

人混みの中で撮影された、姿が小さいもの。おそらくズームで撮られたもの。咲良だけがしっかりと写っているもの。

撮影距離も撮り方も様々のようだが、予想通り二十一枚すべてに咲良の姿が確認できた。封筒の中には他には何もないが、咲良に恐怖心を植えつけるには充分だ。

しかし、これだけでは事件として扱えない。それを知っている桜輔は、奥歯をギリッ……と噛みしめた。

「部屋……バレてるってことだよね……」

ごまかせない状況の中、桜輔は小さく「ああ」と答える。腕の中にいる咲良が、ぶるりと身震いしたのがわかった。

「咲良、大丈夫だ。ここに帰ってくるときは俺も一緒だし、仕事以外でも送迎する。無理なときはタクシーを使って、とにかく隙《すき》を見せないようにしよう」

彼女は頷《うなず》いたが、不安でいっぱいだろう。その心情を思えば、胸が痛くなる。

咲良を狙うストーカーがいることが確信となり、心の片隅で願っていた〝気のせいであるという可能性〟が綺麗に消えた。曖昧なままよりは良かったが、彼女が深く傷ついたことは間違いない。

桜輔は、咲良を苦しめる犯人を許せなかった。大切な恋人を、何も悪くない彼女を、こんな形で追いつめる人間の心理などわからないし、理解する気もない。

確かなのは、これはれっきとした犯罪であるということ。それなのに、事件として立証するには、まだ弱いということ。

被害者がどれほど不安に駆られ、恐怖に包まれていても、警察はこれだけのことでは動けないのが実情だ。ネットにも載らないような小さな出来事など、事件として扱ってはもらえない。

犯人への怒りと何もできない自分への歯がゆさで、頭がどうにかなりそうだった。

ぎゅうっとしがみついてきた咲良を両手で抱きしめ、「大丈夫だ」と優しく囁く。

「咲良のことは絶対に俺が守るから」

憤怒が渦巻く中、自分自身にも誓うように力強く告げる。

「うん……っ」

涙交じりに頷《うなず》いた咲良が落ち着くまで、桜輔は決して彼女のことを離さなかった。

第四章　優しい未来へ

一　違和感と信頼

慌ただしい年末年始は過ぎ去り、一月も中旬に入った。

咲良は通常通りに出勤していたが、例の写真を見て以来、外に出ることがとても怖い。

今も誰かに見られているのではないか、尾行されているのではないか。撮られていないか、もしかしたらすぐ側に犯人がいるのではないか。

グルグルと巡る恐怖は、確実に咲良の心を蝕《むしば》んでいく。それは心身ともに負担となり、咲良はずっと疲労感を抱えていた。

桜輔は、あれからいっそう警戒心を強め、必ず送迎してくれるようになった。

彼と相談した上で、時間が合わないときは早く出なければいけない方に合わせることにしたため、毎日一緒に職場を往復している。

桜輔のたまの当直のときには、タクシーを使うことにした。金銭面を考えれば避けたかったが、彼は『タクシー代は俺が出すからそうしてくれ』と譲らなかった。

桜輔の負担が大きすぎて申し訳ないと思うものの、少しでもリスクを減らす必要があるのは重々わかっている。そのため、咲良は彼の提案を受け入れた。

桜輔が側にいてくれても不安と恐怖を拭い切れない中、嬉しいこともあった。ようやく、引っ越し先の候補が絞れてきたのだ。

何軒も内覧し、今は三軒のマンションで悩んでいるところだ。もっともこだわったのはセキュリティ面と治安と通勤時間だが、候補として残ったところはそれに加えて利便性もいい。

二人とも、家の更新時期が奇《く》しくもこの春のため、早ければ来月初旬にも引っ越そうと計画している。少しでも時期が遅くなると引っ越しシーズンに被ることもあり、今週中には引っ越し先を決めようと話していた。

不安と恐怖に襲われ、傷つき、落ち込んだが、決して悪いことばかりではない。気を張り続ける毎日でも、ちゃんと笑えることもある。

何より、桜輔が側にいてくれる。

彼と同じ家に帰れることが心強く、一番の心の支えになっていた。

週末になり、咲良は桜輔とともにひだまりを訪れた。

スタッフたちは、仲睦《なかむつ》まじい恋人だと思っているのだろう。『いつも仲が良くていいわね』と言われたりもしたが、ボランティアの日まで彼と行動を共にする一番の理由は防犯面である。

本当の理由はスタッフには口にできないため、曖昧に微笑んでごまかすしかなかった。

「近いうちに一緒に住む？　じゃあ、引っ越すの？」

今日は部屋でセツの施術をし、その間に同棲することを告げた。

「ああ。色々あって昨日やっと引っ越し先が決まったんだが、来月の頭には引っ越す予定なんだ。ひだまりからは少し遠くなるけど、今まで通り会いに来るから心配しなくていいよ」

「そんな心配してないわよ。それより桜輔、咲良ちゃんのご両親にはきちんと許していただいたの？　余所様の大切な娘さんを預かるんだから、礼儀を通しなさいよ」

「もう挨拶には行ったよ。うちの親にも近々会ってもらう予定だ」

「あら、そうなのね。だったら、あの子たちに咲良ちゃんのいいところを今のうちにたくさん言っておかなくちゃ。反対はしないだろうけど、援護射撃はいくらあってもいいものね」

急にセツが張り切り出し、桜輔と咲良が噴き出す。咲良は、相変わらず自分を大切に思ってくれているセツに、感謝の気持ちでいっぱいになった。

そして、候補地になっている引っ越し先のことを話しているうちに施術が終わった。

「ネイルはこれで完成です。どうでしょうか？」

「今回のも素敵ね！　ハートなんて若い子みたいで少し恥ずかしいけど、とっても可愛いわ」

ホワイトのフレンチネイルは清楚な雰囲気だが、中指だけワンポイントでパステルピンクのハートフレンチにして可愛さも意識した。今日のネイル希望者たちのほとんどは、咲良の提案でハートのイラストやシールが施されている。

「もうすぐバレンタインなので、ハートがいいんじゃないかと思って」

「施設にいても季節のイベントを感じられるのは、スタッフさんたちが楽しいパーティーをしてくれたり、咲良ちゃんがこうして爪をおしゃれにしてくれたりするおかげね」

セツの嬉しそうな顔が、咲良をいっそう笑顔にする。桜輔は、そんな二人のやり取りを柔和な眼差しで見ていた。

「ねぇ、咲良ちゃん。私はね、同棲と言わずに結婚してくれてもいいと思ってるの」

「えっ⁉」

不意に出された『結婚』という言葉に、咲良は大袈裟なほど反応してしまう。前から言われていたことではあるものの、いつもはもっと冗談めいていた。

しかし、今日のセツの顔は穏やかでありながらも真剣である。普段とは少しだけ違う様子に、思わず身構えるような気持ちになった。

彼が「ばあちゃん」と窘《たしな》めたが、セツは気にしていないのか咲良から目を逸らさない。

「でも、もちろんあなたたちには二人のペースがあって、こんなのは私の勝手な願望だってわかってるわ。だけど、これだけは覚えておいてね」

セツの手が伸ばされ、咲良の手をギュッと握る。その手は、施術をしていたときよりもずっと温かい。まるで、セツの心のようだった。

「桜輔には遠慮せずに頼っていいんだからね」

念を押すように、セツの手に力がこもる。

ひたむきで濁りのない瞳は、桜輔とよく似ていた。咲良は何だか泣きそうになって、けれどセツを真っ直ぐ見つめながら頷《うなず》いた。

「はい。桜輔さんといれば、不安なことやつらいことも乗り越えていけると思います。そんな風に思える人と……桜輔さんと出会わせてくれたセツさんには、感謝の気持ちしかありません。本当にありがとうございます」

咲良は、皺が刻まれた小さな手をしっかりと握り返す。そして、セツの優しい体温を感じる中で精一杯の笑顔を見せた。

「もう、やだ……。そんな風に言われたら涙が出ちゃいそうだわ。ただでさえ顔がしわくちゃなのに、泣いたら余計にシワシワになっちゃう」

「そんなことないですよ。セツさんはとってもお綺麗です」

頭で考えるよりも先に口にした言葉に嘘はない。

皺が刻まれた顔や手は、本人にしてみれば『しわくちゃ』と言いたくなるのだろう。しかし、咲良から見れば、血色のいい肌も真っ直ぐな目も上品な仕草も、憧れの対象だった。

自分がセツくらいの年齢になったとき、彼女のように内面から滲み出る美しさを持っていられるだろうか。まだ想像もできないが、こんな風になりたいと思う。

「ふふっ、咲良ちゃんは褒め上手ね」

和やかな雰囲気の中でドアがノックされ、セツが返事をすると藤野が入ってきた。室内の雰囲気に何かを感じたのか、彼が首を傾ける。

「すみません。僕、タイミング悪かったかな?」

「いいえ、ちっとも。ただ、私が今日はいい日ねって話してただけだから」

素敵な返答に、咲良から笑みが零《こぼ》れる。桜輔も微かに笑っているようだった。

「そっか。やっぱりお孫さんと咲良ちゃんの力はすごいなぁ」

「あら、藤野さんのおかげでもあるのよ。こんなしわくちゃのおばあさんのお世話を、ここのみなさんは毎日笑顔でしてくれるんですもの。そのおかげで毎日幸せだなって思えるのよ」

「僕だって、セツさんやみんなから毎日元気をもらってるからこそ、仕事を頑張れるんだよ。いつもありがとう」

目尻を下げる藤野は、やっぱり介護職に向いている。それは、嬉しそうにするセツの表情や、その光景を目にして安堵した様子の桜輔を見ていればわかった。

「それで、今日はどんないいことがあったの？」

「ええ、それなんだけどね、二人が一緒に住むんですって」

嬉々として答えたセツに、藤野が桜輔と咲良を見る。二人は、わずかな気まずさを感じながらも曖昧に会釈をした。

「そっかぁ。幸せそうだね。いいなぁ、僕もそんな相手が欲しいなぁ」

羨ましそうにじっと見つめられ、咲良は違和感を抱いた。けれど、何に対してそんな風に思ったのかがわからず、困ったように微笑むことしかできない。

「藤野さんなら、きっといいお相手ができるわよ。とても優しいし、思いやりがあって温かくて、みんなから信頼されてる人なんだもの。タイミング次第じゃないかしら」

セツは続けて、「運命のお相手は意外とすぐ近くにいるかもしれないしね」と瞳を緩める。

「じゃあ、早くそのタイミングが来てくれるように神様にお願いしておこうかな」

藤野の冗談に、セツが「それもいいかもしれないわね」とクスクスと笑った。

＊　＊　＊

二月早々の土曜日。

桜輔と咲良は、正式に同棲を始めた。

引っ越し先のマンションは、十二階建ての２ＬＤＫである。セキュリティがしっかりしており、立地も治安もいい。

互いに相手を優先しようとしていた職場へのアクセスも、彼が咲良に合わせてくれた。

『通勤経路に咲良の職場があれば、送迎がしやすい。たとえば咲良が体調を崩したときや遅くなる日にも迎えに行けるし、電車通勤だってできるようになるだろ』

咲良もなかなか折れなかったが、そこまで考えてくれている桜輔に自分の意見ばかり押しつけるわけにはいかないと感じ、甘えさせてもらうことにしたのだ。

自宅から二駅でマハロの最寄り駅があり、その三駅先が警視庁のある桜田門駅になる。自宅から最寄り駅までは徒歩五分ほどのため、互いの通勤時間はそこまで増えていない。

咲良に至っては、桜輔と同じ時間に出られる日には電車通勤をすることも視野に入れており、むしろ便利になる面の方が多いだろう。

「荷解き、ある程度は今日中に頑張らないといけないな。共有スペースから一緒にしようか」

「うん、そうだね。リビングとかキッチンは、一緒に片付けた方がいいし」

室内はどこから片付ければいいのか迷うほど、段ボール箱に囲まれている。

二人して荷物はそう多くないと思っていたが、一人暮らしを始めて数年が経てば思っている以上に増えていた。思い切って随分と捨てたものの、自室の整理は一日では終わらないだろう。

「じゃあ、先にリビングとキッチンかな」

「だな。あとで洗濯機が届くから、脱衣所はそれからでいいだろ」

急な引っ越しだったため、家具や家電の一部をリサイクルショップに出し、残りはそれぞれの家から持ち寄った。家具に関しては、ほとんどが互いの自室に収まる予定だ。

ただ、洗濯機は咲良が持っていたものは小さく、彼の家にあったものも経年劣化していたこともあって、あとで新品が届くことになっている。

「ラグとかは少しずつ買い直そう。俺は先にカーテンをつけてくる」

桜輔は、防犯面はもちろん、周囲からの視界を遮る目的や日除けのために、引っ越す前にカーテンだけは用意しておくことを助言してくれていた。

「私はキッチン回りをするね。お鍋とか片付けちゃってもいい？」

「ああ、頼んだ。そういうのは見ればわかるから、あとでどこに入れたかだけ教えてくれ。あ、でも細かいものは一緒に片付けよう」

テキパキと分担し、作業に取り掛かる。荷造りも大変だったが、荷解きもそれなりに骨が折れるだろう。

けれど、彼と迎えた新生活に胸を躍らせる咲良は、楽しみと喜びでいっぱいだった。

ストーカーの件はまだ解決していない。あれ以来、何もないとはいえ、早く安心して過ごせるようになりたい。

そんなことを考えると気が滅入りそうだったが、今日だけは忘れていたい。咲良は気を取り直すように、息を大きく吐いた。

築四年ほどのマンションのキッチン収納は綺麗だ。コンロにも傷などはなく、どの部屋も少し前まで人が住んでいたとは思えないほど新しく見える。

そこも決め手の一つだった。

キッチンを始め、サニタリーやリビングにもしっかりと収納スペースがある。それぞれの部屋にクローゼットがついていることや、シューズボックスが大きいところも気に入っていた。

五階だから見晴らしがいいとは言えないが、近くには大きな公園もあって、これから暖かくなってくれば散歩には打ってつけだろう。彼に至っては、ランニングコースに組み込むようだ。

(食器も片付けちゃっていいかな)

最初にリビングのカーテンをつけた桜輔は、先ほど咲良の部屋から出てきていた。今はきっと、彼の部屋にいるのだろう。

もうすぐ戻ってくることを予想しつつ、キッチンの上の棚を開ける。微妙に高さがあり、咲良の身長だとここに入れたものは取りづらいだろう。

（頻繁に使うものは入れないとして……あっ、ホットプレートと土鍋にしよう）

ホットプレートは、二人用ほどの小ぶりのものだ。一紗とたこ焼きやアヒージョを作ったこともあれば、もんじゃを食べたこともある。

一人だと使うことはなかったが、今後は定期的に出番があるはずだ。とはいえ、鍋やフライパンほど必要ではないのも明白である。

咲良はホットプレートを持って手を伸ばし、グッと背伸びをした。踵《かかと》を浮かしても微妙に届かず、もっとしっかりと爪先立つ。

直後、バランスを崩し、身体がふらっと揺れた。

「わっ……!?」

反射的に出た声が響き、ホットプレートごと後ろによろめく。しかし、手だけは離すまいと力を込め、瞼《まぶた》をギュッと閉じた。

後ろに倒れる想像をした咲良の身体が、何かにぶつかる。ぶつかったというよりも、支えられたという感じだった。

「こら」

「桜輔さん……！」

背後から落ちてきたのは、呆れと安堵交じりの声。咲良の身体は桜輔に支えられ、後頭部が彼の胸元についていた。

自然と上を向いていた咲良を、眉を下げた桜輔が見下ろしている。助けられたのとほぼ同時に、ホットプレートも彼の手に渡っていた。

「こういうことは俺がするから、咲良は無理しなくていい。危ないだろ」

窘《たしな》められて「ごめんなさい」と返せば、桜輔は眉を寄せたあとで顔を近づけてきた。

チュッ、とリップ音が響く。いきなりキスされたことに目を小さく見開けば、彼がホットプレートを棚に入れて、再び唇を塞ぎにきた。

上を向いたまま顎を大きく上げている体勢は、喉のあたりが少しだけ苦しくてつらい。けれど、唇を甘く食《は》むような優しいキスにうっとりとしてしまう。

身を屈めて口づけてくる桜輔は、咲良の顎を指で掬《すく》うようにして固定している。顔の角度すら支配されているのに、まだやめてほしくない。

そのうち自分からねだるように口を開けば、彼の舌がゆっくりと差し込まれた。

熱い塊が口内に入ってくる感覚に、咲良の背筋がゾクリと粟立つ。桜輔の手が背中に下りてくると、心も身体も高揚した。

熱くて厚い舌が咲良の口腔でうごめき、頬の内側をたどる。敏感な部分を舌先でくすぐられ、同じ場所を戻るようにしながら歯列をなぞられていく。

上顎や舌の裏まで丁寧に舐められたとき、咲良はとうとう自ら舌を搦《から》めにいった。

すかさず応えてくれた桜輔が、舌同士を擦《こす》り合わせる。柔らかい部分が擦《こす》れるたび、互いの境界線がわからなくなっていくような感覚に包まれた。

甘い刺激がもっと欲しくなる。

もっともっと……と訴えるように、欲張りになった唇を強く押しつける。唇が濡れるほどのキスが、まだ昼にもなっていない室内に似合わない艶めかしさを増していく。

身体ももっと密着させたいと思い始めると、程なくして彼の手が咲良の背中を強く押し、向かい合った状態で抱きしめられた。

口づけはさらに激しくなり、ぴちゃぴちゃと水音が響く。舌が解《ほど》けそうになるとすぐに結び直され、官能が呼び起こされていく。

咲良の背中と腰に回された手が臀部《でんぶ》に届いた刹那、インターホンが軽快に鳴った。

どちらともなく止まった二人は、顔を離してふっと笑みを零《こぼ》し合う。

「危うく、このままベッドに連れて行くところだった」

咲良の上気した頬がさらに赤く染まったが、きっと桜輔の言う通りだっただろう。

彼は残念そうにしつつも、「きっと洗濯機だな」と玄関の方を見る。咲良が頷《うなず》くと、「俺が出るよ」と頭をポンと撫でられた。

咲良が「うん」と返事をすれば、桜輔が咲良の耳元に顔を近づけた。

「続きは夜に、な？」

甘い誘惑が低く囁かれ、咲良の腰がピクッと震える。咄嗟に熱っぽい吐息が触れた耳を塞ぐように手を当てると、悪戯《いたずら》な微笑を残した彼がキッチンから出ていった。

思わずその場に座り込みたくなるほどの刺激に、咲良は眉を下げて唇を尖らせる。

けれど、心も身体も桜輔に捕らわれ、今夜彼に抱かれることを期待していた。

二　真犯人

桜輔と同棲を始めて、十日が経った。

新しいマンションでの生活は快適で、彼の家に泊まらせてもらっていたときよりもいい意味で遠慮なく過ごせている。以前よりもずっと、リラックスできるようになっているし、意見もしっかりと伝えるようになったのだ。

たとえば、家賃は桜輔が出してくれている。咲良は折半を申し出たが、話は平行線の一途をたどり、結局は咲良が折れる形になった。

その代わり、家事はできる限りさせてほしいとお願いした。

彼は渋い顔をしていたし、時間があるときにはこまめに掃除をしたり、気づけば洗濯物が畳まれていたりもする。ただ、料理の主導権だけは握ることに成功した。

桜輔が作ってくれることもあるが、基本は咲良が中心になっている。こういうとき、以前の咲良なら彼に強く言い切ることはなかっただろう。

通勤ルートが変わったことには、わりとすぐに慣れた。二人で電車通勤をする日がほとんどだが、彼がいれば不安も恐怖心もなく、むしろ安心感でいっぱいである。

帰りには一緒に買い物をする日もあれば、居酒屋に寄って夕食とお酒を楽しんだ日もあった。そんな何気ない毎日が楽しくて、日々幸せを感じている。

自分が誰かに恋をし、こんな気持ちを持つ日が来るなんて、少し前までは上手く想像もできなかったというのに……。今は、桜輔がいない日々の方が考えられない。

願わくばこのままずっと――なんて思うことも、最近は増えた気がする。

もっとも、勇気がなくて彼には話していないけれど……

今日も順調に仕事を終えると、桜輔から【少し遅くなる】とメッセージが届いていた。

続けて、迎えに行けないことへの謝罪とタクシーで帰るように、と書かれている。

桜輔は昨日から当直で、昨夜は帰ってきていない。今朝は悩んだ末、女性専用車両に乗って出勤したが、以前よりも不安や抵抗感は減っていた。

これも、間違いなく彼のおかげである。

帰りは、もう少し早くに帰宅する予定だったはずの桜輔が車で迎えに来てくれる約束だったのだが、残業になったのだろう。

こういうことは、同棲する前にも何度かあった。そのたびに同じように言われ、咲良はそれに従っていた。

遅くなるとは言っても、夕食は家で食べるようだ。彼より先に帰宅すれば、いつもよりも手間をかけた食事を用意できる。

咲良は【了解です。お仕事頑張って】と可愛い絵文字付きでメッセージを返し、冷蔵庫には何があっただろうか……と考えたところで、ふとあることを思いついた。

(桜輔さんが帰ってくるまでに作れるかな?)

明日はバレンタインで、すでにチョコレートは購入した。先日、久しぶりに休みが重なった一紗とランチをし、その足でデパートのバレンタインフェアに立ち寄ったのだ。

もう一つのプレゼントとしてマフラーも用意しているが、むくむくと欲が湧いてくる。

桜輔がチーズケーキを好きだと知ったのは、つい最近のこと。

一人のときに甘い物を食べる印象はないが、まったく食べないわけでもないというのは知っていて、以前からカフェや家で一緒にスイーツを楽しむこともあった。

そして、引っ越した翌日、引っ越し祝いと称してホットプレートを使ってチーズフォンデュをしたところ、彼が『甘い物ならチーズケーキが好きだ』と何気なく口にしたのだ。

付き合って間もなくチーズが好物であることを知り、半同棲中からチーズ系のメニューを出すと特に喜ばれていたが、ケーキもそうだとは思っていなかった。

お菓子作りはたまにしかしないし、チーズケーキなんて数えるほどしか作ったことはなく、どう考えても既製品や専門店で購入する方が無難だろう。そう思うが、脳裏には桜輔の笑顔が浮かぶ。

仮に失敗しても彼なら笑って食べてくれる、なんて確信がある。だって、相手の気持ちを大事にしてくれる人だと知っているから。

だから、確実においしいとわかっているプロが作ったものではなく、手作りしたくなった。

咲良が桜輔のために何かしたいと思うのは、彼が常に咲良のために色々としてくれているから。

日々守られ、大切にされ、慈しむように愛されている。桜輔と出会えたおかげで、咲良はたくさん救われ、そして幸福でいられる。

自分にできることは少なく、今だって家事をできる限り請け負うとか、彼の好物を作るとか、そんなことくらいでしか返せるものはない。

それでも、桜輔は『嬉しい』や『幸せだ』と口にしてくれるから、もっと彼の喜ぶ顔が見たくなるのだ。

(よし、作ろう！　動画を観れば、食べられないようなレベルにはならないはず……)

少しの不安と大きな高揚感を胸に、咲良はマハロの最寄り駅前でタクシーに乗り込み、自宅の最寄り駅のすぐ側にあるスーパーの名前を告げた。

急いでチーズケーキのレシピを検索し、口コミが良く簡単に作れそうなものを見つけると、材料をスクリーンショットで保存する。

(これならいけるよね。桜輔さん、何時頃に帰ってくるかな)

チーズケーキ作りに全力を注ぐため、夕食は簡単に作れるものがいい。桜輔の帰宅時間が予想できないこともあり、どうするべきかと思案した。

タクシーは運良く渋滞に捕まることもなく目的地に着き、咲良は運転手にお礼を言って降り、足早にスーパーに入っていく。

カゴに次々とチーズケーキの材料を放り込み、今朝切れた食パンも忘れずに手に取った。

会計を済ませてスーパーを出たあとは、一目散に家を目指そうと考えていた。

「咲良ちゃん」

ところがスーパーを出てすぐに声をかけられたことにより、スタートダッシュを切り損ねてしまう。振り返ると、ダウンとマフラーに身を包んだ藤野が立っていた。

「藤野さん……！」

予期せぬ場所で意外な相手と遭遇し、咲良は目を丸くする。

彼の自宅は、咲良が以前まで住んでいたアパートの最寄り駅で、ここからは距離がある。どうしてこんなところにいるのかと驚いていると、明るい笑顔が向けられた。

「父方の祖父母の家がこの近くなんだ。今日は休みだったから顔を出しててね。『介護士なのに自分の祖父母には全然会いに来ない』って叱られてきたところだよ」

冗談とも本気ともつかない言い方だったが、咲良は思わずクスッと笑った。

「そうだったんですね。藤野さんのおじいさんたち、ちょっとヤキモチを焼いたんじゃないでしょうか。でもきっと、藤野さんが頑張ってることを誇りに思われてる気がします」

「どうかな」

苦笑した藤野の視線が、咲良の手元に向く。

「随分買ったんだね。重くない？　送ろうか？」

「え？　いいえ、そんな……大丈夫ですよ」

「遠慮しないで。ほら、仕事柄、僕は見かけによらずに力持ちだからさ」

咲良の反応を無視するかのように、エコバッグを一つ取られてしまう。

「あの、藤野さん、本当に大丈——」

「いつもみんなを笑顔にしてくれる咲良ちゃんに、少しくらい何かさせてほしいんだ。だから、持たせてよ。ね？」

人のいい笑顔を向けられると、断りづらくなる。それに、今後の付き合いも考えると、あまり強く拒絶するのも憚《はばか》られた。

「そもそも、一人で夜道を歩かせるのも心配だし」

桜輔が検討に検討を重ねたマンションはすぐ側にあり、帰路は明るくて人通りも多い。この時間なら、まだたくさんの人が歩いているはずで、夜道といってもそこまで危なくはない。

そんなことを考えても、咲良は結局断れずに厚意を受け取ることにした。もう一つのエコバッグも渡すように言われたが、咲良は「こっちは軽いので」とやんわりと断った。

「このあたり、すごく住みやすそうだよね。すぐそこに大きな公園があるし、スーパーやコンビニもたくさんあるし、評判がいいクリニックも多いよ」

祖父母が住んでいる地域とあって、藤野はこの辺一帯の地理に詳しいようだ。「駅の反対側にカヌレの専門店があるんだよ」などと教えてくれた。

「まだ引っ越したばかりなので詳しくはないんですけど、お店探しも兼ねて今度このあたり一帯を散歩しようって話してるんです。そのお店にも行ってみますね」

「お散歩デートなんていいね。羨ましいなぁ」

前と似たようなことを口にした彼が、じっと見つめてくる。何だか急に気まずくなって、咲良は曖昧に微笑んだ。

「あれ？」

するとと、藤野が声を上げ、咲良を追いやるようにその奥を凝視した。

何事かと、咲良も同じ方向を見る。ちょうど公園の出入口にあたる場所にいた二人の視線の先にあるのは、公園の目の前に建設中のマンションだった。

白いシートに囲まれた建物は、明るい時間帯に見ると骨組みができたばかりだということがわかる。工事中と記された看板の側には完成図が描かれた看板も並んでおり、スタイリッシュなダークグレーの壁が印象的なデザインだった。

「どうかしましたか？」

「今、白いシートの中に入っていった人が倒れたように見えたんだ」

「え？」

目を凝らしている彼に、咲良は瞬きを繰り返す。

「シートが閉じる前に一瞬見えただけなんだけど……」

「でも、ここは建設中ですし、この時間なら誰もいないと思いますよ」

通行人はみんな、立ち止まっている咲良たちを見るでもなく歩いていく。咲良は邪魔にならないように端に寄り、藤野に「気のせいじゃないですか？」と返した。

「そうかもしれないけど、ここを作ってる人がまだ残ってるのかも。もし気のせいじゃなかったら大変だから、ちょっと見てくるね。咲良ちゃんはここにいて！」

言い終わるよりも早く、藤野がマンションの敷地内に入っていく。咲良は戸惑い、どうすればいいのかわからなくて、その場から動けなかった。

こういうとき、咲良は咄嗟に動けるタイプではない。彼のように動いたとしても、冷静に判断して行動できるとは思えない。

桜輔も、間違いなく動く側の人間だろう。そう思うと、ここで待っていていいのか……と、自分自身への疑問が芽生えた。

「あっ！　大丈夫ですか⁉」

そんな中、白いシートの中に足を踏み入れた藤野の声が響き、咲良は一瞬たじろぎつつもすぐに駆け出した。

救急車を呼ぶべきかと考えて、コートのポケットからスマホを取り出す。ちょうど着信があり、ディスプレイには桜輔の名前が表示されていた。

建物を覆ってあるシートを手で避けるようにしながら、通話ボタンをタップした直後。

「きゃあっ……！」

急に手を強く引かれてドサッと物が落ちる音がし、視界がぐるりと反転した。ほぼ同時に、背中に鈍い痛みが走る。

「うっ……」

その衝撃とともに、反射的に閉じた瞼《まぶた》の裏でチカッと光が弾けた。

咲良は今の一瞬で何が起こったのかわからず、けれど身体に感じる重さから何かの下敷きになっているような感覚があった。

背中の痛みに顔をしかめながら、恐る恐る目を開ける。

「ひっ……！」

すると、間近に藤野の顔面があった。

怖いくらい真剣で、それでいてどこか切羽詰まっているようで。腹部のあたりに感じるのは彼の体重で、馬乗りになられているのだとようやく気づく。

向けられている表情にはいつもの穏やかさはなく、一気に恐怖心が湧き上がってくる。喉が絞まったように声が出ず、心臓がバクバクと暴れ出した。

「咲良ちゃんって素直だよね。僕のこと、まったく疑わなかったでしょ？　こんな方法に引っかかってくれるなんてありがたいよ」

まだ思考は整理できないが、どうにか声を出そうと口を開く。ところが、一瞬早く手のひらでガッと口を塞がれた。

「ふぅ……！」

咲良は必死に両手足をバタバタとさせるが、華奢なはずの藤野の身体はビクともしない。

「ここ、夜は誰も来ないんだ。人通りがあるわりにはカバーでいい感じに目隠しされてるし、工事中の建物に入ってくる人間なんてそうそういないしね」

彼がニタァ……と笑う。

「それに、言っただろ？　僕は見かけによらず力持ちだって。毎日毎日、クソジジイやババアたちのオムツを交換したり入浴介助をしたりしてるんだ。ジジイどもの中には、君より遥かに体格がいい奴もいる。君くらいなら簡単に押さえられるよ」

いつも朗らかで優しかった面影は、どこにもない。

入居者たちに向かって『クソジジイ』と呼ぶのは、本当にあの藤野だろうか……という疑問さえある。歪んだ面持ちに見えるのは、夜のせいではないのか。

誰か知らない人を見ているようで、これが現実なのかさえわからなくなりそうだった。

「君が悪いんだ……」

彼の声が鼓膜に纏《まと》わりつく。

「僕は、咲良ちゃんが初めてボランティアに来た日から、ずーっと君を見てきたんだ。ずっとずっと……あの男よりもずっと早くからね」

ねっとりとした話し方は耳触りが悪く、より恐怖心を煽る。

「それなのに、君はあの男と付き合って、挙句に同棲まで始めて……。ねぇ、男が苦手だったんだろ？　駅でよく待ち伏せしてた奴にはいつも怯《おび》えるような顔をしてたのに、僕には会うたびに笑顔を向けてくれてたじゃないか。僕だけは他の男たちとは違ったんじゃないの？　それなのに、どうしてっ……！」

吐かれていく言葉を理解できない。

川辺に駅で待ち伏せされていたことや、それに対して怯《おび》えていたことを、どうして藤野が知っているのか……。

そして、男性が苦手であることを彼には話したことがないのに、なぜ知っているのか。

「僕は君が男を苦手だと知ってたから、少しずつ仲良くなれるように努力してたんだ。それなのに、ポッと出の男と付き合うようになるなんて……！　あんな、強面で無愛想な男なんて、君が苦手なタイプだろ!?」

「ッ、ぐっ……！　ん――……！」

手のひらで押さえられていた口に、布のようなものが押し込まれる。喉に触れるほど奥に入れられた苦しさと恐怖で、涙が頬を伝った。

もがくように手足をばたつかせたが、藤野は左手で咲良の両手を一纏《まと》めにし、もう片方の手でポケットから何かを出して咲良の頬に突きつけた。

「動かない方がいいよ？　綺麗な顔に傷がついちゃうかもしれないから」

ひんやりとした感触が頬に触れる。視界の端でギラリと光ったように見えたのはナイフで、その硬い刃の側面が肌にグッと押しつけられた。

「僕は、咲良ちゃんのペースに合わせて、ずっと見守るだけで我慢してきたんだ。それなのに、君は僕の気持ちを無碍《むげ》にしたよね。あいつよりもずっと前から好きだったのに……！」

興奮して息を荒くしていた彼は、ニマァ……と唇を歪ませながら咲良の手を離す。

両手が自由になった咲良だが、ナイフの感触によって全身が硬直したように動かせず、身動《みじろ》ぎすらできなかった。

「怖い？　でも大丈夫だよ。君がおとなしくしてれば刺したりしないから」

ニコニコと笑っているのに、そこには優しさも思いやりもない。ただ、歪んだ想いをぶつけるだけの物体と化した藤野は、咲良がまったく知らない男だった。

「動かないでね。僕だって君を傷つけたいわけじゃない。咲良ちゃんが言うことを聞いてくれたら、できるだけ痛い思いをさせないようにするからね」

言うが早く、彼の左手がアイボリーのニットを捲る。コートのボタンを閉めていなかったことを深く後悔したが、そんな感情に浸る暇もなくキャミソールも押し上げられた。

「ああ、いいなぁ……。こんな暗がりだとちゃんと見えないのが残念だけど、何度も想像してたんだよ。でも、実物の方がずっと綺麗だ」

感動したようにうっとりと話す藤野は、頭がおかしいとしか思えない。

「綺麗だなぁ……。ちゃんと見たいなぁ……」

吐かれる息も言葉も気持ち悪く、ただただ恐怖心を増すだけ。抵抗したいのに、まるでそれを阻むようにナイフの感触がどんどん鮮明になっていく。

「っ……!」

冷たい手が腹部に触れ、ぞろりぞろりと上がってくる。ヘビが動くように、おぞましいものが身体を這い上がってくるような感覚に、涙がボロボロと零《こぼ》れた。

抵抗はできない。助けも呼べない。

けれど、決死の思いで震えている唇を動かす。

「や、め……」

声にならないほどのか細い声は、口に押し込まれた布のせいで、風に揺れたシートの音に紛れて消える。彼が手を止め、咲良の顔を覗き込むように見下ろした。

「やめないよ。君が僕を傷つけたんじゃないか」

それが見当違いな言葉だと、藤野も咲良も気づかない。咲良はただ絶望を抱き、目の前の彼が化け物のようにすら思えた。

脳裏に浮かぶのは、桜輔の顔で。それなのに、再び咲良の身体に触れたのはまったく知らない手。冷たく、気持ち悪く、おぞましい。まるで地獄にいるようで、ガタガタと震え上がる身体は言うことを聞かず、指先まで体温が奪われていく。

「ハハッ……咲良ちゃんって笑顔が一番可愛いと思ってたけど、こういう顔もいいなぁ。征服欲が満たされるって、こういうことを言うのかなぁ」

独り言ちた藤野が咲良の首筋に顔を近づけ、すうぅ……と嗅ぐ。

「ああ、いい匂いだ……。本物の咲良ちゃんの匂いだね……。同じ柔軟剤を使ってたけど、実物はもっと甘い匂いがする」

「ひぃっ……」

首筋をべろりと舐められ、引き攣《つ》った悲鳴が飛び出す。言葉も、感触も、肌に触れる息も、ただただ気持ち悪くて悪寒が走る。

歯をガチガチと鳴らす咲良が、せめてもの抵抗で視界を閉じようとする直前。

「咲良!?」

名前を呼ばれたかと思うと、身体にのしかかっていた重みが消えた。

「グッ……。うあぁぁっ……！　やめっ……ひぃっ――」

何が起こっているのか、よくわからなかった。まだ上手く力が入らない身体を何とか起こして口の中の布を取れば、見知った背中が地面に突っ伏した藤野を押さえ込んでいた。

「ぎゃあっ！」

藤野の背中に乗っている桜輔が、藤野の身体を押さえつけながら腕を捻《ひね》り上げている。

眼鏡がずれてもじたばたと暴れる藤野は、そのたびに桜輔によって腕を捻《ひね》られ、最後には雄叫びのような声を上げていた。

「動くな！　これ以上暴れたら腕が折れるぞ」

地を這うような声には、憤怒の感情が滲んでいるのがわかる。

「咲良」

けれど、咲良を呼ぶ声はとても優しかった。

「もう大丈夫だ。すぐに署員が来るから、それまで少しだけ待っててくれ」

顔はよく見えないが、桜輔の声が聞こえてくるだけで安心できる。まだ全身の震えは止まらないのに、彼が側にいるから大丈夫だ……と思える。

今の咲良には、桜輔の気配だけが心の支えだった。

程なくして、彼が呼んだであろう署員たちが駆けつけた。

バタバタとシートを潜ってきたのは、制服を着た二人の警察官だ。懐中電灯で照らされ、その眩しさに呆然としているだけだった咲良が顔をしかめる。

桜輔は、彼らに藤野を預けると、すぐさま咲良の側にやってきた。質のいいコートが肩から掛けられ、顔を覗き込まれる。

「怪我は？」

労《いた》わるような声なのに、先ほどまでよりもさらに涙が止まらなくなる。

「どこが痛む？　ナイフで刺されたか？」

桜輔が咲良の顔と身体を見比べるようにしながら、全身に視線を走らせていく。咲良は嗚咽《おえつ》を漏らしながら、力なく首を横に振った。

痛みはない。どこも刺されていない。

両手を固定され、上半身を見られて腹部に触れられ、首筋を舐められたが、それ以外は何もされていない。きっと、不幸中の幸いだった。

そう思うのに、涙はあとからあとから溢れてくる。そんな咲良を見る桜輔が苦しげに顔を歪め、咲良をそっと抱きしめた。

「すまない。俺が迎えに行っていれば……」

優しい温もりが咲良を包む。藤野とはまったく違う、温かくて安心できる腕の中で、ようやく息ができた気がした。

（違う……桜輔さんのせいじゃない……）

そう言いたいのに、咲良の口から漏れるのは嗚咽《おえつ》ばかり。

泣いても泣いても止まらなくて、咲良はそのうちしゃくり上げるように泣いていた。

三　かけがえのない温もり

桜輔と咲良が帰宅したのは、日付が変わった頃だった。

あのあと、現場周辺には人だかりができていったようでどんどん騒がしくなり、彼と警察官たちに庇われるようにパトカーに乗り込んだ。

そして、警視庁で事情聴取を受けて首筋の唾液を採取され、ようやく帰宅を許されたのだ。

事情聴取の間、桜輔がずっと付き添ってくれた。彼がいなければ、きっと話すこともままならなかったに違いない。

詳細はまだ聞けていないが、藤野は出会ったときからずっと咲良に想いを寄せ続け、それが次第に暴走し、いつしかストーカー行為に走ったようだった。

期間にして、およそ二年半。咲良が男性が苦手なことや川辺のことまで把握していたのは、ずっと咲良のことをストーカーしていたからに他ならない。

以前まで住んでいたところ、よく利用する店や使っているもの、出身地や実家の場所、母校。引っ越したばかりのこの家に至るまで、くまなく調べ上げていたらしい。

少し前に咲良のアパートのポストに入っていた写真も、もちろん藤野が撮ったもの。

彼は、以前の咲良の住居を知ってすぐに近所に引っ越し、休日や夜勤明けには寝る間も惜しんで咲良の周りをうろついていたのだとか。

今日に至っては、仕事が休みだったのをいいことに、咲良の職場からタクシーで後を追ってきたらしい。

しかも、藤野はそれを特に黙秘することもなく、素直に答えていったのだという。

ここまでされていて気づけなかったのは、藤野が慎重な性格だったことや咲良が彼をひだまりのスタッフとして信頼していたことが大きかったのかもしれない。

現に、今回も以前も、咲良は藤野と会ったのは本当に偶然だと思っていて、疑いもしていなかった。正直、今でも少しだけ信じられないくらいだ。

事情聴取を担当してくれた女性警官は桜輔の同期で、咲良のペースに合わせて聴取を進め、決して急《せ》かしたり責めたりするようなことはなかった。

ただ、藤野の罪を知るたびに、全身の震えが止まらなくなっていった。

「咲良、風呂に入れるか？　無理ならこのまま休んでもいいが……」

ソファでぼんやりとしていた咲良のもとに、桜輔が戻ってくる。彼は、お風呂の準備をしてくれていたようで、咲良の足元に膝をついた。

一刻も早く休んで、何もかも忘れてしまいたい。けれど、藤野に触れられた感覚がまだ身体に残っていて、今すぐに洗い流したい。

「入る……。気持ち悪くて……」

桜輔は小さく頷《うなず》いたが、咲良は立ち上がることができない。

警視庁からここまで帰ってくる間も、車の中では魂が抜けたようにぼんやりし、自力で歩くこともままならずに彼が抱き上げてくれた。恐怖心はもちろん、藤野の本性を目の当たりにして大きなショックを受けたせいだろう。

「咲良、抱っこで連れていくよ？」

桜輔が一言かけ、咲良を抱き上げる。腕に包まれたことと彼の温もりと香りが、咲良を安心させてくれる。

咲良は、桜輔に縋《すが》るように首に腕を回した。

サニタリーで咲良を下ろした彼は、「ここにいるから安心していい」と言って背中を向けた。その配慮に優しさを感じ、そして申し訳なくなる。咲良はのろのろと服を脱ぐと、静かにバスルームに足を踏み入れた。

一人になるのは怖くてたまらなかったが、ドアの向こうに桜輔がいてくれると思うだけで恐怖心が和らぐ。擦《す》りガラスに背中を預けている彼の姿が見えて、余計にホッとした。

ところが、シャワーコックを捻《ひね》って頭からシャワーを浴びると、次第に視界が滲んでいった。湯だと思ったそれは涙で、漏れ出る嗚咽《おえつ》を必死に噛み殺す。

「っ……ふっ、ぅ……」

どうして買い物をしようなんて考えたのだろう。普段作りもしないチーズケーキを作ろうなんて思ってしまったのだろう。

スーパーなんて寄らなければ良かった。食パンがなくても、たいしたことではなかった。チーズケーキは、桜輔とカフェにでも行って食べれば良かった。

彼の言う通りにして、ちゃんと家までタクシーで帰って来れば良かった。そうすれば、心も身体も尊厳も傷つけられなかったし、あんな恐怖を味わわずに済んだはず。

藤野の嘘に引っかかり、何も考えずに走ってしまった自分が恨めしい。

なぜあんなに軽率な行動を取ってしまったのか。どうしてスーパーからタクシーを使わなかったのか。

徒歩数分だと油断していた。明るい道だから大丈夫だと思っていた。知り合いだからと、疑いもしなかった。

その結果があんな事態を生んだのだ。

きっと、自業自得だった。桜輔は色々と配慮してくれていたのに、彼の努力までも無駄にしてしまった。

そんな自分が許せなくて、唇を噛みしめる。急いで髪を洗い、乱雑に手に取ったスポンジにボディーソープをたっぷりとつけ、全身をごしごしと擦《こす》っていった。

力を入れると痛かったが、どうにかして藤野の手の記憶を消し去りたかった。首筋を舐められた感触を、跡形もなく洗い流したかった。

「咲良?」

どれくらいの時間が経ったのかわからない。桜輔の呼び声にハッとしたとき、肌がじんじんとしていることに気づいた。

シャワーが当たるたびに沁みて、それほどまでに強く擦《こす》っていたのだと気づく。けれど、まだ気持ちが収まらなくて、痛みとは裏腹に手は止まらなかった。

「咲良、入るよ？」

すると、桜輔がドアを開けた。咲良が止める間もなく控えめに顔を覗かせた彼は、咲良を見た瞬間にバスルームに踏み込んでくる。

「バカ！　強く擦《こす》りすぎだ！　真っ赤になってる！」

桜輔がスポンジを取り上げると泡が舞った。咲良が反射的に肩を跳ねさせれば、彼がハッとしたような顔になった。

「すまない。怒ってるわけじゃないんだ」

後悔を滲ませた顔を見て、咲良を助けに来てくれたときの桜輔の姿を思い出す。

あのとき、藤野に向けられた声は憤怒でいっぱいだったが、怒りを理性で押しとどめているようでもあった。咲良の側に来たときには、泣きそうな顔をしていた。

桜輔だって、きっと色々と思うところがあるはず。それなのに、彼は咲良を気遣い、いつもと変わらない優しい態度で側にいてくれる。

咲良から目を逸らした桜輔は、スーツが濡れるのも厭《いと》わずにシャワーの温度を下げる。そのまま咲良の身体についた泡を流していった。

「沁みるか？　湯船の湯はもう少し温くしようか」

彼はシャワーを咲良に向けながらリモコンを操作し、足し湯機能で浴槽に湯を入れた。

程なくして泡が綺麗に流れると、桜輔の眉が顰《ひそ》められる。

「背中、打ったんだな。痣《あざ》になってる」

悔しげな声音が響き、咲良が眉を下げて瞳を伏せる。今頃になって背中が痛み出し、あのときの衝撃が蘇ってきた。

彼は咲良を抱き上げ、ゆっくりと湯船に浸からせた。いつもより温い湯のおかげか、肌は先ほどよりも痛まない。

ふと、視界に入ってきた桜輔のスーツは、びしょ濡れだった。

「スーツが……」

「そんなこと気にしなくていい。こんなもの、いくらでも替えが利くんだ」

ありがとう。ごめんなさい。

その二つの言葉が、咲良の頭の中でグルグルと回る。

「ごめんなさい……」

程なくして咲良の口から零《こぼ》れたのは、後者だった。

「どうして謝る？　咲良は何も悪くないだろ」

「でも……買い物、しなきゃ……ちゃんと、タクシーで家まで……」

「それは違う」

拙い話し方をする咲良に、彼が首を大きく横に振る。そして、瞳に涙を浮かべる咲良を真っ直ぐ見つめた。

「咲良は何も悪くない。何一つ、悪いことなんてしてないんだ」

「でも……桜輔さんが来てくれなかったら……もしかしたら……」

再び蘇ってきた恐怖心に身体がぶるりと震え、咲良は両手で自分の身を抱えるようにした。

桜輔が助けに来られたのは、運が良かったとしか言いようがない。

あのタイミングで彼が最寄り駅に着いており、電話をかけてきたこと。

幸いにも、咲良が通話ボタンをタップしていて、電話越しの異変に気づけたこと。

咲良と藤野の話し声が聞こえ、いざというときのために入れていた咲良のスマホのＧＰＳアプリで位置情報を特定できたこと。

そして、シートで囲われた建設中のマンションの前に、咲良のエコバッグが落ちていたこと。

偶然が重なり、迅速な救出に繋がった。何か一つでも欠けていたら、間に合わなかった可能性は充分にありえたのだ。

「それに、私……何も気づかなくて……」

ときおり、視線を感じることはあった。川辺にしつこくされていたときには、すべて彼のせいだと思っていた。

しかし、今にして思えば、そのほとんどが藤野の仕業だったに違いない。それ以外のときでも、彼はずっと咲良を狙っていたはずだ。

思い返せば、桜輔と付き合ったとき、同棲を始めることになったとき、それを聞いた藤野の様子に何か一瞬違和感のようなものを抱いた。

あれは気のせいではなく、一種のサインだったのだろう。

藤野自身の穏やかそうな雰囲気や介護士としての振る舞い、これまでに関わってきた時間によって生まれた彼への信頼感が、咲良の判断を鈍らせた。

一度だって思わせぶりな態度を取ったつもりはないが、何か勘違いさせるような言動をしていたのかもしれない。

そう思い至り、果たして本当に自分は悪くないのだろうか……と、咲良は困惑し始めた。

「咲良、よく聞いて。もう一度言う。咲良は何も悪くない。絶対に、だ」

そんな咲良の耳に、桜輔の声が真っ直ぐに届く。

「確かに、自衛は必要だ。嫌な話だが、どうしても悪いことを考える奴は一定数いて、そういう奴らを野放しにしないために警察がいて、罪を裁くための法律がある」

力強い瞳は真摯で、痛いくらいに咲良を見つめている。けれど、そこに込められた優しさがわかるから、ちっとも怖くない。

「ただ、悪いのは加害者であって、被害者じゃない。だから、何があっても自分を責めるな」

奈落の底に落ちかけていた咲良は、桜輔によってゆっくりと掬《すく》い上げられていく。そして、まるで何があっても味方でいるというように、優しく抱きしめられた。

「ごめ……っ、なさ……」

ぎゅうっと抱きしめられると、色々な感情が混ざり合って再び涙が零《こぼ》れた。

「謝るのは俺の方だ。すぐに駆けつけられなくてごめん……」

力強い腕の中で、咲良はかぶりを振る。

「桜輔さんが来てくれて良かった……。怖くて……もうダメって思ってて……でも、桜輔さんが来てくれたとき……声が聞こえたとき……ホッとしたの……」

地獄にいるような恐怖の中、彼の存在がたった一つの光に思えた。

あんなに怖くて、身体は震えたままだったのに、もう大丈夫だ……と感じられた。

それがどれほど心強かったか。きっと、言葉なんかでは到底伝え切れないだろう。


お風呂から上がると、桜輔が髪を乾かしてくれた。

リビングに移動して咲良をソファに座らせると、彼は「五分だけ待ってて」と言い置いて出ていった。その後、五分も経たずに戻ってきたかと思うと、洗いざらしの髪を乱雑に拭いた。

「もしかしてシャワーを浴びてきたの？」

「ああ」

「こんなに短時間で？」

「警察大学校時代は、ゆっくり風呂に入る余裕なんてあんまりなかったからな。朝シャンするときだって五分くらいあれば充分だし、慣れたもんだよ」

今は真冬で、今日はとても寒くて。当直明けの桜輔は疲れているはずだから、ゆっくり湯船に浸かりたかったに違いない。

けれど、そうしなかったのは咲良のためだと、咲良は知っている。だから、小さく笑って「ありがとう」と返した。

「別に咲良のためじゃない。俺が咲良の側にいたいだけだ」

桜輔の言葉や態度は、いつも優しい。決して押しつけがましくなく、こちらが受け取りやすいようにしてくれる。

ベッドに入ってもなかなか寝付けなかったが、彼はずっと咲良を抱きしめてくれていた。

微睡《まどろ》んでは、悪夢のような出来事を夢に見て……。ハッと目を開けると、桜輔が「大丈夫だ」と背中を撫でてくれる。

彼の体温と側にいてくれる事実が時間をかけて咲良に安心感を与え続け、咲良は朝方になってようやく深い眠りに就くことができたのだった。

＊＊＊

暖かい日が続くようになった、三月中旬。

春の訪れを感じる陽気の中、咲良は二か月ぶりにひだまりの前に立っていた。

あの事件から、約一か月。藤野の部屋からは咲良を盗撮した写真が大量に見つかり、咲良が失《な》くしたヘアゴムやハンカチなども出てきた。

通常、ストーカー行為自体はそれほど重い罪に問われない。

一概には言えないが、ストーカー規制法ではまずは警告が出され、禁止命令が出される以前であれば刑罰は『一年以下の懲役または百万円以下の罰金』程度のものである。被害者目線で見れば、軽いと言わざるを得ない。

しかし、今回はストーカー行為に加え、『強制性交等罪』の未遂にあたる。『強制わいせつ罪』で済まされる可能性もあったが、実際に藤野自身が咲良と性交するつもりだったことを認めており、咲良への脅迫もあったことから、それに準じた刑が科せられることとなった。

当然、彼はひだまりを解雇されている。

施設長の話では利用者の耳に経緯が入らないように徹底され、幸いにして大きなニュースになることもなかった。

しかしながら、入居者の家族の中には気づいた者もおり、そこから話を知った入居者もいるようだ。咲良のことはメディアにも出ていないため、知られてはいないだろう。

けれど、どうしてもひだまりには向かえず、先月は初めてボランティアを休んだ。

セツたちの顔を思い浮かべれば心苦しかったが、藤野に襲われたときのことが鮮明に蘇ってきそうで怖かった。

それでなくても、咲良はあの日から一週間ほど仕事を休ませてもらった。もちろん、きちんと出勤するつもりでいたのだが、翌朝になると身体が動かなかったのだ。

当直明けで休みだった桜輔が病院に付き添い、職場への診断書を作成してもらい、そのあとは実家に帰っていた。両親には知られたくなかったものの、一人で家にいることができなかった咲良に選択肢はなく、彼が事情を説明してくれた。

あんなことが起こったなんて知られたくなかった。

そんな中でも、家族がいつも通り振る舞ってくれたおかげで、咲良は徐々に笑顔を取り戻していき、一週間後にはどうにか仕事に復帰できた。

ただ、一か月が経った今も咲良の心の傷は完全には癒えておらず、ひだまりを訪れるのが怖くてたまらなかった。

「咲良、無理しなくていい」

硬い顔のまま立ち止まっていると、隣にいる桜輔が優しく背中を撫でてくれた。

トラウマを植えつけられてひだまりに向かえなくなった咲良の手を引いてくれたのは、他の誰でもない彼だった。

『無理して続ける必要はないし、俺はボランティアをやめていいとも思ってる。もし続けるにしても、ひだまりである必要はない。でも、咲良はあの場所が好きだろ？　あそこにいる人たちにネイルをしてあげることを、心から楽しんでただろ？　だからきっと、みんなに会えば笑顔で過ごせる。俺も付き添うから一緒に行こう』

桜輔は、咲良をひだまりに行かせたくなかったはずだ。それなのに、咲良の本音を引き出すように、そんな風に言ってくれた。それが咲良の心と身体を動かしたのだ。

「もし今日が無理でも、また来ればいい。ずっと無理でも、誰も咲良を責めないよ」

あんなに怖かったのに、この場に来てもなお足が止まっていたのに……。彼の言葉一つで、与えられる温もりで、心も身体もふっと軽くなる。

動かなかった足が、急に錘《おもり》を捨てたように前に出る。一歩踏み出せれば、あとはもう身体が勝手に動いてくれた。

事務所の前を通ったときも、三階に上がってきたときも、ひだまりのスタッフや入居者たちは咲良の来訪をとても喜んだ。スタッフたちは事情を知っているはずだが、みんないつも通りに迎え入れてくれた。

桜輔がいても消し切れなかった不安の残滓《ざんし》が、そっと溶けていく。自分に向けられるたくさんの笑顔に心が温かくなって、勇気を出して良かったと心底思えた。

今までにも、咲良はみんなの笑顔に支えられてきた。

同僚から理解を得られなくても、自分にできることの少なさに歯がゆさを感じても、入居者たちの喜ぶ顔を見ると嬉しくて、元気をもらえた。

そのときも今も、何も変わらない。

咲良はやっぱりこの場所が好きなんだ、と改めて思う。

そして、喉の奥から込み上げてくる熱をどうにか押し込め、精一杯の笑みを浮かべた。


その夜、ベッドに入った咲良は、桜輔の体温を感じながら口を開いた。

「今日は一緒に行ってくれてありがとう。桜輔さんがいなければ、もうひだまりには行けなかったと思う」

「俺は何もしてない。ただ、ばあちゃんの話し相手をしてただけだ」

「ううん。すぐ側に桜輔さんがいてくれたから、今まで通りに過ごせたの。一人だったら、きっとあの場にはいられなかった」

「だったら、来月も再来月も、これからはずっと一緒に行くよ」

彼にそんなことはさせられないと思う反面、これほど力強く感じることはなかった。

咲良には、あの日からできなくなったことがある。

藤野と歩いた道を歩くこと。事件現場を通ること。あのスーパーに行くこと。

けれど、それらはすべて桜輔と一緒ならこなせる。最初は事件現場の側に行くだけで震えて歩くこともままならなかったが、今では自力で歩いて通り過ぎることができるようになった。

もちろん、そのときには彼が手を握ってくれているのだけれど。

そんな咲良の様子を見守る桜輔は、引っ越しを提案してくれている。

時期的に今は不動産会社も引っ越し業者もすぐに対応できないようだが、嫌な思い出がすぐ側にあるのはよくないと、今と似たような条件で引っ越し先を探してくれていた。

咲良は最初こそ『引っ越したばかりなのにもったいないよ』と反対したが、彼は頑として譲らなかった。

『咲良が心から落ち着いて過ごせないのは、俺が嫌なんだ。もったいないことなんて何もない。費用は気にしなくていいから、できるだけ早く引っ越そう』

桜輔が絶対に意志を曲げないことを察し、咲良は申し訳なさを感じつつも頷《うなず》いた。

「来月になれば不動産会社ももう少し余裕ができるだろうから、二人で行ってみよう。今度はもっと広い家でもいいいな」

「今でも充分だよ」

「それもそうだな。あんまり広いと、咲良を探すのが大変だ」

「探さなきゃいけないくらいの大豪邸に住むつもりだったの？」

クスクスと笑えば、桜輔が穏やかな眼差しで咲良を見つめた。そっと抱きしめられると身体がぽかぽかして、少しずつ睡魔を連れてくる。

「そろそろ寝ようか。おやすみ」

「うん、おやすみ」

微笑した彼が、咲良の唇に触れるだけのキスをする。

咲良は、いつものように穏やかな温もりの中でゆっくりと瞼《まぶた》を落としていった。

四　甘いプロポーズ

桜の木が満開の花を咲かせる、三月下旬。

咲良は、二十八歳の誕生日を迎えた。

藤野の事件から一か月半が経った今も、大きな不安に襲われることがある。桜輔が側にいてくれるときはいいが、彼が当直のときは空が白み始めるまで寝付けない。

そんな夜に独りでいると、夜明けがとても遠くに感じた。

けれど、少しずつ……本当に少しずつだが、傷は確実に癒え始めている。

喉を通らなかった食事が食べられるようになった。一時期は体重が減ってしまったが、今はほとんど元通りになっている。

あの夜の出来事を夢に見てうなされたり泣きながら目を覚ましたりしていたが、最近になってようやくそういうこともなくなった。

きっと、桜輔が『大丈夫だ』と言って優しく抱きしめてくれるから。彼の言葉や行動によって、ゆっくりと前を向けるようになっていった。

ただ、そんな桜輔に対して、咲良は一つだけ気掛かりなことがあった。

あの一件があってから、彼は一度も咲良を抱いていないのだ。

毎日、抱きしめてくれる。咲良の心が落ち着いてからは、キスもしている。

けれど、あくまで〝触れるだけ〟のもの。

毎晩同じベッドで眠り、抱きしめてくれるのに……。素肌を触れ合わせることも、身体を重ねることも、まったくなくなってしまっていた。

理由はわかっている。言うまでもなく明白だ。

藤野のせいで深く傷ついた咲良を、桜輔は気遣っているだけだろう。

優しい桜輔のことだ。自分の行動で咲良を傷つけるかもしれない……などと考えている可能性だってある。

もしくは、彼以外の男性に異様に怯《おび》えるようになった咲良を見ていると、抱こうなんて到底思えないのかもしれない。

そう思う反面、一縷《いちる》の不安が消えない。

（違うよね……。桜輔さんはそんな風に思ったりしないよね……）

自分自身に言い聞かせるはずの言葉が、咲良を不安に陥れていく。暗い気持ちになる寸前、スマホが鳴った。

【着いたよ】

咲良は、メッセージを読んで頬を綻《ほころ》ばせる。マハロと同じビルに入っているカフェで時間を潰していたが、すぐさま席を立った。

外に出ると、もうすっかり春の気温だった。凍えるような空気はなく、花冷え程度の夜はトレンチコートでも充分だ。街路樹の桜の木からは、夜風に舞う花びらが降ってくる。

「咲良」

「桜輔さん、お疲れ様」

「ああ。咲良もお疲れ様」

タクシーから降りてきた桜輔に促され、後部座席に乗り込む。「ちょっとギリギリだな」と苦笑した彼は、運転手に目的地を告げた。

都内でも有名なラグジュアリーホテルは華やかな造りで、まるで城内のような大きな階段が入口の真正面にあった。大理石の床には、自分の姿も映せそうなほどの輝きがある。

その階段を通り過ぎてエレベーターに乗ると、最上階のレストランへと足を踏み入れた。

大きな一枚窓から都内の夜景が望める店内は、どこに座っても景観を楽しめるようにテーブルが配置されている。事前にドレスコードがあると聞いていたため、白菫色《しろすみれ》のフォーマルワンピースを選んだが、何だか浮いているように思えて仕方がない。

「こんなに素敵なレストランなんて初めて。でも、私、場違いじゃない……？」

「どこが？　誰よりも綺麗だ」

不安がる咲良に、桜輔が耳打ちする。頬がかあっと熱くなり、背中をそっと押してくれた彼の手の感触にドキドキした。

「咲良、改めて誕生日おめでとう」

「ありがとう」

シャンパンで乾杯し、桜輔が予約してくれていたコース料理を楽しむ。

アミューズは桜漬けがあしらわれたそら豆のムースで、続いて運ばれてきた料理はすべて春を感じさせるものばかりだった。

いちごのソースがアクセントになった鶏のテリーヌに、程良い苦みが効いた菜の花のスープ。真鯛のポワレと但馬牛のロティは、どちらも柔らかくて旨味が凝縮されていた。

アルコールはシャンパンに次いで、ワインを一杯だけ。そのあとは、明日も仕事だからとノンアルコールでペアリングしてもらった。

すでに満腹なのに、まだデセールが残っているというのだから困ってしまう。けれど、デザートは別腹とはよく言ったもので、咲良は楽しみにしていた。

「そうだ、咲良。誕生日プレゼントなんだけどさ」

テーブルに置かれたのは、小さな箱。桜輔にリクエストを訊かれたときに、『何もいらない』と答えたはず。そのため、咲良は目を丸くした。

「え？　用意してくれたの？」

「当たり前だろ。咲良はいらないって言ってたけど、俺が何か贈りたかったんだ」

咲良はお礼を言い、「開けてもいい？」と笑顔を向ける。彼が「もちろん」と頷《うなず》いたあと、箱を手に取ってリボンを解《ほど》いた。

中に入っていたのは、腕時計だった。シンプルなベルトだが、主張しすぎないピンクゴールドの文字盤が可愛く、咲良好みのデザインだった。

「それなら仕事でも使えるかと思って」

「うん、もちろん！　ただ、仕事中に着けると汚れちゃうかもしれないから、使うのがもったいないな……。でも、使わせてもらうね」

「気に入ってくれたみたいで良かった」

照れくさそうに微笑する桜輔が愛おしい。きっと、一生懸命考えてくれたのだと思うと、それだけでも嬉しかった。

「失礼いたします。こちらがデセールと、お連れ様からのプレゼントになります」

やってきたウェイターが二十八本の赤いバラで作られた花束を咲良に手渡し、驚く咲良の前にプレートを置く。

白いプレートに乗っているのは、いちごがふんだんに飾られた丸いショートケーキ。そして、ケーキの周囲にチョコレートでメッセージが記されていた。

【Will you marry me?】

「え……ッ、えっ……？」

バラの花束と、プレートに書かれたメッセージと、桜輔の顔。何度も順番に見比べる咲良に、彼が柔らかな笑みを零《こぼ》す。

そして、桜輔はテーブルの上にビロードのような素材でできた箱を置き、そっと開けた。

一粒のダイヤが光を放つ。シンプルなデザインの指輪は、いつだったか咲良がファッション雑誌を見ていたときに何気なく『可愛い』と口にしていたものだった。

「咲良、これからもずっと俺の側にいてほしい。無愛想な男だが、一生大事にすると誓う」

「っ……！」

「だから、俺と結婚してください」

桜輔が言葉にしてくれた想いが、胸の奥を優しく突く。愛おしい人がくれた誓いへの返事は、たった一つしか浮かばなかった。

「わ……っ、私の方こそ、桜輔さんには支えられてばかりだけど……ずっとずっと大事にします。不束者《ふつつかもの》ですが、よろしくお願いします」

かしこまって頭を下げれば、桜輔が幸せそうに破顔する。こんなにわかりやすく花が咲き誇るように笑う彼を見るのは、初めてだった。

左手を出すように言われてそっと差し出せば、薬指に指輪がはめられる。ぴったりなことに驚くと、桜輔が「咲良が寝てるときにこっそり測った」と教えてくれた。

咲良たちの様子を見ていた周囲の客から、拍手が送られる。咲良は彼と顔を見合わせ、照れくささを隠し切れないままに笑い合った。


桜輔のサプライズがまだ終わっていないと知ったのは、プロポーズから三十分後のこと。てっきり帰るのだと思っていたのに、レストランの階下にあるスイートルームを取ってくれていたのだ。いったいどれだけ驚かされるのかと思ったが、彼が今日のために考えてくれたのだと思うだけで幸福感に包まれる。

咲良は幸せを噛みしめながら、部屋に用意されていたシャンパンで乾杯した。

白亜《はくあ》のレザーソファは座り心地が良く、アルコールのせいもあって身体がふわふわしてくる。心も舞い上がっていて、夢を見ているのかと思ってしまう。

美しい都会の夜景が霞《かす》むほど、咲良の目には薬指の指輪がキラキラしているように映る。ずっと見ていても飽きなくて、咲良は何度もそこに視線を向けていた。

ふと顔を上げれば、隣にいる桜輔に見つめられていたことに気づく。何だか胸の奥がくすぐったくて微笑めば、優しい眼差しをしていた彼の目に真剣さが宿った。

「咲良」

そっと伸ばされた手が、咲良の頬に触れる。桜輔の左手がやけに熱くて、鼓動が高鳴った。

「抱いても、いいか？」

咲良の心を窺うような、優しい問いかけ。決して咲良を傷つけないようにしているのが、緊張混じりの声音から伝わってきた。

頷《うなず》くよりも早く、咲良の視界が歪む。

「咲良、嫌なら――」

気遣ってくれる彼の言葉を遮るがごとく、首を力いっぱい横に振った。

「嫌じゃない……！　嫌なわけないよ……っ！」

ずっと自分を抱いてくれないのは、桜輔の優しさだとわかっていた。

反面、あんな形で他の男性に触れられた自分の身体は汚れてしまった気がして、彼にそんな風に思われていないかと不安でたまらなかった。

「もしかしたら……桜輔さんはもう、私に触れたくないんじゃないかって……。桜輔さんの優しさだってわかってたけど、不安だったの……」

「そんなわけないだろ」

涙を浮かべる咲良を、桜輔が真っ直ぐ見据える。真摯な双眸《そうぼう》は、彼の答えに嘘偽りがないことをどんな言葉よりも雄弁に語っていた。

「俺はずっと、咲良に触れたくて仕方がなかった。でも、すごく怖い思いをして傷ついて、最近まで夢に見るくらいトラウマになって……。そんな咲良を見てると、俺が触れることで余計に傷つけることになったら……って考えて抱けなかった……」

桜輔は、出会ったときからずっと咲良を思いやり、恋人になってからは宝物を扱うように大事にしてきてくれた。そして、今も……

そんな彼の本音を知った咲良は、自分の中にある想いがますます深まっていくのを感じた。

「桜輔さんに触れられて傷つくはずがないよ。私はあなただから……桜輔さんだからこそ、触れ合いたいと思うの」

眉を下げた桜輔が、一拍置いて大きく頷《うなず》く。少しだけ切なそうで、それでいて嬉しそうに微笑む面持ちからは、彼の溢れんばかりの愛情が伝わってくる。

もう、言葉はいらない。

頬に触れている彼の手に咲良が右手を重ねれば、それが合図だったように唇が触れ合った。

唇を離し、間を置かずに再び重ねる。触れ合うだけのキスはそこそこに、すぐに上唇を舐められ、甘やかすように下唇ごと食《は》まれた。

繰り返される口づけは、どんどん甘く激しくなっていく。わずかに開いていた唇の隙間《すき》から舌が差し込まれると、咲良は迷うことなく受け入れた。

桜輔の舌を、自ら迎えに行く。舌先が触れ合った瞬間、どちらからともなく絡め合った。

怖くないと伝えたかった。あなただけは特別だと知ってほしかった。

久しぶりの深いキスで感じる羞恥や緊張よりも、そんな気持ちの方が強くて……。彼の首にしがみつくと、搦《から》め捕られた舌を必死に動かしてみせた。

スーツを脱ぎ捨てた桜輔が、咲良を抱いて立ち上がる。咲良は突然のことにわずかに動揺したが、彼の行き先はわかっていた。

ベッドにたどりつくまで待てなくて、お姫様抱っこされたまま何度も唇を求め合う。一分一秒を惜しむ二人は、ベッドに着くなり身体を重ねるように横たわった。

「咲良」

耳触りのいい、低くて甘い声音。慈しむように呼ばれて、胸の奥が戦慄《わなな》く。

この人が好きだ、と心が叫ぶ。

「桜輔さん、好き……大好き……」

それを感じたときには、想いを声に変えていた。

「俺も好きだ。……愛してる」

唇が触れ合う寸前、飾らない言葉が紡がれて、咲良は言いようのない幸福感を抱いた。

今度は最初から容赦のないキスが始まる。舌を貪《むさぼ》り、ねっとりと搦《から》め合い、息が苦しくなるほど求め合う。

かと思えば、唇を食《は》み、何度も啄《ついば》まれ、戯《たわむ》れのような口づけが与えられる。咲良はもっとちゃんと繋がりたくなって、おずおずと桜輔の口腔に舌を差し込んだ。

直後、彼が咲良の顎を掴み、舌を強く吸い上げた。

「んんっ……！」

苦しいのに、気持ちいい。口内にこもっていた熱がいっそう増し、下肢《かし》が甘切なく震える。

思わず膝をすり合わせると、顔を離した桜輔が自身の唇を舐めた。

覗いた赤い舌が、その動きが、艶《なま》めかしい。これから起こることを、咲良に想像させた。

咲良の鼓動は、もうずっとうるさい。初めて抱かれた夜と同じくらい速く脈打っている。あのときとは違う緊張感に包まれているが、咲良の中には不安も恐怖もない。

彼の声が「咲良」と紡ぎ、白い首筋に触れる。肌の感触を確かめるように下りていく手は、鎖骨をたどるようにして首の後ろに回り、そこで結んでいるリボンを解《ほど》いた。

飾りになっているだけのリボンがベッドに広がり、咲良が軽く背中を浮かせるとファスナーが下ろされていく。同時に、咲良も手を伸ばし、ネクタイに指をかけた。

ワンピースを肩から抜く桜輔の邪魔をしないように、彼のシャツのボタンを外していく。互いに器用に服を剥《は》いでいくさなかにも、唇を擦《こす》り合わせて舌を撫ぜ合う。

桜輔はじれったそうにシャツを脱いで適当に投げ捨て、咲良のパステルピンクのブラのホックを外し、そっと取り除いた。

ゴクッ、と男性らしい喉仏《のどぼとけ》が上下する。熱を帯びた目には、獰猛《どうもう》な肉食獣のような激しい劣情が覗いている。

「綺麗だ……。全部が綺麗すぎて困る」

眉を顰《ひそ》めた彼が、たわわな双丘に触れる。下から持ち上げ、ゆっくりと回す。その感触を楽しむようにやわやわと揉みながら、うっとりしたようなため息を吐いた。

じっと見つめられると急激に恥ずかしくなって、思わず視線を逸らしてしまう。すると、窘《たしな》めるように小さな突起をキュッと摘ままれた。

「あんっ……」

「俺から目を逸らさないで。ちゃんとこっちを見てて」

甘い命令が鼓膜をくすぐり、咲良の視線を誘う。羞恥でいっぱいでも、言う通りにしたくなってしまった。

桜輔が唇の端を持ち上げ、「そのまま見てて」と囁く。骨ばった指先は、可憐な花粒を捏《こ》ねるようにクリクリと転がし始めた。

ピリピリとした痺れが走り、先端が芯を持ち始める。全体を捏《こ》ねられ、中心の小さなくぼみを爪の先で軽く引っかかれ、二本の指ですり潰すように擦《こす》られる。

様々な異なる愛撫は、久しぶりに受ける身体には刺激が強い。咲良の腰はときおりピクンッと跳ね、快感を逃がすように何度も膝をすり合わせた。

そんな咲良に、桜輔は容赦なく次の喜悦を送り込む。咲良の視界に映る彼が、おもむろに赤く熟《う》れ始めた果実を飲み込んだ。一度吸われ、チュパッ……と淫靡《いんび》な水音が響く。

再び桜輔の口内に消えたそこを、ねっとりと舐められる。甘い吐息を漏らせば、歯を立てて甘噛みされた。

今度は反対側を口に含まれ、同じような愛撫が施される。たった今まで舐められていた方の突起は、指で丁寧にいたぶられた。

口と指で交互に刺激され、左右の粒はどんどん硬さを増す。チリチリと灼《や》けるような熱と痺れが、血流に合わせるように広がっていく。

二つの果実がツンと尖り切ったときには、咲良の瞳はとろけていた。

彼は満足げな笑みを浮かべ、顔を下ろしていく。滑らかな肌を舌でたどりながら手でワンピースを剥《は》ぎ、丸見えになった腹部にキスをして臍《へそ》まで舐めた。

「やだっ……そんなとこ……」

「くすぐったい？」

感覚は確かにくすぐったいが、予想外の部位に舌を入れられたことに動揺する。咲良は彼の肩を押すが、屈強な身体はビクともしなかった。

桜輔は、臍《へそ》の周辺をくまなく舌でたどると、グイッとストッキングも脱がせてしまう。そのまま内ももへと顔を近づけ、きめの細かい肌に吸いついた。

ちゅううっ……と引っ張られるような感覚を与えられたあと、その部分だけ赤く染まる。色白な肌にはうっ血したような跡がつき、妙に艶《なま》めかしかった。

「もう濡れてるな。ショーツが張りついてるのがわかる」

「やっ……！　見ないで！」

「見るよ。今日は、明るい場所で全部見る」

咄嗟に伸ばした手を取られ、ギュッと握られる。両手を繋ぐようにした桜輔は、左右の太ももに三か所ほど赤い花を咲かせ、うっすらと瞳を緩めた。

今夜の桜輔は、やけに意地悪だった。

けれど、触れてくる手も唇も優しいから、つい受け入れてしまう。はしたないのに、もっと触れてほしいと思わされる。

「これはもう意味ないな」

独り言ちた彼の手が咲良の手から離れ、ショーツを剥《は》ぎ取る。あっという間に一糸纏《いっしまと》わぬ姿になった咲良は、注がれる視線から逃れたくてたまらなかった。

「顔を真っ赤にして、ここも目も潤ませて……もう挿《い》れたいくらいだ」

桜輔は咲良の両脚を持ち上げ、自身の肩にかける。あまりにスムーズな動作に、咲良は抵抗する前に秘部を余すことなくさらしていた。

「ひっ……ぁ、あっ……！」

彼が左右の襞に吸いつくまで、おそらく二秒もなかった。口に含んだ花びらをそっと舐め、あわいをくすぐる。そのまま全体を舐め上げるると、難なく脆弱な秘玉を見つけ出した。

まずはグッと舌を押しつけられ、下から持ち上げるようにされる。そして、まだ包皮に隠れた花芯を暴こうと、クリクリと捏《こ》ね回した。

「やぁぁっ……ぁ、ッ、あぁ……」

とっくに潤んでいた蜜口から、とろりと雫が零《こぼ》れる。同時に身体の内部が大きく戦慄《わなな》き、隘路《あいろ》がぎゅうぅっ……とすぼまった。

「すぐ硬くなりそうだな。ここを舐められるの、好きだろ？」

そこで話されると、熱い息がかかる。それすらも淡い刺激となって、快楽が増幅する。

桜輔はそれを知っているかのように息を吹きかけ、舌先で器用に秘核を転がした。

上半身で受けていた愛撫とは比較にならないほどの強烈なものが、咲良の身に襲いかかる。

行き場のない手を彼の頭に置けば、髪に差し込んだ指に力がこもった。

「ふぅっ……ぁ、ぁっ……アッ……」

ぴちゃぴちゃと響く音に、鼓膜が侵されていく。思考が停止しそうなほどの苛烈《かれつ》な愉悦に、視界が涙で滲んでいった。

桜輔は指で襞《ひだ》を大きく開くようにすると、無理やり出した蜜芯に吸いついた。

「ッ……？　ぅあああぁぁっ……！」

いたぶられ続けた蜜核が弾けたような、熾烈《しれつ》な感覚が下肢《かし》で起こる。背中を仰け反らせた咲良は、勝手に逃げようとした腰を掴まれながら自身が果てたことを悟った。

痺れた身体から力が抜けていくのを感じる。息も絶え絶えに彼に視線を遣《や》ると、再び下肢《かし》に顔を埋められる瞬間だった。

「待っ……」

「悪いが、待てない。これでも必死に抑えてるくらいなんだ」

言うが早く、蜜筒に指が挿《はい》ってくる。最初から二本だったそれは、入口のすぐ側を解《ほぐ》すように押し、その周辺の内壁を撫でた。

それだけで、どっと熱いものが溢れてくる。自身の身体から零《こぼ》れ出したものが、あわいを伝ってお尻の方へと流れていくのがわかった。

浅いところを優しく撫ぜていた指は、次第に奥へと進んでいく。「狭いな」と聞こえた気がしたが、再び舌先で蜜核を捕らえられて思考は一気に奪われた。

桜輔の左手は咲良の脚を押さえ、右手は蜜を掻き出すようにしながら秘孔を暴いていく。唇では花芯を嬲《なぶ》られ、逃げ場のないままに追いつめられていった。

きゅうきゅうと指に吸いつく襞《ひだ》は、まるで甘えてねだっているようだった。逃げようともがく腰は、それでいて悦楽を貪《むさぼ》るように揺れている。

いつしか指が三本に増えても苦しさはなく、むしろ早く彼が欲しくてたまらなかった。

「おう、すけさっ……！」

伸ばした手を取られ、桜輔が身体を起こす。彼は片手でベルトを外してスラックスの前を寛がせると、咲良の手にキスをしながらボクサーパンツを下ろした。

布越しでも、そこが昂っていたのはわかっていた。天高くそそり勃つ雄芯は、赤黒くおどろおどろしいほどの狂気を感じる。

けれど、桜輔のものならば怖くはない。むしろ、自分に反応してくれている姿を見て、愛おしいとさえ思った。

彼は避妊具を被せると、太ももで引っかかっていたスラックスとパンツを脱ぎ捨てた。

覆い被さってきた桜輔に手を伸ばし、ぎゅうっと抱きつく。二人惹かれ合うように唇を結べば、程なくして密着した下肢《かし》にグッと圧が加わった。

「んっ……」

舌を搦《から》めるさなか、蜜口が押し広げられていく。ぷっくりと膨らんだ先端がつっかえる気がしたのは一瞬のことで、彼が腰を押しつけるようにすれば怒張《どちょう》はぬるりと進む。

蠢動《しゅんどう》する柔襞は熱杭に纏《まと》わりつき、ぎゅうぎゅうと締めつける。抵抗にも思えるほどのうねりに負けじと欲望を押し込まれ、多少の強引さを持って鼠径部《そけいぶ》がぴたりと重なった。

「っ……」

「痛くないか？」

「平気……」

息を詰めた咲良が答えると、桜輔が眉根を寄せた。奥歯を噛みしめているのか、端正な顔が色っぽく歪む。

持て余すくらいの圧迫感と重量感。狭い蜜路が引き攣《つ》りそうなほど太く逞しい剛直は、柔壁がうごめくたびにピクピクと震えている。

「動いて、いいか？　ッ……今日は加減できないかもしれない」

甘え縋《すが》るような目に、胸の奥が締めつけられる。愛欲を隠さない雄の表情が見せる色香を前に、咲良は自身が欲情していることに気づかされた。

「動いて……いっぱい愛して……」

桜輔の首に腕を回し、上半身を軽く起こして耳元で囁く。

「あんっ……！」

直後、息を噛み殺すようにした彼が、一気に腰を引いて姫洞をガツンッと穿《うが》った。

容赦のない責めに、咲良が喉を仰け反らせて啼《な》く。けれど、太い首に回した手は、決して離さなかった。

桜輔の律動は、最初から手加減がなかった。激しく蜜壁を擦《こす》り、繰り返し奥処を叩く。

彼の呼吸は次第に荒くなり、それなのに抽挿《ちゅうそう》は一秒だって止まらない。眉根を寄せながらも口元には微かに笑みを浮かべていて、淫靡《いんび》な感触を愉しんでいるようでもあった。

雄杭が奥深く突き立てられるたびに、咲良の腰が跳ねる。反射で逃げようとする身体が仰け反り、意図せずに突き出した胸を掴まれた。

「あぁあっ、んっ……ひゃあっ」

尖り切った先端をクリクリと弄《もてあそ》ばれ、再び上半身にも痺れが走る。蜜源に注入される法悦だけでも苦しいのに、敏感になっている果実までいたぶられてはどうしようもない。

そのさなか、桜輔が腰を回し、下腹部の裏側を重点的に嬲《なぶ》り始めた。

「ひぅっ……！」

咲良の声がいっそう高くなる。まだ内側で達することに慣れていない身体が、じりじりと灼《や》けていくような感覚に包まれる。

「ここでもよく感じるようになったな。っ、ほら、わかるか？　……ッ！」

彼の低い声と合間に零《こぼ》される荒い呼気に、鼓膜がじんわりと侵されていく。蜜洞を丹念に擦《こす》り続けられて、お腹のずっと奥の方から熱いものが込み上げてくる。

「あ、ッ……ああっ……ふぁっ……あぁぁぁぁっ――！」

「クッ……！」

快感に快感を重ねられた咲良は、気づけば身を大きく震わせながら昇りつめていた。

二度目の絶頂は、息ができなくなるほど苦しかった。脳芯まで真っ白になるくらいに深く果てたようで、瞬間的に力がこもっていた四肢が脱力する。

逞しい肢体にしがみついていた腕は、ベッドに投げ出されていた。

咲良は肩で息をしながら、濡れた瞳でぼんやりと桜輔を見上げる。腰を止めた彼は、ギリギリのところでとどまったのか、眉間に皺を寄せて息を深く吐いていた。

「ああ、その顔も可愛すぎるな……」

うっとりと見つめられて、咲良の胸が甘やかに疼《うず》く。

たった今、大きな波にさらわれたばかりなのに、もう身体は痺れすぎて苦しいのに……。もっともっと、壊れるほどに愛してほしくなった。

咲良の唇を塞ぎにきた熱い唇が、舌を求めてくる。咲良は桜輔の舌を迎え入れ、甘えるようにねっとりと搦《から》めた。

うっすらと目を開けたまま、舌を強く結び合わせる。くちゅ、くちゃっ……と水音が響き、どちらのものかわからない唾液が流れていく。

いやらしい口づけなのに心地良くて、咲良は必死に自身の舌を擦《こす》りつけていた。

「ふぅんっ……」

キスに夢中になっていると、再び桜輔が腰を引いた。ぴたりと重なり合っていた結合部に隙間《すき》ができ、けれどすぐにぶつかる。

重い衝撃なのに、その律動はじれったいほどに遅い。ゆったりと動かれているせいか、熱刀の形がはっきりと感じられた。

楔《くさび》が動くたび、溢れ出る蜜露がシーツを汚していく。蜜窟は狭いのに、とめどなく湧く愛液のおかげで滑りがいい。

姫襞は撫でられるたびにうごめき、雄幹をきゅうきゅうと食いしばる。うねる壁は屹立《きつりつ》を歓待し、離れたくないと訴えるがごとく精一杯しがみついてみせた。

「っ、ハッ……」

熱い息を吐き捨てた彼が、おもむろに咲良の腰を高く持ち上げる。

「ああっ……」

急に刀身が深くまで突き刺さり、咲良はベッドに後頭部を擦《こす》りつけた。桜輔はそのまま咲良の膝を抱えると、滾《たぎ》りで奥処を抉《えぐ》り始めた。

「んっ、やぁっ……いやぁ……」

責めが唐突に激しくなり、思考が揺蕩《たゆた》うようだった咲良の身体が大きく揺らされる。けれど、蜜襞は悦ぶように雄芯に纏《まと》わりついた。

快楽を叩き込んでくる彼は、ただひたすらに目的を果たそうとしている。充溢した屹立《きつりつ》を打ちつけては、自身の欲望で隘路《あいろ》を蹂躙《じゅうりん》していく。

剛直が抜き差しされるたび、姫襞はぎゅうぎゅうとすぼまり、まるで桜輔の欲が放たれることを待ち望んでいるようだった。

「お、すけさっ……」

「咲良……咲良っ！」

鍛え抜かれた強靭な肉体には汗が光り、隆起した筋肉がいっそう淫靡《いんび》に映る。屈強な身体に求められていると思うと、喜悦がいっそう膨らんだ。

「ダメッ……もっ……」

「俺も、ッ……あと少し、だから……」

ガンガンと穿《うが》たれながら、咲良は全力で首を横に振る。もう限界だと訴え、それでも彼の〝そのとき〟が来るまで必死に堪《こら》えようと耐えた。

けれど、激しい法悦は間髪を容《い》れずに押し寄せてくる。桜輔はがむしゃらに咲良を突き上げ、とどめとばかりに最奥を深く穿《うが》った。

「あああぁあっ――！」

全身をビクビクと戦慄《わなな》かせた咲良が、背中を大きく反らせる。同時に、彼もぶるりと胴震いし、薄膜越しに飛沫を迸《ほとばし》らせた。

ビクンッと雄芯が震えると、蜜路がきゅううぅっ……とすぼまる。まるで、吐精された雫を一滴残らず飲み干そうとしているようだった。

「ふぁ……ん、ッ、ふぅ……」

「ハッ……ッ、はぁ……」

甘美な快感の余韻が、二人の身体を包み込む。桜輔が倒れ込んでくると、汗に塗れた肌がぴたりと重なった。

まだ下肢《かし》は繋がったままで、互いの敏感な部分も深く触れ合っている。

ふと照れくさくなった咲良だったが、彼と目が合うと自然と微笑んでいた。すると、柔らかい笑みが返される。

「咲良」

優しく呼ばれて視線で答えれば、桜輔が咲良の額に張りついた前髪をかき分けて唇を落とした。

「絶対に幸せにする」

何だか誓いの言葉のようで、咲良の胸の奥が甘やかに締めつけられる。

目の前にある確かな幸福は、きっと消えることはないだろう。

「私も、桜輔さんを幸せにしたい」

だからこそ、咲良も彼を大事にしたいと思う。何よりも、誰よりも……

トラウマが完全に癒えることはないかもしれないが、桜輔といればきっと乗り越えられる。

彼が一緒にいてくれるだけで、少しだけ強くなれる気がする。

たとえ時間がかかったとしても、いつか桜輔をしっかりと支えられるくらいになりたい。

「ああ。二人でもっと幸せになろう」

「うん」

大きく頷《うなず》けば、彼の顔が近づいてくる。

溢れる想いを伝え合うキスを交わしながら、世界で一番の幸せは今ここにあるのだ——と強く思った。

エピローグ　Side Ohsuke

秋の気配が移り行き、冬が訪れる頃。

大きな窓から柔らかな光が降り注ぐ都内の結婚式場に、桜輔と咲良の姿があった。

桜輔は警察官の黒の儀礼服に、彼女はウェディングドレスに身を包んでいる。

今しがた挙式を済ませたばかりで、桜輔はタキシードからお色直しをしたところだ。花嫁である咲良は、披露宴を中座してカラードレスに着替えることになっている。

プロポーズをしてから、約八か月。

互いの両親に結婚の挨拶に行き、今年中に予約できる式場を探し、準備を進めるのは決してラクではなかった。しかし、隣で幸せそうに微笑む彼女を見ていると、そんな苦労なんてどうということはなかったと思える。

咲良と出会ってから今日まで、彼女のことを考えなかった日はない。最初こそ違う理由ではあったが、自身の中に恋情が芽生えてからは想いが止まらなかった。

だからこそ、咲良を守れなかったあの日のことは一生忘れないだろう。

誰かに対してあれほどの怒りを感じたのも、殺意を抱いたのも、生まれて初めてだった。理性的だと思っていた自分自身の中に、燃え滾《たぎ》るような憤怒が渦巻いていた。

あの男のことは、生涯許すことはできない。そして、あの日に限って彼女のことを迎えに行けなかった自分自身のことも……

けれど、過去はどうしたって変えられない。

だからこそ、せめてこれから先の未来は、己のすべてを懸けて愛する妻を守っていこうと、今日改めて神様の前で誓った。

「桜輔さん、どうかした？」

ふと気がつけば、咲良が桜輔の顔を見上げていた。純白のドレスが霞《かす》むほど美しい彼女に、桜輔は胸の奥を高鳴らせた。

深く傷ついたにもかかわらず、咲良は少しずつ前を向き、再び自分の足で歩き出した。

ひだまりにはまた一人で行くようになり、もっと自分にできることはないかと日々模索している。

自分の夢を叶えるための努力も惜しまず、もうすぐ目標にしていた開業資金が貯まるのだとか。

そんな彼女の姿に、桜輔を始め、周囲の者たちは目を見張っていた。

守ってあげなければいけないと思っていたのに、咲良は桜輔が思うよりもずっと強く逞しい。

身体を震わせて泣いていたあの日の彼女は、きっともうどこにもいない。

咲良の強さを目の当たりにしてきた桜輔は、そうしてまた彼女に惹かれていき、より愛情が深まった気がしている。

そして、この恋情は果てなく膨らんでいくのだろう……と思っていた。

「いや、何でもない」

披露宴会場の前で待機する二人が入場するまで、あと一分というところだろう。

思わず口づけたくなったが、周囲にはスタッフがいる上に、咲良は口紅を塗り直してもらったばかり。理性が揺らぎそうになる中、彼女の耳元に顔を寄せる。

「愛してるよ」

今までも、この先も、もっと言えば、命が尽きるその瞬間まで。

決して褪せないと確信できる想いを囁けば、咲良が面映ゆそうに微笑んだ。

その表情は、これまでに見てきたどんなものよりも美しく輝いていた——

〜大人のための恋愛小説レーベル〜

ETERNITY
エタニティブックス

一途な想いに甘く囚われて……
切れ者エリートは初恋の恋人を独占愛で甘く搦め捕る

ETERNITY エタニティブックス Rouge

エタニティブックス・赤

本郷《ほんごう》アキ

装丁イラスト／うすくち

大手ＩＴ企業の開発事業本部で働く二十七歳の志穂《しほ》。ある日彼女は、上司で結婚の話も出ていた恋人と後輩の結婚報告を聞かされる。衝撃も冷めやらぬ中、社内で一方的に志穂をストーカー扱いする彼らに退職を決意するが——「俺を利用して、あいつらを見返してやればいい」そう言って、取締役となった初恋の人・惣《そう》が、ギブ＆テイクの付き合いを提案してきて!? 元恋人たちの極甘再会愛！

※エタニティブックスは大人の女性のための恋愛小説レーベルです。ロゴマークの色で性描写の有無を判断することができます（赤・一定以上の性描写あり、ロゼ・性描写あり、白・性描写なし）。

詳しくは公式サイトにてご確認ください。
https://eternity.alphapolis.co.jp/

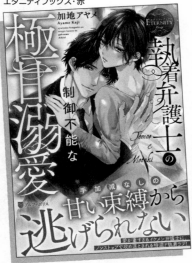

この作品に対する皆様のご意見・ご感想をお待ちしております。
おハガキ・お手紙は以下の宛先にお送りください。

【宛先】
〒150-6019 東京都渋谷区恵比寿4-20-3 恵比寿ｶﾞｰﾃﾞﾝﾌﾟﾚｲｽﾀﾜｰ 19F
（株）アルファポリス　書籍感想係

メールフォームでのご意見・ご感想は右のＱＲコードから、
あるいは以下のワードで検索をかけてください。

アルファポリス　書籍の感想　検索

ご感想はこちらから

本書は、「アルファポリス」（https://www.alphapolis.co.jp/）に掲載されていたものを、
改稿、加筆、改題のうえ、書籍化したものです。

エリート警《けい》視《し》正《せい》の溺愛《できあい》包《ほう》囲《い》網《もう》
～クールな彼《かれ》の激情《げきじょう》に甘《あま》く囚《とら》われそうです～

桜月海羽（さくらづき みう）

2024年 4月 25日初版発行

編集－木村 文・大木 瞳
編集長－倉持真理
発行者－梶本雄介
発行所－株式会社アルファポリス
〒150-6019 東京都渋谷区恵比寿4-20-3 恵比寿ｶﾞｰﾃﾞﾝﾌﾟﾚｲｽﾀﾜｰ19F
TEL 03-6277-1601（営業） 03-6277-1602（編集）
URL https://www.alphapolis.co.jp/
発売元－株式会社星雲社（共同出版社・流通責任出版社）
〒112-0005 東京都文京区水道1-3-30
TEL 03-3868-3275
装丁イラスト－水野かがり
装丁デザイン－AFTERGLOW
（レーベルフォーマットデザイン―ansyyqdesign）
印刷－中央精版印刷株式会社

価格はカバーに表示されてあります。
落丁乱丁の場合はアルファポリスまでご連絡ください。
送料は小社負担でお取り替えします。

ISBN978-4-434-32470-3 C0093